黃易

覆雨翻雲

異俠大系・新編完整版

卷二

覆雨翻雲

卷二

目錄

覆雨翻雲

卷二

目錄

第一章　「獨行盜」范良極

無聲無息出現在風行烈房內的當然是三大邪窟之一魅影劍派的「魅劍公子」刁辟情，他自搗亂雙修府的招婿大會不成，反被浪翻雲劍勁所傷後，便被雙修府派出來對付他的少女高手谷倩蓮百里追殺，打打逃逃，都是一路處在下風，終於被迫得沒有法子下，強施霸道的療功心法，將內傷硬生生壓下，力圖反客爲主，豈知裝傷引她出來一法功敗垂成，直至這刻追到風行烈室內，才眞正將這狡猾飄忽的美麗少女高手堵死在這裡，心中殺機之盛，可想而知。

燈芯的餘味充塞房內。

風行烈透過蚊帳往外望去，儘管暗難視物，但當他習慣了燈滅後的光線時，仍看到刁辟情提著他仗以成名的魅劍，殺氣騰騰以閃閃凶目盯著帳內。

谷倩蓮貼著他的火熱嬌軀微微顫抖，似是怕得不得了的樣子。

風行烈心中暗嘆，這少女確是天眞得可以，竟會躲到自己被窩裡來避難，眞是蠢至極點，想到這裡，忽感不妥，這谷倩蓮無論以甚麼去形容她，都不會與愚蠢連上關係，她的天眞無知只是裝出來騙人的詭計，其實她的手段和智計都高明老練，所以怎會做此蠢事。

寒光一閃。

吊著帳幔的繩子被刁辟情魅劍所斷，整個蚊帳向兩人壓罩下去。

同一時間魅劍直劈而下。

勁氣捲起。

假若讓刁辟情這全力一劍劈實，包保兩人連床板一齊分成兩截。

風行烈暗叫我命休矣。

保護女性的本能使他自然地將谷倩蓮摟緊。

「轟！」

床板碎裂。

風行烈和谷倩蓮同時跌落床底。

但風行烈感到谷倩蓮泥鰍般從自己懷裡滑出去。

「噹！」

谷倩蓮雙手繃緊的一條銀光閃閃細窄的鏈子鞭硬架了刁辟情驚天動地的一劍。

刁辟情因谷倩蓮數次都避免與自己正面交鋒，估計她武功雖高，但自問當不是他刁辟情的對手，怎知谷倩蓮從床底彈起擋他這一劍，顯示了足以與他相埒的功力，怎能不大吃一驚。

谷倩蓮嬌笑聲中，手一動，鏈子鞭變魔術般鎖在魅劍上。

刁辟情不愧魅影劍派近百年最傑出的高手，臨危不亂，不但不抽劍脫綁，反而搶前一步，沒握劍的左手一拳向谷倩蓮擊去。

假若谷倩蓮全心奪劍，必會吃上大虧。

谷倩蓮右手鬆離鏈子鞭的一端，掌撮成刀，迎著刁辟情的拳頭劈去。

左手使了個巧妙手法，鏈子鞭毒蛇般捲著魅劍而上，鏈端的尖錐點向刁辟情咽喉，狡猾毒辣。

刁辟情心中大奇，因爲一般來說，女子體質總不及男人，內功根底亦應以男性爲優，故女性高手多以靈巧取勝，像谷倩蓮著著以硬拚硬的搏鬥方式，確屬罕見。

「蓬！」

拳、掌交接。

刁辟情竟被震得往外倒退，手中魅劍不保，到了谷倩蓮手裡。

刁辟情怒道：「原來燈芯有毒！」

谷倩蓮嬌笑道：「若不是有陰謀，怎會到這裡來等你哟？」鏈子鞭的尖錐往刁辟情心窩點去。

刁辟情狂喝一聲，翻身穿窗而出。

谷倩蓮嬌笑道：「不多坐一會兒嗎？」穿窗追去。

風行烈喜怒皆非地從破床鑽出來，暗忖谷倩蓮這丫頭確是刁鑽之極，燈芯滅後的餘煙使到來吸入後的刁辟情著了道兒，就算能逃走也必要吃上點虧，而這丫頭的厲害處，就是連他風行烈也瞞過。想到這裡，忽地一陣暈眩。

心中大叫不好！

醒起自己吸入的燈芯餘煙絕不會比刁辟情少時，眼前一黑，昏了過去。

韓柏剛穿出韓府後園的林木，一個矮瘦的人蹲在高牆上，向他招手。

韓柏心想，這人不知是誰？不過就算對方不招手叫他，他目下的唯一選擇，也只有暫時離開韓府，待有機會再潛回來。心念一動，飛身而起，夜鷹般飛越高牆，望著那剛消失在隔鄰屋簷處的「恩人」追去。

韓柏由一個屋頂躍往另一個屋頂，那種偷偷摸摸、飛簷走壁的感覺，既新鮮刺激，又充滿高來高去的優越味兒。

那神秘人始終在前面的黑夜裡時現時隱，使韓柏清楚地知道對方正帶引著他。

那人究竟有何目的？

竟為了他不惜得罪韓府？

那人忽地消失不見。

韓柏由瓦面躍落一條橫巷裡，十多步後一堵破舊的牆擋在橫巷盡處。

他跳上牆頭，原來是間廢棄了的大宅。

地上布滿雜生的野草和落葉，荒園的中心處，有間坍塌了半邊的房子，一點火光在破屋裡由暗而明，爆起了少許火屑，隱約見到一個人腳踏一張爛木凳，正「呼嚕呼嚕」地吸著一枝旱煙管。

韓柏躍落園裡，由破爛了的門走進充盈著菸草味的屋裡，與那人打了個照面。

那人看來非常老，臉皮都皺了起來，身材矮小，原本應是個毫不起眼的糟老頭，可是他一對眼睛神芒閃爍，銳利至像能透視別人肺腑般，一腳踏在凳上，手肘枕在膝頭處托著旱煙，有種穩如泰山的感覺，在在都使人感到他絕非平凡之輩。

那人默默地打量著他。

韓柏拱手道：「前輩……」

那人截斷他道：「不要叫前輩，我並沒有那麼老！」

韓柏愕然，心想他不老誰才算老。

那人正容道：「你以爲年紀大便算老，這是大錯特錯，人老不老是要由『心的年紀』來判斷。」

韓柏奇道：「心的年紀？」

那人哈哈一笑道：「青春、老朽之別，在乎於心的活力，縱使活到一百歲，若一顆丹心能保持青春活力，便永遠不算老。」

韓柏點頭道：「我從來沒有想過這問題，不過這刻聽前……噢！對不起，聽你道來，確有至理。」

那人見韓柏同意，大爲興奮，嘿然道：「所以我現在正追求著雲清那婆娘，務要奪得她的身心，以證明愛情仍是屬於我體內那顆青春的心。」

韓柏愕然道：「雲清？」

那人道：「就是剛才和馬峻聲夾擊你的婆娘，看！她多麼狠！多麼騷！」

韓柏幾乎懷疑自己聽錯了，奇道：「你既然在追求她，爲何又幫我對付她？」

那人冷冷道：「追求之道，首先要不論好歹，先給她留點深刻的印象，要她即使不是思念著你，也要咬牙切齒恨著你，而最終目的，就是要她沒有一天能少了你，你明白嗎？」

韓柏搔頭道：「這樣的論調，可說是聞所未聞，試想假設對方恨你，甚至愈恨愈深，怎還會愛你？」

那人哈哈再笑道：「看來你沒有甚麼戀愛經驗，所以才不明白偷心之道，女人的心最奇怪，只要她知道你的所作所爲，甚至殺人放火，全都是爲了她，她便不會眞的恨你。例如我今次救了你，其實卻是爲了她好，因爲拚下去，能活著回去的必是你而不是她，你以爲她不知道嗎？你也太小覷八派聯盟精心培養出來的十八種子高手了。」

韓柏拍案叫絕道：「你確是深悉偷心之道，小子的經驗眞的比不上你。」心中想著的卻是，不如從這經驗豐富的怪老頭，多學幾招愛情散手，假若能將靳冰雲或秦夢瑤追上手，也算不枉白活一場了。輕聲問道：「你在情場上必是身經百戰的老手了？」

那怪老頭面不改容道：「不！這是我的第一次！」

韓柏嚇得幾乎跌翻在地，失聲道：「甚麼？」

怪老頭不悅道：「有何値得大驚小怪，我范良極乃偷王之王，到今天除了雲清的心外，天下已無値得我去偷之物，偷完這最後一次，便會收山歸隱，享受壯年逝世前的大好青春。」

韓柏一呆道：「你是『獨行盜』范良極？」

「獨行盜」范良極名震黑道，乃位列黑榜的特級人物，想不到竟是這樣人老心不老的一個人。

范良極微一點頭嘆道：「你估我眞的想這麼年輕便收山的嗎！只是『魔師』龐斑已重出江湖，一旦讓他擊敗浪翻雲，天下再無可抗拒他的人，那時給他席捲武林，我哪還可以像現時般自由自在，唯有找個地方躲起來，在山林的一角稱王稱霸算了。」頓了頓再加上一句道：「但我定要雲清那婆娘乖乖地跟著我，叫我作夫君！」

韓柏心想這范良極倒相當坦白，一點不隱瞞對龐斑的畏懼，這是他第三次聽人說浪翻雲及不上龐斑，而這三個人都是有足夠資格去作評論的。

第一個是赤尊信，他曾分別與浪翻雲和龐斑交過手，故可說是最有資格預估勝負的人。

第二個是靳冰雲，她是龐斑的女人，自然知道龐斑的可怕。

現在這范良極，只以他身爲黑榜高手的資格，便使他說出口的話大有分量。

難道浪翻雲眞的有敗無勝？

不！

他不相信浪翻雲會敗，絕不！

范良極吸了一口菸，剛好一陣風吹來，破落的門窗劈啪作響聲中，火屑四飛，剎是好看。

范良極握著旱煙管，悠悠閒閒往韓柏走來，似要由他身旁經過，走出屋外。

韓柏心想，你引我來此，難道只是爲了幾句說話？正想間，范良極倏地加速，倒轉旱煙管，往他面門戳來。

這一下大出韓柏意料之外，先不說他沒有任何要動手的理由，只就他是黑榜高手的身分，已使人想不到他竟會突襲自己一個無名之輩。

韓柏身具赤尊信生前的全部精氣神，雖說未能發揮至盡，也是非同小可，否則怎會連「小魔師」方夜羽也不敢穩言必勝？要知方夜羽乃天下第一高手龐斑刻意自小培養出來的人物，所以只要此事傳出江湖，已可令天下震驚。

儘管范良極這一桿事前毫無先兆，又狠辣準快，但韓柏自然地往後翻去，一個觔斗到了牆邊，再一個倒翻「砰」一聲裂窗而出，落到園裡布滿野草枯葉的地上，深夜秋寒，地面濕滑溜溜的，踏上去極不舒服。

赤尊信以博識天下各類型奇兵異器名懾武林，這種智慧亦經魔種轉嫁到韓柏腦內，故一見旱煙桿出手，便知對方擅長貼身點穴的功夫，所以一動便盡量拉長與對方的距離。

可是范良極既有獨行盜之稱，拿手絕活便是高來高去的本領，一身輕功出色當行，哪會給他如此輕易脫身而去。

韓柏腳步未穩，范良極貼身攻至。

仍燒著菸絲的旱煙桿頭照面門點來，帶起一道紅芒，倏忽已到。

危急間，韓柏心知只是躲避實非良法，右手伸出中指，戳在旱煙桿頭上。

赤尊信一身武技，以穩打穩紮、大開大闔見長，輕功反是較弱一環，假若韓柏力圖閃避，便是以己之短，對敵之長，所以拚死搶攻，反是唯一上策。

「篤！」

指尖點正桿頭。

韓柏本已打定對方旱煙桿的力道會強猛凌厲，豈知桿身一震，自己點上桿身的內勁雖被化得無影無蹤，但卻沒有預期的反震力道。

正驚愕間，桿頭彈起一天火星煙屑。

韓柏眼前盡是紅星火屑，一時間甚麼也看不到。

身側風聲迫至，原來范良極早到了右後側，桿尾打往韓柏脊椎尾骨處。

脊椎乃人體一身活動的中樞，若給敲中，韓柏休想再站起來。

這范良極不愧黑榜高手，一身功夫詭變萬千，使人防不勝防。

韓柏蹲身反手。

掌劈旱煙桿。

范良極低喝一聲「好小子」，旱煙桿一縮，飛起一腳，側踢韓柏支持重心的蹲地左腳。

韓柏就地滾後。

范良極離地躍起，飛臨韓柏頭頂之上，旱煙桿雨點般往仍在地上翻滾的韓柏攻下去。

「篤篤篤！」

韓柏拚死反抗，連擋他十三桿。

這次范良極一反先前不和韓柏硬碰的戰略，每一桿都勝比千斤重錘，貫滿了驚人的眞氣，一時間桿風嘯嘶，地上的枯葉旋飛滿天，聲勢驚人。

假設韓柏能將赤尊信渡於身上的精氣全歸己用，必可輕易擋格，可是赤尊信的十成功力，他最多只發揮出五、六成，這一輪硬拚硬下來，不禁叫苦連天，氣躁心浮。

無計可施下，韓柏大喝一聲，右手探後，握上了三八戟。

豈知這卻正中范良極下懷。

他猝然出手，就是要韓柏來不及抽出背後武器應戰，使對方陷於被動守勢，這刻猛施殺手，卻又正是迫對方在倉促拔戟下，露出破綻。

旱煙桿由大開大闔，變爲細緻柔韌，似靈蛇出洞般往對方右脅下攻去。

韓柏一咬牙，由向後滾改爲側滾。

范良極一聲長笑。

韓柏忽感壓力一輕，跳了起來，三八戟離背而出。

哪知范良極張口一吹，一道「煙箭」迎面刺來，剎那間甚麼也看不見，臉面劇痛。

接著胸腹數個大穴微微一痛，雙腳一軟下，拿著戟仰天跌倒，深埋在厚厚的枯葉裡。

天上飛舞的枯葉緩緩落下，蓋在他頭臉和身上。

韓柏氣得怒叫道：「你爲何偷襲？」

范良極來到他身旁，心中的驚怒實不下於對方，他范良極身爲黑榜高手，施詭計偷襲下仍費了這麼多手腳才將這名不見經傳的人放倒，眞是說出去也沒有人相信。

范良極悠閒地將菸絲裝上旱煙桿，用火石打著，重重吸了一口，緩緩蹲下來，望著韓柏的怒目，嘿嘿笑道：「橫豎你也不是我的敵手，早點解決，不是對大家都有利嗎？你死也可以死得痛快一點。」

韓柏心中一懍，道：「你爲何要殺我？」

范良極沒有答他，伸手執起他的三八戟，忽地面露驚容，在手上量了一量，又送到眼前細看一番，「咦」一聲道：「假設我沒有看錯，這短戟乃北海玄鐵所製，你是從甚麼地方得來的？難道竟是龐……」沉吟不語。

韓柏氣得閉上雙目，索性來個不瞅不睬。

范良極卻會錯了他的意思，傲然道：「你若妄想衝開被制的穴道，那就最好省點氣力了，本人點穴之道天下無雙，能解開者天下不出十人。」順手將三八戟揹在背上，毫不客氣。

韓柏心中一動，問道：「那十人是否黑榜高手？」

范良極乾笑道：「黑榜裡能解我所點穴道，只有浪翻雲、赤尊信、乾羅或是厲若海，其他人嘛？

嘿！」

韓柏再閉上眼睛，不想讓對方看到自己的驚喜。他可算是赤尊信的化身，既然赤尊信能做到，自己便有成功的希望。只可惜赤尊信教他這徒弟的方式前所未有，自己就像忽然由一個不名一文的窮小子，變成千萬鉅富，但那些錢究竟怎樣安放？要怎麼用？卻是模糊不清之至。

范良極似乎極愛說話，道：「你知我為何要殺你？」

韓柏心道當然是為了取悅你的心上人雲清。嘴上卻懶得應他，這也是他唯一可抗議的方式。

范良極得意笑道：「你以為我殺你是要討好雲清那婆娘，卻是大錯特錯。」

韓柏不由睜開眼，恰好捕捉到范良極眼神裡抹過的一絲寂寞。

范良極道：「本人之所以被稱為獨行盜，因為我從不與人交往，亦絕少和人交談，更遑論對人吐露心事。」

韓柏道：「這和殺我與否有何關連？」

他一邊說話，一邊卻分心內視，細察體內眞氣流轉的情況，發覺丹田的內氣到了背後脊椎尾枕一關，便不能後行，又不能順上胸前膻中大穴，往下嘛，又越不過氣海下的海底穴，換言之，渾身眞氣便給鎖死在丹田處，假設能衝破這三關的任何一道隘口，便有希望解開被封的穴道。

只是不懂那方法。

唯有盡力使丹田的眞氣積聚。

假設范良極知道他現在的情況，必會立時加封他其他穴道。因為他點的穴道，會令韓柏完全提不起任何勁氣，韓柏丹田內應是一絲內氣也沒有才對。

他怎知韓柏的功力大違常理，乃來自赤尊信威力無窮的魔種，他獨步天下的封穴手法只可以暫時鎖著魔種的活動，卻不可以使魔種完全癱瘓。

范良極沉吟好一會兒後，不理韓柏的問話，自顧自道：「但爲了保持青春常駐，所以這數十年來，每年生日，我都會找上一個人，盡吐心事，以舒胸中鬱悶的秘密，你若還不明白，只好做一隻糊塗鬼了。」

韓柏目瞪口呆，心想世間竟有如此之事，難怪范良極一上來，便滔滔不絕，原來自己竟成了他這一個生辰的大禮。

范良極忽地一手抓起了他。

韓柏隨著范良極飛身越牆，轉瞬後在瓦面上奔行著。

范良極躥高躍低，忽行忽止，連被他提著的韓柏也感到他每一步都大有道理，不愧傲視天下偷賊輩的獨行盜。

范良極忽地加速，連續奔過幾個高簷，來到一所特別雄偉的府第，躍落園中，跳伏竄行，再騰雲駕霧地升上一棵大樹之頂，停在一枝粗壯的樹椏間。

范良極將韓柏扶好坐直。

韓柏完全不知道他帶自己到這裡有何企圖，自然地通過大樹枝葉的間隙往前望去。

范良極聲音興奮得沙啞起來，低叫道：「來了！你看。」

對著他們的一座小樓燈光透出。

「咿呀！」

小樓的窗子打了開來，一位體態撩人，但卻眉目含愁的美女迎窗而立，望向天上缺了小邊的明月，嘆了一口氣。

范良極眼中閃著亮光。

韓柏心中一驚，難道這范良極是個淫賊，想來此採花？

第二章　糾纏不清

沾了冷水的絲巾敷在臉上，風行烈的意識逐漸回復，但頭腦仍然昏昏沉沉，像給千斤巨石壓著。

兩邊額角微微一熱。

眞氣分由左右輸入。

風行烈嚇了一跳，一般情形下，若要將眞氣渡入人體，絕少會選擇處於頭上的穴位，所以對方如非精於醫道，便等如拿他的性命開玩笑。

「蓬！」

腦際一熱，有如火灼。

風行烈猛然一驚，睜開眼來。

入目的是谷倩蓮蹙著秀眉的如花俏臉，離他只有十寸許的距離，如蘭氣息，隱隱透入他鼻內。

風行烈見到是她，大感頭痛，想撐起身來，撐到一半，雙手一軟，往後便倒，全靠谷倩蓮伸手往背後扶著，才不致仰倒。

林木花草的氣味充盈在空間裡，四周黑漆漆的，憑著一點月照，使他在習慣了黑暗後，看到自己置身在郊野裡的某一處所。

谷倩蓮幾乎是擁抱著他，將小嘴湊到他耳邊道：「好了點嗎？我給你解了毒，很快會沒事了。」

風行烈深吸了幾口氣，果然精神多了，靠自己的力量坐直身體，道：「這是甚麼地方？」

谷倩蓮半跪半坐，溫柔地看著他，輕輕道：「這是武昌東郊岳王廟北的山頭，假設你現在站起來，可以看到岳王廟在林木間露出來的綠瓦頂，和更遠一點的長江，風景美麗，每天日出前我都會來此練功，你是第一個和我分享這勝地的人。」

換了是另一個少女向風行烈這般喁喁細語，他定會猜對方對他大有情意，可是出於這外表純眞無知，事實上卻老辣狡猾非常的谷倩蓮，風行烈則完全不知她在轉著甚麼鬼念頭。

風行烈勉力站起來。

谷倩蓮想要扶他，給他拂開。

谷倩蓮絲毫不以爲忤，只是委屈地移開兩步。

一陣搖搖晃晃，風行烈終於站定。

彎月下，隱見岳王廟頂的瓦光，和遠方在山巒間時現時藏的滾滾大江。

夜風徐徐吹來，風行烈精神一振。

四周蟲聲唧唧，仿似在鳴唱著入冬前最後的一曲。

谷倩蓮窈窕的嬌軀，亭亭和他並肩卓立，齊齊遠眺月夜下迷茫的夜景。

「噹噹噹！」

鐘聲從岳王廟處傳來，餘音嫋嫋不絕，谷應山鳴，莊嚴至極。

一幅清晰的圖像在風行烈的腦海內升起，那是一個大雪的黃昏，他從雪山中回到暫居的一所山中古刹，在佛堂裡，他看到了一個美麗的倩影，正誠心地將香燭插在禮佛的木香爐裡。

風行烈靜立在她背後，卻沒有法子移開腳步，他從未見過這麼優雅動人的背影。

她一個孤身女客，為何會來到這山中的靜地裡，難道只為了奉上一炷清香？

「噹噹噹！」

禪鐘敲響。

她終於緩緩轉過嬌軀，讓他這孤傲的男子看到了十世輪迴也忘不了、艷絕天下的容色。

靳冰雲呵！

你可知自那刻開始，我風行烈便不能沒有你。

但現在他終於失去了她！

到了今天，他才明白了為何她眼中總藏著那麼深濃的悽怨幽哀，因為打一開始，靳冰雲便知道在騙取他的眞情。

不過縱使他在廟中初遇時已知道了她的圖謀，他仍會不容自拔地陷進去，假設讓一切事重新發生一遍，結果仍會是完全一樣。

他並沒有後悔，也沒有一絲一毫的怨恨。

「你在想甚麼？不要那樣好嗎？你的眼神太悲傷了！」谷倩蓮在他耳邊呢喃著。

風行烈嘆了一口氣，改變話題問道：「刁辟情死了沒有？」

谷倩蓮垂首不答，一對玉手玩弄著衣角，低聲道：「你也關心我的事嗎？」

風行烈暗忖她又在惺惺作態了，不知要使甚麼手段，微怒道：「你不說便罷了！」

谷倩蓮嬌軀一震，移到他面前，仰首道：「你的脾氣為何如此大，人家功夫及不上刁辟情，唯有以燈芯傳毒，但這毒只對有內功的人生效，哪知你也暈了過去！」

風行烈心中一動，谷倩蓮並沒有騙他的理由，那是否說，他看似消失無蹤的內力，只是潛伏在某一處，而不是完全失去了。假設情況確是如此，自己恢復武功一事，就不只是妄想了。

想到這裡，只想找一個僻靜地方，好好地潛修內視。

谷倩蓮幽幽道：「你知否為何我總纏著你不放，明知你是那麼討厭我？」

風行烈一呆，望向她委屈幽怨的俏臉，實想不到她如此有自知之明，而且話內隱含深意。

谷倩蓮噗哧一笑，一改幽怨表情，得意地道：「因為我知道你是誰！」

范良極在韓柏耳邊道：「這女人叫朝霞，是這大宅主人陳令方從青樓贖身買回來的小妾，陳令方本身是退休的京官，對朝廷仍有一定的影響力，所以在武昌非常有權勢。」

韓柏壓低聲音道：「你和他們有甚麼關係，為何知道得這麼清楚？」

范良極瞪大眼睛，一瞬不瞬地盯著那喚朝霞的女人，直到她走回房裡，消失窗前時才省起韓柏的問題，答道：「一點關係也沒有，只不過過去的兩年內，我一有空便到這裡來，初時只是留意朝霞，後來為了更深入點進入她的生活裡，索性連其他人的一舉一動也加以窺探，現在連他們何時睡覺，有甚麼習慣，也知道得一清二楚了。」他愈說愈興奮，忽地嘬唇吹叫，發出連串清脆的鳥鳴聲，抑揚有致。

韓柏嚇得幾乎連那顆心也跳了出來，不知為何，連他也不想范良極被那朝霞發現，以致破壞了那種暗裡明處的關係。

目下他雖是范良極的階下囚，但能於暗中窺視朝霞的私隱，既新奇又刺激，兼帶點優越的感覺，何況他並不須負上道德的問題，因爲他是被迫的受害者。

美女朝霞又來到窗前，伸頭出窗，四處查看，自言自語道：「中秋都過了，怎麼還會有杜鵑啼叫，而且這麼晚了！」看了一會兒，才回到房內去。

范良極低嘆道：「你聽她的聲音多甜，唉！這可憐的女人最愛聽杜鵑啼叫，每次我扮杜鵑啼叫時，她都會走出來看看。今夜又是這麼晚也不肯睡覺。」

韓柏暗忖這范良極雖然獨來獨往，看似孤傲冷漠，其實內心感情豐富之極。忍不住問道：「你是否愛上了她？」

范良極愕然道：「是否愛上了她？我倒從未想過這問題，爲甚麼我不這麼想呢？」

韓柏腦筋大動，忽地靈光一現，問道：「你有否偷窺她寬衣解帶的旖旎情景？」

范良極臉色一沉，怒道：「我怎會對朝霞幹這種事，你再說我便提早宰割了你。」

韓柏胸有成竹地道：「我這樣問你，其中大有深意，因爲一般男女的愛情，都是靈慾交融，包含了強烈佔有對方的衝動，但目下你連朝霞身體的『觀閱權』也沒有爭取，便證明了你對她有情無慾了。」

范良極道：「那爲何我一有空便忍不住到這裡看她？」

韓柏淡淡道：「因爲你的確愛上了她！」

范良極皺眉道：「可是你剛才正指出了我對她沒有一般男女的佔有慾呵！這的確有道理，因爲雲清那婆娘我不但想看她的身體，也想佔有她、征服她。」

韓柏微笑道：「對於朝霞，你的愛是父女之愛，所以你才關心她，爲她的遭遇難過，就像對自己的女兒那樣。」

范良極渾身一震，將盯著朝霞臥室的目光收回來，像首次認識韓柏那樣，仔細地打量他，冷冷道：「你多少歲了？」

韓柏心想假如他告訴對方自己二十歲也不到，范良極一定會認爲是在欺騙他，因爲與魔種結合後，他的相貌體型變得粗豪雄偉，看上去在二十五、六間。於是順口道：「二十五歲了！」

范良極悶哼道：「我最擅暗裡觀人之術，你的實際年齡應比你的外表爲小，因爲你常不經意地流露出童稚之態，那是裝也裝不出來的。」

韓柏心中震駭，表面卻滿不在乎地道：「你歡喜我多少歲便多少歲吧！橫豎也要給你殺掉的了。」

范良極眼中射出兩道寒芒，落在他骨格雄奇的面容上道：「就算你眞是二十五歲，但剛才對我和朝霞間感情的分析，卻只有飽歷世情，又兼之智慧深廣的老年人，才能如此洞悉人性，作此種大膽判斷，所以現在我不得不對你重新估計，你究竟是誰？」

韓柏恍然大悟，其實連他自己也不知道爲何有這種明悟，這時給范良極提醒，才記起每逢遇上危難時，自己會像忽然從某一源頭得到解決的智慧和功法，使自己安度難關，那來源當然是赤尊信的魔種。

就若剛才用心一想，便「靈機一觸」，想到了答案。

想到這裡，心中一動，隱隱找到了一個應付目下穴道被制的法門。

范良極見他眼珠亂轉，怒道：「你在想甚麼？」此人雖身爲天下景仰的黑榜高手，但因外形猥瑣，所以自卑感極濃，最忌被人嘲笑，眼前的韓柏既洞悉了他心內的秘密，這刻極可能正在心底下暗笑他的行爲，不由殺機大起。

韓柏立時感受到他的殺氣，不驚反喜，反瞪著對方道：「我想甚麼事，與你何干？」竟像要故意激怒這操縱著自己生死大權的人。

范良極殺氣更盛，一字一字地道：「你試試再說一遍？」

韓柏正要再說一遍，丹田內的眞氣忽地鼓盪起來，知道體內魔種果然因對方的殺氣而生出反應，哪還說得出話來，福至心靈地以意御氣，直往下身被封的穴道一波接一波衝去，那亦正是最易被衝開的關鎖。

范良極見他閉口不言，以爲他給嚇怕了，怒氣稍減，而事實上此刻他仍未捨得將這麼「善解人意」的傾吐對象殺了。

這時朝霞又來到窗前，捧著一個瓷罐。

范良極的注意立時被吸引過去。

韓柏剛要衝破被封的其中一個要穴，豈知殺氣忽消，氣機牽引下，澎湃的眞氣驀地由盛轉衰，回復剛才不死不活的狀態。

但韓柏心中已大爲篤定，魔種竟有此靈動奇應，自己日後如能好好掌握，將會成爲珍貴的本錢，不由信心大增。

朝霞揭開罐蓋，拿了一把東西出來，撒往窗外的地面上，輕呼道：「吃吧！鳥兒！」

范良極低呼道：「癡兒癡兒！又拿雀粟餵鳥了，晚上鳥兒都睡覺去了，誰會來吃？」

朝霞退回房裡，燈火熄滅，接著傳來上床就寢的聲音。

韓柏身子一輕，給范良極提了起來，心中苦笑，不知這怪老頭又要將他弄去看甚麼東西。

風行烈愕然望向谷倩蓮道：「你知我是誰？」

谷倩蓮甜甜一笑，賣個關子道：「你不相信我嗎？不如我們來個賭約，假設我沒有猜錯，你便乖乖隨我回雙修府，讓一個人見上你一見，假設你得她恩寵，那你的武功便能回復舊觀，說不定還能更上一重樓呢！」

風行烈沉吟不語，細嚼她話內的含意，淡淡道：「假若你輸了呢？」

谷倩蓮秀眉輕鎖，低聲道：「我孑然一身，若非府主可憐我這父母早喪的丫頭，並得公主待我如姊妹，傳以秘技，蓄意栽培我成爲對付魅影劍派的專人，我哪有今天的風光，所以假設我輸了，你要我做甚麼便做甚麼，爲奴爲妾，任隨君便。」

她說得可憐兮兮的，但早領教過她厲害的風行烈，已知她眞的把握了自己的身分，才設下圈套，引他入彀，不過假若谷倩蓮沒有騙他，自己就算輸了，也沒甚麼大不了，何況他現在功力盡失，谷倩蓮要將他弄回雙修府，還不是易如反掌嗎？

想到這裡，心中一動，這谷倩蓮處處以治好他的傷勢來引誘他，似乎最重要是得到他心甘情願的合作。嘗聞雙修府有男陽女陰的雙修大法，每代只傳一人，而且傳女不傳男，再由女方覓取人選，結爲夫婦，合籍雙修，谷倩蓮千方百計要他跟她回雙修府，難道與此有關？

谷倩蓮口中的「她」，看來便是那雙修公主了。

原本看來模糊神秘的事，一下子給他理出一個輪廓來，唯一難明的地方，就是她谷倩蓮有何資格越俎代庖，為她的公主挑婿？

谷倩蓮見他皺眉苦思，嗔道：「你究竟是否男子漢大丈夫，賭不賭一言可決，哪用想這麼久！」

風行烈暗忖這丫頭竟用起激將法來，我偏不如你所願，微微一笑道：「明知有輸無贏，賭來做甚！」

谷倩蓮見計不得逞，玉容一沉，聲調轉冷道：「好！風行烈果然不愧白道當今的第一號人物，可是不知你信也不信，若沒有我們的掩護，不出三日之內，你將落入龐斑的黑白二僕手裡，你的行蹤並非如你想像般隱秘。」

風行烈聽到由她的檀口吐出自己的名字，雖明知必會如此，仍禁不住心神大震，況且谷倩蓮語氣隱含威迫之意，更加深了他危機的感覺。

魔師既已出世，天下凶邪歸附乃必然的事，由大幫會始，一層一層控制下來，以至乎地方的小幫會、地痞流氓，天下真是難有他容身之所，谷倩蓮將他帶到這荒山野嶺，其中大有道理。

但谷倩蓮為何敢冒開罪龐斑之險來助他，因為一個不好，雙修府休想有一條活口留下來。

谷倩蓮聲音轉柔道：「下面的岳王廟裡，有一個人在等待著你，你下去見他吧！」

風行烈全身一震，失聲道：「誰？」

第三章　「邪靈」厲若海

砰！

韓柏給丟到地上。

與魔種結合後，他的體質堅強了不知多少倍，一點也感不到疼痛。

范良極把韓柏拿回到早先制服他的破落廢屋裡。

范良極取出旱煙管，塞進菸絲，點燃後深深吸了幾口，像想起甚麼似的將背上取自韓柏的三八戟解下來，詛咒道：「這麼笨重的傢伙，使老子走起路來也慢了。」他還是首次認「老」。

韓柏仰臥地上，閉上眼睛，全神運氣衝穴，可是丹田內的眞氣就像個不聽話的頑童，完全不遵照他的意願行事。

范良極舒舒服服在破椅上坐了下來，吸一口菸後，緩緩道：「好兄弟，不如我們打個商量！」

韓柏冷冷道：「不用了！你殺了我吧。」

范良極愕然，大奇道：「怎麼？你連條件也不想聽嗎？」他自然想破腦袋也想不到韓柏是要激起他的殺機，以使體內的魔種因感應而生出抗力。

韓柏微微一笑道：「枉你身爲黑榜高手，但行爲卻卑劣之極，甚麼『良極』，我看是『劣極』。」

范良極眼中精芒一閃，殺機大盛，沒有人可拿他的名字來開玩笑，連龐斑也不行！

韓柏丹田內眞氣立生感應，由剛才的散亂無章，結聚積凝，就像一個已在醞釀的風暴。

范良極伸出旱煙管，在破桌上一下一下敲著，似在敲響死神的鼓奏。

每一下都是那麼平均，中間相隔的時間毫釐不差，顯示出黑榜高手的功力和對時間精確的掌握。

獨行盜殺機已動。

韓柏丹田的眞氣忽地往四方澎湃擴展，而不是只衝向其中一個穴道。

范良極冷哼一聲，離椅站起，手中旱煙管直點韓柏眉心。

韓柏身體一輕，穴道全解，渾身充盈著氣勁，比之以往任何一個時刻，更爲優勝。

原來赤尊信的魔種，雖與韓柏完全結合，但始終是外來之物，雖在韓柏體內，但能發揮出來的卻只有十之三、四，除非遇到極大的刺激和磨鍊，才能眞正發揮至盡。

今次范良極以獨門點穴手法，強行制住魔種，恰恰激起魔種潛伏的力量，使它進一步融入韓柏本身的精氣神內，說起來他還眞要多謝范良極呢！

范良極旱煙管正要點在韓柏眉心處。

「砰！」

這名列黑榜的絕代高手，在完全意想不到下，陰溝裡翻船，被韓柏重重一腳正踢在小腹氣海要穴處。

范良極大吼一聲，身子不但沒有被踢飛開去，反而泰山般猛往下壓，旱煙管加速點向韓柏眉心要害。

他一生從沒有沾染女色，七十多年的功力何等精純，韓柏一腳雖然予他一生人從未之有的重創，但護體眞氣自然生出相抗之力，化去了韓柏大半力道，仍能悍然反擊。

韓柏想不到對方的眞實功力如此驚人，就地一滾，往牆角避去。

范良極在這危急存亡的一刻，施出了壓箱底的本領，旱煙管仍點實在空無韓柏的地面上，就藉那旱煙桿作支柱，撐起身體，右腳橫掃，狠狠踢在韓柏的臀肌上。

這次輪到韓柏慘哼一聲，斷線風箏般離地飛起，重重撞在牆上，才橫著滑落。

范良極「嘩」一聲吐出一口鮮血，但心中卻是大喜，因他這一腳乃畢生功力所聚，無論踢中對方甚麼地方，也足可使對方全身經脈爆裂而亡。

可是他仍未放心，旱煙桿再用力，騰身飛起，左手照著韓柏頭頂的天靈穴拍去。

豈知「應已死去」的韓柏雙腳往牆一撐，面門向地，箭般彈離牆邊，來到他下方，一弓背，竟以背撞往他的前胸。

范良極臨急變招，這時收掌已來不及，凝氣胸前，硬往韓柏弓起的後背壓下去，兩人的比鬥方式，都是全無招式，但凶險處卻比任何毒招尤有過之。

「蓬！」

勁氣滿屋，塵屑飄揚。

兩人同時悶哼。

范良極毛球般被拋起，滾跌在破椅上，一陣木裂的聲音後，破椅被壓成粉碎，可是他也爬不起來。

韓柏也好不了多少，背脊碰撞處一股洪流暴發般的壓力迫來，將他壓得往地面擠去，接著狂力再由地面反彈過來，把他整個魁壯的身體像木偶那樣拋高，再重重拋回牆邊處，全身癱瘓，連指頭也動不了。

一時間兩人誰也奈何不了誰，誰能先爬起來的便是勝利者了。

風行烈緩步走進岳王廟的大殿裡。

一位雄偉如山的白衣男子背著他負手卓立，身子像槍般挺直。

風行烈全身一震，在他身後十步處停了下來，啞聲道：「師父！」

男子緩緩轉身。

一張英俊得絕無瑕疵的臉龐裡，嵌著一雙比深黑海洋裡閃閃發光的寶石還明亮的眼睛，冷冷盯著風行烈道：「你還記得我是你的師父嗎？」

竟是位列黑榜的邪異門門主，「邪靈」厲若海。

風行烈腦海閃過厲若海對自己從小加以嚴格訓練的種種往事，雙腿一軟，跪了下來，重重叩了三個響頭。

厲若海挺身受禮，臉上不露半點表情，使人不知他是喜還是怒。

風行烈站了起來垂手道：「風行烈背叛了邪異門、背叛了師父，現在功力全失，希望師父能賜與一死，也好過死在外人手上。」

厲若海仰首望往廟頂，看到了屋樑處有一個燕子留下的空巢，喟然道：「你消瘦了！」

風行烈鼻頭一酸，咽聲道：「師父……」再說不下去了。

厲若海道：「燕子南飛了，明年春暖花開時便會飛回來，但我最看重的好徒弟，一去便沒有回頭。」

風行烈仰天長嘆，百感交集。

厲若海望向風行烈，眼中神光轉盛，冷然道：「當年你大破我一手訓練出來的十三夜騎於荒城之郊，使你名動江湖，我曾想過離開水寨，親手將你擒殺，但你知否爲何我把這念頭打消？」

風行烈道：「這些年來徒兒百思不得其解，以師父處置叛徒的嚴厲手段，是絕不會容許我在外逍遙的，我亦準備好了受死。」

厲若海仰天長笑，道：「我一生人只收了一個徒弟，可是那徒弟背叛了我，只爲了西藏來的一個老喇嘛。」

風行烈默然不語，眼中射出堅定的神色，直到這刻，他仍沒有爲自己當年的行爲後悔。假設讓事情再發生一遍，就像和冰雲的愛情般，他還會是那樣做的。

厲若海回到早先的話題，道：「我不殺你，主要有兩個原因，你想聽嗎？」

風行烈躬身道：「徒兒怎會不想聽，自懂人事以來，行烈便最喜歡聽師父說的故事。」

厲若海滿懷感觸一聲長嘆，搖頭苦笑道：「冤孽冤孽，想當年你仍在襁褓之時，我將你縛在背上，力戰那時名懾黑道的『十隻野狼』，又怎會想到我背上拚死維護的，竟是一個叛徒。」

風行烈霍地跪下，平靜地道：「師父殺了我吧！」

厲若海暴喝道：「像男子漢般站在我面前，我厲若海要殺你，你即管有十條命，也早死了。」

風行烈長身而立，但全身卻不住顫抖著，淚水不受控制湧出眼眶，正是英雄有淚不輕彈，只因未到傷心處！

直到這刻，他才眞正感受到厲若海對他的愛惜是超越了師徒的父子之情。

厲若海背轉了身，不讓風行烈看到他的神情，聲音轉冷，緩緩道：「當年我不殺你，因爲我知道我下不了手，因爲厲若海不能下手殺死他那不會反抗的徒兒，風行烈，我太明白你了，你是絕不會和我動手的。」

風行烈衝前三步，在厲若海背後停了下來，悲叫道：「師父！」

厲若海頭也不回，淡淡道：「這只是第一個原因。」

風行烈深埋在心裡對這恩師孺慕之情，山洪般傾流出來，這刻他已忘了身前這氣概迫人的黑榜高手，乃橫行肆虐黑白兩道的一方霸主，而他當年叛出邪異門，亦是因爲要將一條無辜的生命，從他的魔爪內拯救出來。

厲若海道：「第二個使我不動手對付你的原因，是因爲不忍心親眼看到一個擁有挑戰龐斑潛力的絕世武學奇才，毀在我厲若海手裡。」

風行烈全身大震，踉蹌往後連退多步，才煞止退勢，不能相信地望著厲若海的背影，不能相信一向對自己冷言疾色的厲若海，竟對自己有如此大的期望。

厲若海旋風般轉過身來，兩眼神光電射，沉聲道：「所以一接到雙修府的飛鴿傳書，知道你在此出現，便立即趕來，務要在黑白二僕截上你前，與你會合，師徒恩怨已屬小事，目下最重要的問題，就是如何讓你逃離武昌，因爲刻下龐斑正在這裡。」

風行烈嘆道：「師父！行烈現在只是廢人一個，師父怎値得冒著開罪龐斑之險，幫助行烈？」

厲若海在背後負起雙手，緩緩來回踱著方步，重重舒出心頭一口悶氣，傲然道：「我今年四十八歲，以我現時的狀態，活過百歲可說毫不稀奇，假設要我在打後的六十多年，卑躬屈膝地在龐斑、方夜羽等人之下求存，我情願轟烈戰死，我厲若海豈是乾羅、莫意閒、談應手之流。」

風行烈肅容道：「師父一向英雄了得，自不會屈從於人，可是我目下武功全失，生不如死，師父實犯不著理會我。」

直到這刻，厲若海雖沒有重新承認風行烈是他徒弟，但也沒有阻止風行烈稱他作師父。

厲若海道：「江湖上近日秘傳著一項消息，說及你成爲了龐斑練某一種蓋世魔功的重要種子，若不能將你生擒，龐斑這古往今來魔門從未有人練成的魔功，便會功敗垂成。」

風行烈呆了一呆，暗忖此事秘密之極，怎會傳出江湖，接著恍然大悟，漏出此秘密者，必是淨念禪宗的廣渡無疑，而且是刻意洩秘，使有心者能在其中加以阻撓，此著果是非常厲害。

厲若海續道：「我立時加以引證，發覺龐斑的黑白奴才，果然四處遣散人手，搜尋你的蹤影，便知空穴來風，非是無因。」

風行烈道：「事實果是如此，不過假如師父現下一舉將我殺了，則無論龐斑有甚麼通天徹地之能，他的『道心種魔大法』，也永不會成功。」

厲若海渾身一震，眼中強芒大盛，盯著風行烈。

風行烈閉上眼睛。

失去了武功、失去了冰雲，生命對他再沒有半點意義，他深悉厲若海乃爲求成功不擇手段的人，對他或有三分感情，但假若那是要犧牲他的權力和威名，卻是休想，要在龐斑手內救風行烈，是動輒身死敗亡之局，但假若就此殺了他，以厲若海的才智、功力，必可做得乾淨俐落，不留絲毫可供龐斑根查的痕跡，如此權衡輕重下，厲若海豈會捨易取難？

勁風狂起。

厲若海一拳重擊風行烈胸前膻中要穴。

第四章　挑戰龐斑

韓柏伏在牆角，口鼻呼吸全消，但體內魔種的精氣正由先前的散漫再漸次積聚，就像水滴般匯聚著，假設眞氣再次結聚成形，他便會痊癒過來，跳起身去對付可惡的范良極。

不過他對自己的信心也在動搖中。

想他在猝不及防下全力擊中范良極在先，仍落得兩敗俱傷之局，於此可見這黑榜高手的功夫，實在勝過自己，由是推之，龐斑更是高不可攀。

豈知此時躺在另一邊全力療傷、眞氣內行的范良極，心中的震駭，比之他更是有過之而無不及。范良極自幼好武，憑著他天下無雙的偷技和暗窺之術，遍閱天下武術秘典，對各門各派的了解，各黑榜高手無有出其右者，但和韓柏多次交手，竟發覺對方的詭變之道，實不下於他，心中的沮喪，不在話下。

殘破大屋內靜悄悄的。

連呼吸的聲音也聽不到。

一切都融入了黎明前寧謐的暗黑裡。

驀地屋外的荒園「沙沙」聲起。

屋內的韓柏和范良極心中大奇，因爲來者落地無聲，只是衣袂飄動時拂起了幾片落葉，才喚起兩人的注意。

如此高手，會是誰人？

風聲輕響。

另一功力稍遜，但亦已是不可多得的高手躍入園中。

范良極將耳貼在冰冷的地上，施展「偷門盜聽」之術，將園外兩人每一絲聲息收進耳裡，心中暗奇，這兩人的武功僅次於我這類黑榜高手，應亦是一方霸主無疑，到此會面連手下隨從也沒有一個，爲何要這樣偷偷摸摸，難道想來和我偷王爭口飯食嗎？

韓柏卻是另一種驚異！

不知如何，當第一個高手出現園中時，心中便無由湧起一陣強烈到使他想慘叫的濃重殺機，那是源自體內的魔種，難道「他」認識外面那人，就像那次韓柏被斬冰雲埋在地底時，他體內的魔種感應到地面上的人就是天下第一高手「魔師」龐斑那樣。

遲來者低聲道：「卜門主果是信人，時間分毫不差，還有三刻鐘便天亮了。」

卜門主道：「宗兄你好，今次約我秘密來此相見，不知有何要事？」

「卜門主」三字入耳，范良極顫了一顫，韓柏卻是全身一震。

他們都知道來者是誰了，就是「盜霸」赤尊信的師弟「人狼」卜敵。

韓柏心中恍然，難怪魔種反應如此劇烈，假設自己能善用魔種這種靈動力，豈非武功可遽進數倍，輕易超過躺在那邊的黑榜死老鬼？

卜敵續道：「宗兄不用環目四看，剛才我來此前，曾施展天視地聽之術，保證此處沒任何人。」

范良極心中大喜，卜敵這樣大言不慚，即管另一人想看，也不好意思去看了，因爲那樣做將擺明對卜敵的「天視地聽」沒有信心。

宗姓男子道：「宗越今次約門主來見面，是要獻上一個重要消息。」

卜敵絲毫不露出心急之態，淡然道：「卜某今次來此之前，已得小魔師授以全權，宗兄有甚麼提議，放心說出來吧，只要對卜某有利，天大的事我也可以擔當。」

韓柏和范良極兩人齊齊一呆，宗越不就是邪異門內僅次於厲若海之下的第二號把手，爲何約了卜敵到這裡來？

除非他想背叛厲若海！

宗越沉聲道：「目下厲若海門主正與本門叛徒風行烈秘密會面，而本人則負責安排逃走路線，這樣說卜門主明白了沒有？」

韓柏一顆心立時不受控制跳動起來，差點將魔種凝聚的眞氣也岔散了。他對那晚所遇到的三個人——浪翻雲、廣渡大師和風行烈，都有種難以言喻的親切和感情。

原先他的打算是擺脫了「獨行盜」范良極後，便不惜一切，務求將赤尊信的大仇家「人狼」卜敵斃於手下，但現在聽到宗、卜兩人的對話，優先的選擇已移到救援風行烈一事上。

他的反應立時給范良極貼在地上的耳朵「盜聽」了去，這狡猾多變的老狐狸眼中閃起了亮光，顯然又有新的鬼主意。

卜敵聽到風行烈的名字，呼吸立時轉重，顯示出內心的緊張，假設他不是也聽到厲若海正和風行烈在一起，恐怕立即便要前往擒人立功。

宗越道：「宗某將會安排他們由武昌東的迎風峽路線快馬逃走，若卜門主能夠配合，風行烈可手到拿來。」

卜敵心想既有厲若海牽涉在內，恐怕要「魔師」龐斑親自出手才妥當，不過宗越說話如此得體，仍使他受用非常，道：「宗兄如此幫忙，有甚麼要求，儘管說出來。」

宗越恭聲道：「良禽擇木而棲，厲若海不識時勢，宗某怎能和他同乘破船，但願能依附卜門主驥尾，爲魔師做點事，於願已足。」

聽到這裡，屋內一老一少兩人都不禁暗讚宗越攀龍有術，因爲他若要求在方夜羽之下得一席位，必惹起卜敵猜忌之心，況且功亦未必定能立得成，但像他目下低得不可再低的要求，便能使卜敵將他視爲手下之人，而竭力引薦，最後得到的收益，亦是最大。

卜敵道：「好，你的意願，包在卜某身上，事不宜遲，我立即和你往見小魔師，好好安排一切。」

風聲響起。

荒園回復早先的寂寥無人。

韓柏跳了起來，兩眼神光閃閃，不但早先內傷不藥而癒，功力還深進了一層，最值得高興的，還是對體內魔種加深了認識。

范良極仍俯伏地上，一點動靜也沒有，就像死過去了一樣。

韓柏咧嘴一笑，暗道終於贏了你這死老鬼！眼光轉到桌上放著的三八戟，心想這戟千萬不能失掉，否則怎還可在方夜羽前抬頭挺胸做人。

身子一動，移到桌前，探手往戟柄抓去。

眼看摸上戟柄。

「嗖！」

三八戟離桌飛走，同一時間范良極一陣煙般竄起，落到門旁，三八戟已到了他手裡，嘿嘿怪笑道：「本人偷了之物，豈是如此容易給人要回去的。」

韓柏這時才發覺對方以一條黑線纏上戟頭，將戟「盜」去，不禁暗罵自己粗心大意，沒有想到范良極乃盜王之王，這點小手法在他是毫不足道的玩意。

想起要和他面對面硬幹，不禁大感頭痛，救風行烈的事已刻不容緩。怒道：「拿回來！」

范良極好整以暇地道：「不要動，一動我就走，保證你永遠也見不著我。」

韓柏又好氣又好笑地道：「范良極你身爲黑榜高手，怎可如此撒賴？」

范良極毫不理會他的嘲諷，微微一笑道：「來！讓我們談談條件，談得攏的話，我不但可以將這塊爛玄鐵交回你，還可以助你去救那風行烈。」

韓柏一震道：「你怎知我要去救風行烈？」

范良極倚老賣老地道：「那有甚麼困難，你放的屁是甚麼大小形狀也瞞不過我這對法眼。」

韓柏道：「你眞的肯助我救風行烈？你不怕遇上龐斑嗎？」

范良極狡猾一笑道：「有天下第一美男子厲若海在，龐斑哪還有時間招呼我，其他的人嘛？我范良極還不放在心上。」

韓柏大爲意動，若范良極肯眞心幫手，自己的實力最少增加了一倍，否則若他刻意搗亂，自己則有凶無吉，權衡利害下，嘆道：「說出你的鬼條件吧！」頗有些任由宰割的淒涼味道。

范良極見他就範，大為高興，可是他乃老謀深算的人，知道若勉強對方屈就，最後得出來的成果，可能會不如理想，甚或弄巧反拙，於是道：「你也不用那麼垂頭喪氣，我給你這分差事，保證沒有男人會覺得是苦差，況且我們這協議，要待救出了風行烈才作算，這樣也算公平吧？」

韓柏好奇心大起，道：「你是否太少和人說話，一說起來便是這樣嚕嚕囌囌，說了半天還未轉入正題，要知救人如救火，半刻也耽誤不得。」

范良極毫不動怒，嘻嘻一笑道：「條件很簡單，就是要你從陳令方臭體之下，將朝霞救出來，使她愛上你，並娶她為妾。」跟著眨了眨眼，神秘地道：「這如花似玉的女嬌娘，琴、棋、書、畫，無所不精，尤其對於服侍男人之道，嘿！不用說你也明白我的意思。」

韓柏聽得目瞪口呆，愕然道：「甚麼？」

「砰！」

胸口像給萬斤重槌轟了一下，風行烈仰天飛跌，就像狂風捲起了一片落葉。

狂勁由擊中處閃電般傳往每一道主脈和支脈，連叫也叫不出來。

「砰！」

模糊中風行烈感到自己撞在一個人的身體上。

那人道：「癡兒！還不守著靈台一點清明，你真的想死嗎？」

竟是厲若海以絕世身法，趕到自己後面，待自己湊上去。

從厲若海的身體注入了一道陰細之極的氣流，瞬息間融入了早先剛猛的氣勁裡，擴展的氣勁，驀地收縮。

風行烈心中狂叫，師父！你為何要耗費眞元，救我這叛徒。

另一股眞氣，由戳在眉心的手指刺入，就像在全身經脈內有若波潮漲退般的亂流裡，開闢了一道深溝，將千川百河盡納其中，順著背脊的督脈，向丹田下的氣海衝去。

同一時間厲若海將他拋往上空，左右手中指分戳在他腳板的湧泉穴上，眞氣似蛛網般沿腳而上，往丹田湧去。

「轟！」

風行烈腦脈巨震，全身失去了知覺，只感虛飄無力，知道是厲若海以獨門手法，回復自己失去了的內力，哪敢怠慢，以至累人累己，連忙收攝心神，守著靈台一點清明。

也不知過了多少時候。

風行烈大叫一聲，噴出一大口瘀血，死魚般癱在地上，不知是生是死。

厲若海凝立不動，英俊無匹的容顏透出一抹鮮艷的血紅，良久才回復平時的白皙。

這時手下四大護法之一的「笑裡藏刀」商良走了進來，躬身道：「宗副門主傳來消息，迎風峽暢通無阻，請門主立即上路。」

厲若海平靜地道：「預備了甚麼人手？」

商良道：「四大護法、七大塢主和幫中好手共四百零八人，全部整裝待發，只等門主一句說話。」語氣中透露出壯士一去不復還的堅決。

厲若海道：「路遙知馬力，日久見人心，你們好！都很好！」

商良眉頭一皺，他這老江湖怎會聽不出厲若海話中有話，不過他一直對自己這英雄蓋世的門主心存敬畏，不敢出言相問，唯有默立不語。

厲若海道：「好！你要一字不漏地聽著。」

「噹！」

一個雕著邪異門獨有標記「雙龍捲雲柱」的令符，給掉在地上。

商良連忙伏跪。

厲若海的聲音傳來道：「立即以此符傳我之令，由此刻起，邪異門全體解散，避隱山林，除非聽到本人厲若海再現江湖的消息，否則邪異門就沒有了。」

商良大震道：「門主！」

厲若海道：「不必多言，我意已決。」指著地上的風行烈厲聲道：「二十五年前，我厲若海能在十隻野狼手上將這畜生救出來，今天也能單槍匹馬，在『魔師』龐斑手上將這畜生帶回去，龐斑啊龐斑，我要讓你知道在浪翻雲之外，還有一個全不懼你之敵手。」

商良顫聲道：「那宗副門主方面又怎樣？」

厲若海淡淡道：「以後再也不要在我面前提起那叛徒！」

龐斑坐在花園亭內的石凳上，專心細讀一本舊得發黃的眞本竹譜。伴著他的除了風吹葉起的沙沙聲外，便只有繞在亭前小橋下流過的淙淙溪水聲。

方夜羽悄悄來到他身後，將浪翻雲送給的竹籮放在龐斑的身後。

龐斑目光注在竹譜上，平和地道：「回來了！」

方夜羽躬身道：「戰書送到浪翻雲手上，但在詳說其中細節前，夜羽有要事急稟。」

龐斑道：「說出來吧！」

方夜羽道：「風行烈的行蹤已被發現。」

龐斑像聽著與他全無關係的事那樣，淡然自若道：「消息來自何處？」

方夜羽道：「來自邪異門的宗越，此人藉此投靠我們，洩露出厲若海已親臨此地，準備不惜一切也要將風行烈帶走。」

龐斑遞過手上竹譜，微微一笑道：「這是上代大家吳鎮的竹譜眞跡，你看他淡淡一筆，一片迎風飄舞的竹葉便活然紙上，形神俱備，令人看不出究竟是竹動？風動？還是觀者自己意動？眞乃畫道的極致。不多一分，不少一點，否則不足未及，俱是不美。」

方夜羽細嚼他的話意，好一會兒，忽地全身一震，霍地下跪，連叩三個響頭才起立道：「多謝師父指點。」

龐斑道：「不愧龐某徒兒，明白有跡可尋，俱是下作，只有無跡可尋，就像吳鎮寥寥一筆，使人看不破究竟是竹動？風動？還是意動？才是武道的極致。」

方夜羽問道：「夜羽舉手投足，總是有的而發，即亦有跡可尋，故不明如何才能臻無跡可尋的化境？」

龐斑仰天哈哈一笑道：「天地由『一』而來，此『一』何有痕跡可言？但『一』生二、二生三，三生萬物，此便由無跡變爲有跡，譬如你三八載未出前，便是無跡；但三八載一出，便成有跡，你明白沒有？」

方夜羽道：「這道理徒兒明白，但三八戟總不能不出手，若一出手便落下乘有跡，那豈非永不能達無跡之境？」

龐斑微微一笑道：「由一而來，從一而去，來無蹤、去無跡，誰還管中間發生了甚麼事？就像這一筆！」伸指順著手中竹譜其中一塊葉子撇了一撇，指尖停處，恰好是葉端至盡處，不多一分，不少一分。

方夜羽全身劇震，感激涕零地叩首道：「徒兒明白了！徒兒明白了！」

龐斑道：「別辜負了背上我贈予你的三八戟，那是爲師初出道時橫掃武林的好傢伙。」

方夜羽摸了摸背後影隻形單的三八戟，心道：我方夜羽定能以此將另一支三八戟公平贏回來。應道：「多謝師尊教誨。」

龐斑放下竹譜，站了起來，負手走到亭邊的圍欄旁，低頭細看亭外荷塘裡荷葉上一滴晶瑩的水珠，在晨光下閃閃生輝，道：「你見過厲若海沒有？」

方夜羽知道龐斑從不作廢言，語出必有因，所以絲毫沒有因不明龐斑忽地提起厲若海的原因，而生出疑惑之心，搖頭道：「沒有！但我曾對此人作了個深入的調查，由他的起居、飲食、習慣入手，發覺此人是完全沉迷於武道的眞正強人，師父對這看法有何意見？」

龐斑道：「你的看法一點也沒有錯，二十年前厲若海初出道時，曾來見我，那時我便知道此子除了武道外，其他的都不屑一顧。」

方夜羽道：「以他那能使任何女人傾倒的容貌體魄，竟能四十多年來半點也不沾女色，已可知此人意志的堅定，即管傾盡三江五湖之水，也不能動搖其分毫。」

龐斑道：「天下間除了我和浪翻雲外，再沒有第三個人能勝過厲若海。」

方夜羽渾身一震，駭然道：「甚麼？」

他雖對厲若海有很高的評價，但仍想不到龐斑對厲若海的推許，竟到了如此地步。要知在黑榜裡，一向以來，最受推崇的當然是劍霸天下的「覆雨劍」浪翻雲，其他依次是「盜霸」赤尊信，又或聲勢大跌的「毒手」乾羅，厲若海在榜上只是中庸之士。

龐斑道：「二十年前我便從厲若海眼中看到他今天想幹甚麼，二十年來他態度低調，深懷不露，故聲名不及浪翻雲、赤尊信、乾羅，甚至不及談應手和莫意閒，其實他默默耕耘，等的就是今天此刻，只有我才配做他的對手。」

方夜羽皺眉道：「難道宗越只是個被扯線的傀儡？」

龐斑道：「黑榜十大高手誰是易與之輩，厲若海若給宗越這樣的毛頭小子出賣成功，他就不是厲若海了。」

方夜羽道：「如此我便要變更安排，務使厲若海不能偷偷遣人運走風行烈了。」

龐斑哂道：「你也太小覷厲若海了，此人英雄蓋世，自負平生，這樣公然向我挑戰，怎會做出鬼鬼祟祟的行爲，夜羽你放心，此人必是單槍匹馬，帶著風行烈硬闖突圍。」

方夜羽道：「師尊有何指示！」

龐斑淡淡道：「你布下天羅地網，重重險阻，務要擊殺此人，若他能闖出重圍，我便去會一會他厲若海的『燎原百擊』。」接著眼中爆起精芒，道：「來！讓我看看浪翻雲送來的大禮。」

韓柏緊隨范良極之後，忽地奔落一條橫巷，躍上瓦背，跨牆而行，在微明的天色裡，神不知鬼不覺地穿行著。

開始時韓柏施盡渾身力氣，也跟不上范良極，使得范良極怒氣沖沖地不住等他，但不一會兒後，韓柏便從范良極蹤躍的路線和身法，找到了一點難以形容的輕功至理，例如范良極由一座高樓躍下時，並非是直跳而下，而是頭下腳上採取一道彎彎的弧度，燕子般滑翔下去，到了近地面三、四尺處再斜斜仰飛，彈身而起。

這領悟使他速度倍增，最後連范良極也投來驚異的眼光。

這時范良極來到一戶人家的天井裡。

韓柏傻子般跟著，絲毫不知這死老鬼帶他到此處，和救援風行烈有何關係？

范良極揭起一口水井，低喝道：「下來！」自己跳了入去。

韓柏往下望去，只見范良極到了深井的中段往橫一移，整個人消失不見，不禁心下躊躇，因爲在這麼窄小的空間裡，范良極若要偷襲他，成功的機會幾乎是十有九成。

但轉念一想，范良極若眞心懷叵測，便不應將三八戟交回自己，因爲那是大利於近身搏鬥的可怕武器。

范良極伸頭出來，不耐煩地道：「還不下來，記得順手把井蓋掩上。」

韓柏一咬牙，躍了下去，到了范良極消失處，只見一個黑沉沉的洞，忙鑽入去，窄小的空間和濃烈的泥土味，應該使人非常難受，但對曾兩次被埋土內的他來說，反而有難言的親切感。

范良極的聲音傳來道：「將就點，這洞是我專爲自己打的，沒想到要招待你這大個子，快來。」

韓柏鑽將過去，移動了二十多尺，仍像沒有盡頭似的，心下駭然，這范良極也可算是打洞的不世高手了，難怪他能成爲天下群偷的大宗師。

水響傳來。

韓柏身子一輕，從另一頭鑽了出來，落到一處水深及膝的地方，異味充盈在這閉塞的空間裡，使人胸口作悶，呼吸不暢。

范良極在一端的暗黑裡叫道：「快來！」

韓柏跟了過去。

前面一道亮光傳來，只見范良極僅剩得一對肩膊以下的身體懸在前方，光線由他探頭出去的地方傳來。

韓柏心中恍然，原來這是一條大型下水道，上面是地面，只不知范良極在看甚麼？

當他來到范良極身邊，這有獨行盜之稱的黑榜高手躍回渠內，叫道：「你上去看看！」

韓柏懷疑地看看范良極，心想若我將頭伸出去，你豈非要把我怎樣便怎樣了？

范良極人老成精，哪會不知他心中轉著的念頭，失笑道：「放心吧！假設我對你有不軌之心，便讓我永遠也收服不了雲清那婆娘。」這誓言對他來說可是嚴重之極。

韓柏再咬牙，雙手攀著圓洞的邊緣，升了出去。

首先入目是遮掩洞口的垃圾雜物，然後是對面街旁矗立的一所大宅的正門，紅門金環，非常有氣勢，高牆內奇樹挺起，令人想像到內裡的豪華和氣派。

范良極的聲音傳來道：「表面上，這是一個京官的大宅，事實上卻是龐斑布置在武昌的行宮之一，哼，龐斑可以瞞過其他人，又怎能瞞過我這偷窺的專家。」

韓柏的頭在上面輕叫道：「噢！門打開了，有十多騎奔了出來……」

范良極得意笑道：「龐斑極爲自負，所以一切行動都正大光明，毫不掩飾，但要跟蹤他們卻非易事！」

韓柏奇道：「既是毫不掩飾，跟蹤他們有何困難？」

范良極道：「方夜羽此人極有才智，特別長於反偵察的布置，即管換了我，若貿然來踩盤暗探，必會被他布於行宮外的暗哨發現，假若你就這樣去跟躡他們，保證亦逃不過他沿途布下的暗哨，豈是你想像的那般容易。」

韓柏渾身一震道：「方夜羽出來了！」

范良極首次露出緊張的神色，低呼道：「他身邊還有甚麼人？」

韓柏道：「他身邊有十多個人……」

范良極急道：「有甚麼人的形相比較特別？」

韓柏忽地閉嘴不言。

范良極愕了一愕，卻沒有作聲。

好一會兒，韓柏跳回溝裡，順手將洞蓋掩上，猶有餘悸地道：「好險，差點給人發現了，幸好我知機閉上了眼睛。」

范良極道：「誰人如此高明，竟能對你的目光也能生出感應？」

在黑暗裡韓柏低聲道：「不是一個人，而是有三個人幾乎是不分先後感到我在看他們，一個是方夜羽，另外兩人一個是滿頭白髮的中年英俊男子，一個是妖艷之極穿紅衣的少婦。」

范良極全身一震，叫道：「不好！快隨我走！」

當先往另一端逸去。

韓柏連忙跟著。

一老一少，轉瞬間逃之夭夭。

第五章　浴血蘭溪

蘭溪鎮乃武昌東面大鎮。

位於浠水和長江交匯處，此去東三十里，便是白雲山的迎風峽，過峽後是亭前驛，南去四十里便是天下有名難越的「雷池」了。

天色大明。

厲若海策著戰馬「蹄踏燕」，身前馬背上伏臥著他愛恨交纏的徒兒風行烈，手足透過馬腹底給綁得牢牢紮實，緩緩步進剛開始晨早賣買的墟市。

大街兩旁攏滿來自各處商販鄉農的攤檔，由布帛、蔬果、鋤頭、器皿，以至乎驢、馬、豬、羊，無不是交易的對象。

討價還價的聲音叫得喧鬧一片。

一架載著禾草的驢車，在厲若海旁趕過，像生怕錯失了發財的機會。

望之不盡的長街人頭湧湧，一派興旺盛世之象。

厲若海神色平靜，輕提韁索，策著愛騎「蹄踏燕」在一堆堆買賣進行得如火如荼的人群間緩行穿過。

馬背上的風行烈乍看也不知是生是死，惹得四周的人不住投來好奇驚異的目光，但當他們目光轉到筆挺的厲若海身上時，都噤口不言。

稍有經驗或眼光的人也知道他不是好惹的人。

一個十一、二歲的小孩走到厲若海馬旁，仰起天眞的小臉叫道：「客官！要不要一串冰糖葫蘆，又鮮又甜，好吃得呢！」

厲若海低下頭去，罕有掀起微波的心田湧起一股濃烈的感情，想起了自幼相依爲命，後來卻被惡棍活生生在他眼前打死的弟弟，在他懷中死去時，正是這個年紀。

小孩給他精芒電射的眼神看得心中發毛，拿著遞起冰糖葫蘆的手向下縮回。

厲若海手一動，冰糖葫蘆到了他的大手裡，同一時間將重重的一塊黃金塞入小孩手裡，柔聲道：「回去好好讀書認字吧！」

小孩呆若木雞，不能置信地看著手內黃澄澄的金子，好一會兒才歡嘯一聲，回頭鑽入了人堆裡，走得無影無蹤。

厲若海伸手摩挲了風行烈滿濕了汗水的頭髮一下，心中掀起的感情巨浪仍未平伏，自幼弟慘死後，他便知道這世上只有強權，沒有公理，三年後，他重回幼弟慘死之地，盡殺仇人。但心中的悲痛，卻從沒有片刻稍減。

這三十多年來，他律己至嚴，全心武道，因爲只有在武道的追求裡，他才能壓下對亡弟那噬人的思念。

在某一程度上，風行烈不但是他的徒兒，也代替了他心中亡弟的位置。

所以他一生人只收了風行烈這弟子。

他不會讓任何人傷害風行烈。

遠處人群裡傳來一陣喝罵，一隊捕快在一名壯健的差頭帶領下，轉了出來，剛好迎上策馬緩行的厲若海。

差頭看到馬背上的風行烈，眼中一閃，攔在馬頭，向厲若海喝道：「停下，馬上馱的是何人？」

即管是江湖中人，在一般情形下，總會賣官府三分情面，因爲官府龐大的實力和資源，惹上了是沒完沒了的煩惱。

厲若海淡淡道：「這是小姪，患了重病，在下要送他往亭前驛求當地名醫診治。」

那差頭臉色稍緩，道：「好！讓我驗看貴親，若眞是病了，絕不留難。」這番話也是合情合理。

厲若海一抽馬頭，速度略增，往那差頭迫去。

眾差役紛紛喝罵，抽出兵器，附近的人大禍臨頭般退避開去，騰出了個偌大空間。

差頭面容一寒，向後連退三步，大喝道：「想作反嗎？」

厲若海盯著他後退的腳步，眼中精芒電閃，仰天長笑道：「以你的身手，怎肯屈就區區一個差頭，竟想騙我厲若海。」

那差頭一手接過身後另一差役遞來的長鐵棍，暴叫道：「上！」

十多名假差役手中兵器全部離手飛出，目標均是厲若海坐下的名駒「蹄踏燕」。

同一時間差頭手中長鐵棍一沉一挑，挾著凌厲勁氣，戳往馬上厲若海前胸。

這一著厲害之極，顯見對方早有預謀，一上來便射人先射馬，硬要挫厲若海的銳氣。

厲若海一夾馬腹，「蹄踏燕」倏地前衝，手一抹馬腹，長一丈二尺的紅槍已到了他手裡，幻化出千重槍影。

所有射向「蹄踏燕」的刀劍兵器，紛紛激飛，反向偷襲者射去。

那差頭見厲若海名震天下的丈二紅槍全力護著坐下愛騎，前身空門大露，心中狂喜，本來仍留有餘地的一棍，全力擊出。

槍影一閃。

差頭眼前形勢忽變，丈二紅槍突然由厲若海左腰處飆射出來，直刺面門。

差頭魂飛魄散，危急間已來不及弄清楚厲若海如何變招，長鐵棍貼上紅槍，死命一絞，希望能稍阻紅槍去勢，同時抽身猛退。

四周的差役慘哼聲中，踉蹌後退，不是肚皮反插著激射回來的刀，便是肩脅插入了倒飛回來的劍。

「鏗鏘！」

差頭飛身往後急退，剎那間移開了十多步。

厲若海將丈二紅槍扛在肩上，肅坐馬上有如天神，一瞬不瞬盯著疾退向後的差頭。

差頭再退十步。

「蓬！」

仰天倒跌。

眉心一點血紅迅速擴大，血像泉水般湧出，雙目瞪大，卻再沒有半點生命的神采，握緊鐵棍的手鬆開，鐵棍滾往一旁，發出和地面微弱的碰撞聲。

「呀！」

四周的人見殺了人，還是差役，不由一聲發喊，連發財的家當貨物也不要，四散奔逃，一群被主人剛賣掉的牛羊和雞鴨也受驚地夾在人堆處飆竄亂跳，情況混亂之極。

厲若海策著「蹄踏燕」，向前緩行，當他來到差頭仰屍之處時，整條長街除了一地凌亂的打翻了的蔬果、雜貨外，便只有倒在後方流血呻吟的一眾差役和一些走散了的雞、牛、羊、馬。

厲若海神情落寞，望向地上斷魂於槍下的差頭，喟然道：「我若讓你『纏魂棍』謝開成逃出五十步之外，也不用在江湖上混了。」

「哼！」

一聲冷哼自前方傳來。

長街盡處，一前兩後，品字形卓立三人。

身後蹄聲啲嗒，十五名騎士手持重兵器，披甲戴盔橫排後方。

殺氣凝霜。

前方立於品字尖端的高瘦老者，手持重戟，身穿黃袍，勾鼻深目，氣派不凡，冷冷一字一字地道：「『邪靈』厲若海！」

厲若海平靜地道：「想不到江湖三大邪窟之一『萬惡沙堡』的魏立蝶也成了龐斑的走狗爪牙。」

魏立蝶右後側，禿頭身穿袈裟、手提方便鏟的壯漢暴喝道：「好膽！滿口胡言，無知之徒或會懼你黑榜人馬，但我惡和尚卻是第一個不服。」

左後側白髮如銀，但形相醜惡若巫婆，手持重鐵杖的老婆子梟笑道：「這二十年來，我們萬惡沙堡奉魔師之命，潛藏退隱，才任由你這等江湖小卒坐大，來！讓我惡婆子看看你手上的紅槍有多重斤兩。」

厲若海仰天長笑，道：「好！三十年來，還是第一次有人敢這樣向我厲若海說話，好！眞的很好！」

魏立蝶肅容道：「厲若海你今日已陷身重圍，若妄想反抗，不啻以螳臂擋車，識時務者立即拋下紅槍，交出風行烈，小魔師方公子一向愛才，或能赦爾之罪，我亦可以不追究你殺我手下『纏魂棍』謝開成之事。」

惡和尙怪笑道：「否則只是你身後的『黃沙十五騎』，便夠你消受。」

惡婆子道：「你們邪異門的十三夜騎，比起他們來，只是玩泥沙的小孩兒呢！哈……」難聽尖亢的笑聲，響徹長街。

厲若海一點不爲他們的冷嘲熱諷所動，望往側旁一所平房道：「小魔師既已到來，爲何吝嗇一見？」

一陣笑聲由屋內傳出來。

十多人魚貫而出。

當先一人，正是「魔師」龐斑的代表人，有「小魔師」之稱的方夜羽。

緊跟在他身後的是取赤尊信而代之的「人狼」卜敵和背叛了他的副門主宗越。

再後是韓柏早先從下水道伸頭出去看到的，一個滿頭白髮的英俊中年和一個妖艷的紅衣少婦，後者水汪汪的眼睛盯著厲若海偉岸的身形和英俊得極盡完美的臉龐，顯是大感興趣。

其他十多人形相各異，中有五人手拿高椅，讓先前這五人在屋簷下坐定，才昂然立在後方。

他們就像來看大戲的賓客，悠然自在。

厲若海看也不看宗越，眼光由方夜羽身上，轉到那對男女身上，淡然自若道：「想不到隨龐斑退隱二十年的『白髮紅顏』也為了厲某奔波至此，眞是幸何如之！」

新一輩的人或者不知道「白髮紅顏」是何許人也，但老一輩的人卻眞是談虎色變，這「白髮」柳搖枝和「紅顏」花解語，乃龐斑魔師宮內最得力的兩大護法高手，凶殘狠毒、淫邪不堪，最愛狎玩少男少女，作惡多端，可是由於本身武技強橫，又在龐斑翼護之下，橫行多年，無人可奈何他們分毫，想不到二十年後的今日，此二人最少也有五十多歲，但仍是二十年前的模樣，由此亦可知這對惡魔先天氣功已臻化境，故此連身為黑榜高手之一的「獨行盜」范良極，一聽韓柏形容此二人，亦嚇得立時遁走，以免正面對上。

「白髮」柳搖枝哈哈一笑道：「這二十年來，江湖上人才輩出，在下又怎能不來湊湊熱鬧。」

花解語妙目一掃，未語先笑道：「早聞厲門主乃黑榜第一美男子，果是名不虛傳，我們倒要好好親近親近。」

卜敵見到厲若海當他沒有存在般，心中甚感惱恨，又見千嬌百媚的花解語對他表示大有興趣，妒心狂起，冷冷道：「往日厲門主前呼後擁，好不威風，為何今日影隻形單，落泊風塵？」

厲若海長笑，一拍扛在肩上的丈二紅槍，道：「只要有槍伴身，厲某便不感寂寞，卜兄若看不順眼，為何不陪厲某先玩一場。」他並不稱呼卜敵為門主，顯是不承認他奪來的身分。

站在卜敵身後的是「尊信門」的兩大殺手「大力神」褚期和「沙蠍」崔毒，尊信門本有七大殺手，「蛇神」袁指柔和「矮殺」向惡兩人於怒蛟島一役當場戰死，其他剩下的在龐斑攻打尊信門時或死或逃，只剩下這兩人變節投降，歸順強奪門主之位的卜敵，這時見厲若海出言不敬，提起兵器，便要出手。

卜敵嘴角抹過冷笑，伸手阻住兩人，此人最善鬥嘴，正要出言嘲弄奚落，萬惡沙堡堡主魏立蝶已大喝道：「你過得我們這關才再作打算吧！否則一切休談。」

他望向方夜羽，請示出手。

萬惡沙堡地處漠北，莊內各人強悍成性，以殺人爲樂，一向看不起中原人的文弱，黑榜十大高手對他們來說只是中原武林互相吹捧的把戲，所以一聞要截殺厲若海，他們便將頭陣接了過來，豈知「纏魂棍」謝開成連一槍也擋不了，便魂歸天府，使他們大感面目無光，不由凶性大發，兼且自詡善於馬戰，故此躍躍欲試，希望以馬制馬，一戰立威，以振沙堡之名。

方夜羽悠悠道：「厲門主膽色過人，方某佩服之極，可惜貴門人風行烈乃我師尊要擒捉之人，厲門主亦犯不著爲一個叛徒以致身敗名裂，望厲門主三思而行。」

厲若海從容道：「我意已決，方兄若再無說話，我這便要硬闖突圍了。」

直到這刻，他仍未有一眼望向宗越，但宗越卻心中發毛，若非方夜羽等有龐斑撐腰，給個天他作膽也不敢做叛徒。

方夜羽嘆了一口氣，向魏立蝶打了個手勢，魏立蝶急不及待地一聲尖嘯，厲若海身後立時蹄聲轟鳴，拉開了血戰的序幕。

厲若海那遠勝一般俊男，有如大理石雕成的面容肅穆冷漠，頭也不回，默默注視著前方開始緩緩迫近的三個人。

身後轟鳴的蹄聲略有變異。

其中五騎搶前而出，左右各五騎卻撇往外檔，由左右兩側配合中五騎夾擊目標。

魏立蝶等三人迫前了十步，便停下不動，讓手下先試厲若海的虛實，在他們心中，厲若海要在馬背上對抗一生在滾滾黃沙和馬背上長大的「黃沙十五騎」，無異是不自量力，自尋死路。

「嗖……」

中五騎彎弓搭箭，若五道閃電般直射厲若海和「蹄踏燕」，左右五騎同時彎往馬腹，各擲出十支短矛，看似毫無準繩，盡取人馬附近的空位，其實卻是厲害之極，封死厲若海所有閃避進退之路。

連觀戰的方夜羽等也爲之嘆爲觀止，想不到「黃沙十五騎」如此訓練有素和精於群戰之術。

只有宗越心下矛盾，假若厲若海如此輕易被擊倒，他亦面目無光，叛徒的滋味眞不好受。

在利箭刺上厲若海前，中五騎各掣出雙斧，左右五騎則拿起重矛，準備倘厲若海能擋過利箭、短矛，便即同時向他發動以重矛遠攻，以大斧近纏的可怕攻勢。

眼看勁箭要穿背而過和刺入馬臀的剎那，厲若海長笑一聲，坐下「蹄踏燕」四腿一屈，竟跌坐地上。

厲若海扛在肩頭的丈二紅槍一動，萬道紅影在背後和左右三方扇子般灑起，射來的勁箭紛紛激飛。

「篤篤篤！」

兩側擲來的短矛在人馬上空飛過，又或插在人馬左右兩側的空地上。

厲若海再一聲長笑，「蹄踏燕」原地彈起，變蹲爲躍，負著兩人卻像一點累贅也沒有般，往前面三人竄飆過去。

剎那間已踏進魏立蝶三人立處十步之內。魏立蝶不愧經驗豐富，處變不驚，微往後退，左右兩側的惡和尚和惡婆子，一鏟一杖，在怒叱尖叫聲裡，全力向厲若海的丈二紅槍迎上。

背後的十五騎於一擊失手下死命追來，一時馬蹄怒踏，轟鳴貫耳。

厲若海丈二紅槍高舉前方，再夾馬腹，與他血肉相連的「蹄踏燕」，在沒有可能再增的高速下驀地增速，箭矢般往前面三人飆去。

觀戰的方夜羽留心的卻不是他的丈二紅槍，而是厲若海的面容，在那生死決戰的剎那，「邪靈」厲若海依然是那樣平靜至近乎冷酷，比對起惡和尚和惡婆子的咬牙怒目，又或十五騎的叱喝作勢，是如此地不相襯，忽然間他明白了龐斑對厲若海的評語。

此人的確已晉入了宗師級的超凡境界。

除了龐斑外，所有人也小覷了他。

或者浪翻雲是另一個例外。

惡和尚一臉惡形惡狀，暴喝一聲，有若平地起了一個轟雷，離地躍起，迎頭一鏟，往厲若海鏟將過去，風雷聲起，這一擊充分表現出他的凶悍和有去無回的殺機。

惡婆子滿頭銀絲白髮根根直豎，顯示出氣貫毛髮的深厚功力，形如厲鬼，坐腰立馬，就地簡簡單單一式橫掃千軍，掃向厲若海右腰處，長街附近的塵屑雜碎隨杖而起，像一道煙雲般向厲若海捲去，要是給這老太婆掃個正著，保證厲若海連人帶馬飛跌數丈開外。

行家一出手，便知有沒有。

難怪這二人大言不慚，果是有驚人藝業。

旁觀一眾也看得悚然動容，暗自設想假若自己換厲若海之地處之，有何化解之法，連身爲龐斑之徒的方夜羽，在此情勢下，也只有選擇避其鋒銳一途。

厲若海嘴角露出一絲微笑，握槍的手移到中間，槍頭、槍尾有若兩道激電般，分點在鏟、杖尖上。

「鏘！」

「篤！」

一下金屬撞擊的清音和一下悶濁的低鳴同時爆響。

惡和尚和惡婆子兩人有若被雷殛般全身一震，驚天動地的兩式全被破去，身形一挫，往後疾退。

丈二紅槍暴漲，千百道槍影，有若燎原之火，往兩人燒去。

「蹄踏燕」凌空躍起，向由後而前，持重戟攻來的魏立蝶撲下。

方夜羽等忍將不住，霍地立起。

「白髮」柳搖枝低呼道：「燎原槍法！」

惡和尚和惡婆子兩人鏟、杖同時脫手，身子打著轉飛跌開去，每一轉鮮血便像雨點般從身上灑開來。

「鏗鏗鏘鏘！」

丈二紅槍和魏立蝶的重戟硬接了十多下。

每一下硬接，擅長硬仗的魏立蝶便要後退幾步，任他展盡渾身解數，也不能改變這種形勢，十多槍下來，魏立蝶便退足幾十步，他終是一派宗主身分，武技遠勝惡和尚和惡婆子，否則已是戟飛人亡之局。

厲若海雖是一槍比一槍重，但卻使人感到他仍是閒適自在，遊刃有餘，這種感覺才是對一向在大漠稱雄好勝，刻下卻苦苦撐持的魏立蝶最氣苦之處。

驀地壓力全消。

厲若海抽轉馬頭，往正奔來援手的十五騎殺去。

魏立蝶仍忍不住再退一步，臉無人色，胸口激盪，「嘩」地噴出一口鮮血，這時惡和尚和惡婆子才「砰砰」兩聲，一蹲一坐，傷倒地上，可見這十多下槍戰交擊的迅快和猛烈。

厲若海反身衝進十五騎裡。

方夜羽暗叫不好，向白髮紅顏打個手勢，柳搖枝和花解語兩人躍離座椅，剛要衝入場中援手。

戰事已結束。

丈二紅槍狂風掃落葉般，每個和厲若海擦馬而過的騎士，均被挑起遠跌，掉在地上後再也爬不起來，看來凶多吉少。

當最後一名騎士被挑離馬背時，厲若海一聲長嘯，捨下「蹄踏燕」和昏伏馬上的風行烈，凌空飛迎疾撲過來的白髮紅顏。

這時在對著方夜羽一方的一所房舍內，韓柏正全神觀戰，對厲若海的一招一式看得心領神會，連范良極來到身後，也差點不知道。

范良極和他並肩外望，讚嘆道：「好一個厲若海，我果然沒有錯估你的眞實本領。」

接著拉了拉韓柏的衣角，叫道：「快隨我來，好戲還在後頭，我們在前路接應他。」

在他們退走時，厲若海剛和白髮紅顏兩人在空中迎上。

柳搖枝袖中滑出長四尺四寸的白玉簫，點往厲若海，此簫厲害之處，在於揮動時能發出高低不同、飄忽難定的簫音，使敵方產生聲音的錯覺，簫孔又能以獨門手法激出勁氣，傷人於無影無形，非常厲害。

只可惜對手是黑榜裡的高手「邪靈」厲若海。

花解語蠻腰一扭，纏在腰身的鮮紅長帶有如靈蛇般驀展三丈，向飛來的厲若海捲去，她緊身的紅衣立時敞了開來，露出峰巒之勝，還有光滑動人的修長玉腿，定力稍差者，被她肉體美景所誘，便會立時陷於萬劫不復之境地。

厲若海丈二紅槍一點地上，身形再升，避過兩人的聯擊，竟由兩人頭頂躍過，往方夜羽等人所處之地撲去。

柳搖枝和花解語兩人一呆，同時想起厲若海留在馬背上的風行烈，落地後一點足，一齊往立在街心的「蹄踏燕」搶去，若能擒得風行烈，這一仗便立於有勝無敗之局。

厲若海正要誘使他們那樣做，嘬唇長嘯，「蹄踏燕」負著風行烈，放開四蹄，往來路奔回去。

柳搖枝和花解語兩大凶人，撲了個空，急怒下全力往「蹄踏燕」追去，心想難道我們連你這樣一隻畜牲也追不到？

這時厲若海落在方夜羽等人之前，丈二紅槍一擺，幻出千百道紅影。

屋簷下各人紛紛擺開架勢，無不心下惴然，厲若海使人驚懼的地方，不但在於他那驚天駭地的蓋世槍法，還更由於他那鬼神莫測的戰術和手法，使人全摸不到他下一步會做甚麼？

方夜羽三八戟來到手中，這裡各人以他武功最高，所以厲若海不出手猶可，一出手必是以他爲主要對象。

對方剛殺熱了身子，戰意至濃，氣勢最盛，自己實不宜硬抗其鋒，採取守勢是唯一上策。

槍影吞吐，似欲向他攻來。

方夜羽狂喝一聲，往後退去。

豈知在他身旁的十多人，沒有人不是和他同一感覺，一方面爲厲若海氣勢所懾，而更重要的是，都感到槍影吞吐間，是以自己爲攻擊對象，一時間十多名高手無一不後撤避守。

於此亦可見「邪靈」厲若海的蓋世槍技，已臻超凡脫俗的至境，竟能同時使十多名高手，包括「小魔師」方夜羽在內，都感到成爲了他唯一攻擊的目標，以致紛紛採取守勢。

「砰砰！」

其中兩人退勢過猛，撞破了背後的牆壁，倒跌進屋內去。

蹄聲傳來。

「蹄踏燕」負著風行烈，又奔了回來，後面緊追著的是白髮紅顏。

花解語嬌叱一聲，手中紅帶暴長，向「蹄踏燕」拂去，豈知「蹄踏燕」像背後有眼似的，後腿一屈一張，凌空躍起，紅帶差半分才拂中馬臀下，牠落在地上，再加速往厲若海奔來。

厲若海一聲悲嘯，紅槍暴漲，槍聲「嗤嗤」作響，才又收槍躍上奔來的「蹄踏燕」，往長街另一端奔去，經過魏立蝶等三人時，槍影再現，魏立蝶終於不顧面子，提著兩名手下，飛避一旁，目送一騎兩人揚長而去。

柳搖枝和花解語趕到方夜羽身旁，看著遠去的厲若海恨得牙癢癢的。

「呀！」

慘叫從宗越口中傳出。

只見他手中飛刀掉下，另一手掩著胸前，血像溪流般湧出，身子搖搖欲倒。

眾人連厲若海怎樣傷他、何時傷他也不知道。

宗越臉上血色盡退，厲叫道：「門主！我對不起你！」

「砰」一聲仰天跌倒。

這個本是年輕有爲的人，可嘆落得名敗身死之終局。

各人面面相覷。

誰想得到厲若海狂悍強橫若斯？

方夜羽沉聲道：「我保證厲若海過不了迎風峽。」轉頭向一名手下低喝道：「放訊號火箭。」

終到了天下第一高手「魔師」龐斑出手的時刻。

第六章　立馬橫槍

浪翻雲在夕陽之下，由怒蛟島後山孤寂的小屋走了出來，「光臨」島內近岸的大墟市，回島後他還是首次踏足這鬧市。

怒蛟島是洞庭湖的第一大島，自上任幫主上官飛在十七年前佔領後，官府曾來圍剿了七次，每次均折兵損將而回，朝廷爲此求得當時白道負有盛名的七名高手，以江湖規矩來拜山，挑戰有「矛聖」之稱的使矛第一高手上官飛。

出來應戰的是浪翻雲。

一柄覆雨劍連敗此七人。

最難得是他不傷一人。

這一戰使他名動江湖，也贏得白道人士對他的好感。

三年後，他擊殺了黑榜高手裡，最受人深惡痛絕的「紅玄佛」，終於躍登黑榜寶座。

他還有一項紀錄，就是在黑榜史上，他是第一個成爲名登黑榜的新員後，從沒有人敢公開正面向他挑戰的高手。直到封寒兩次藉故比鬥敗北，談應手與莫意閒兩人聯擊又一死一逃後，江湖更無人敢來試劍。

現在終於有了厖斑。

八月十五月滿攔江之夜。

那天的天氣會怎樣？湖面上是驚濤駭浪，還是浪靜風平？

街上行人很少，大多數人在此時應該一是回到家裡用飯，一是鑽入了酒家賭場裡，去設法忘記這一天的辛勞。

浪翻雲特別揀這個時間進市，就是不想碰到那麼多人。

兩名迎面而來的少女，不知是哪一個幫眾的家眷，俏麗可人，青春氣息直撲而來，當她們看清楚是浪翻雲時，立時目瞪口呆，忘了少女的嬌羞，死命盯著這成爲了能對抗「魔師」龐斑的唯一不世高手，眼中射出仰慕迷醉的神色。

浪翻雲感受到她們灼人的青春，微微一笑，露出了雪白整齊的牙齒，自具一種難以常理言喻的攝人魅力。

當浪翻雲和她們擦身而過時，其中一名少女嬌呼道：「浪翻雲！」

浪翻雲心知要糟，但已來不及阻止。

突然間！

門窗打開的聲音、腳步轟鳴聲、杯碟破碎聲、桌椅倒跌聲，從四方八面傳來。

兩旁所有酒家妓院、賭場店舖的人，不是從大門衝出來，便是硬將身子從窗戶鑽了出來，一時間竟把全條大街塞得水洩不通，團團圍著浪翻雲，怕不有過千之眾。

幾個小孩掙脫目瞪口呆的父母牽扯，衝到浪翻雲身邊，爭著來拉他的手。

浪翻雲啞然失笑，抬頭大叫道：「凌戰天你這混蛋到了哪裡去？還不給老子出來解圍？」

「咿呀！」

觀遠樓一扇窗戶打了開來，凌戰天頭伸出，大笑道：「不知誰將我們一班老友在此敘舊的消息洩了出去，由早上開始，這島上的許多人便等在這裡了……」

另一個大頭伸了出來，原來是「穿山虎」龐過之，截入道：「等你來讓他們嘗嘗覆雨劍的滋味。」

一個小孩從人堆裡被幾個年輕幫眾高高舉起，立時吸引了眾人的眼光。

浪翻雲和凌戰天一看下，不由齊聲大笑。

原來小孩竟是凌戰天的獨生子令兒。

令兒舉著小手，慷慨激昂地叫道：「爹！一人做事一人當，是我凌令將這機密洩露出去，各位父老叔伯都想見浪大叔，我知道大叔是不會怪我的。」他語氣雖硬，眼睛卻不敢望往父親「鬼索」凌戰天，更不敢望向浪翻雲。

凌戰天苦笑搖頭，頻說：「家賊難防。」

另一把雄壯的聲音傳出道：「你們這群好事之徒，立即給我散去，免得飯菜也等冷了。」

眾人認得是幫主上官鷹的聲音，這才自動讓出一條通往觀遠樓的窄路，予浪翻雲通過。

看著這被譽為天下第一劍手的人物，幫眾家眷或外來到此做生意的人，連大氣也不敢透出一個。

浪翻雲向著這些聞風而至的人微微一笑，緩步向觀遠樓走過去，一個小女孩奔了上來，不知踏到了甚麼東西，往地上仆去，眼看頭破血流，浪翻雲身子一移，已來到她旁邊將她伸手抱起，道：「誰家的小孩，這麼可愛，叫甚麼名字？」

小女孩呆了一呆，低頭羞紅著臉輕聲道：「娘叫我作小雯。」

「小雯！」

一個年輕女子奔了出來，伸手來接女孩。

浪翻雲將女孩交給她。

女子接過，將一直垂下的俏臉抬起道：「謝謝！」急急轉身走了。

浪翻雲心中讚嘆，這確是張秀美無倫的面容，究竟是誰家的媳婦兒，如此姿色，在島上必已家傳戶曉，自己可能是唯一不知道的人。直至他步上觀遠樓，來看他的人仍未肯退去。

二樓臨湖的清靜廂房內，筵開一席，老一輩的有凌戰天和龐過之，第二代的是幫主上官鷹、翟雨時，還有負責外事分舵的梁秋末。

這個晚宴是幫中最高權力的一個聚會。

六人不分尊卑，隨意入座，氣氛親切融洽。

浪翻雲聞到酒香，眼睛一亮，眨也不眨連喝三大杯，向凌戰天笑道：「這米酒甘香可口，肯定島上沒有人能釀出這樣的酒來！」

眾人微笑不語。

凌戰天瞇著眼道：「浪翻雲終於有出錯的時刻，這酒正是本島的特產佳釀，取名『清溪流泉』。」

浪翻雲細味著一口酒香，擊桌讚道：「清溪流泉，清溪流泉，誰起的名字，誰釀的好酒？」

上官鷹神色一黯道：「就是你剛才交還女孩的母親，她丈夫在抱天覽月樓一戰中命喪於談應手掌下，最近在這街上開了一間酒舖，舖名便是『清溪流泉』，用的是島上的山泉水。」

梁秋末道：「酒美人更美。」

一時間眾人沉默下來。

這時房門大開，老闆方二叔，親率三個最得力的伙計，托著幾盤熱葷上桌，應酬了一輪後，才退出廂房外。

浪翻雲望往窗外，夕陽沒於水平之下，些微紅光，無力地染紅著小片天空，黑夜在擴張著。

翟雨時道：「抱天覽月樓一戰，我幫損失了二十多名一級好手，可說是傷亡慘重，使我們最近在調配上產生了嚴重的困難。」

梁秋末道：「附近的一些幫會，見我們惹上了龐斑這個大敵，近來大多不賣我們的情面，使我們壓力倍增，疲於應付。假若長征在這裡就好辦多了。」

凌戰天悶哼道：「那不知天高地厚的小子！」瞅了浪翻雲一眼，顯是仍不忿浪翻雲放了戚長征去找馬峻聲晦氣。

浪翻雲淡淡道：「幫主，煩你派人去告知那些想和我們怒蛟幫過不去的人聽，誰認為可以勝過浪某的覆雨劍者，便即管胡作非為吧！」

眾人齊齊大喜。

浪翻雲多年沒有參與幫中實務，這樣一說，代表他肯重返前線，只要將這消息放將出去，不但可令士氣大振，更能使幫外之人聞風收斂。

除了「魔師」龐斑外，誰敢挑戰黑榜首席高手「覆雨劍」浪翻雲。

凌戰天首先鼓掌道：「如此我便可將幫務盡交雨時，轉而專責訓練新人……」

翟雨時愕然道：「凌副座……」

凌戰天微笑道：「我知你一向有點怕我，故在我面前特別謹慎，其實看著你們不住成長，由黃毛小子變成可獨當一面的成人，我心中只有高興，哪有半分其他的蠢念？」

翟雨時哽咽道：「凌二叔！」

上官鷹正容道：「凌二叔，雨時和小鷹仍是嫩了一點，你怎可放手不管？」

浪翻雲長笑道：「好了好了，戰天的提議很好，雨時的才智一點不遜於戰天，欠缺的只是點……嘿！奸狡的火候吧！」

凌戰天一陣笑罵聲中，這新舊權力的轉移，便這樣定了下來。

眾人意氣高昂，食慾大增，酒過多巡後，上官鷹道：「我們與逍遙門和十惡莊一戰功成，談應手當場身死，莫意閒滾避老巢，本來我幫理應聲勢更盛，但事實卻非如此，雨時你來分析一下形勢。」

翟雨時微一沉吟，道：「現在江湖流行一種說法，就是龐斑故意讓覆雨劍聲名更盛，使天下人人注目此事後，才出手對付浪大叔，以收威懾江湖之效。」

凌戰天微微一笑道：「這消息必是方夜羽漏出，以掩飾他們所犯的錯誤，不過龐斑那次沒有出手，確是令人費解，所以這說法便更合情合理。」望向翟雨時道：「方夜羽才智雖高，那天也給你利用戴在手上的小鏡，反映火光發出訊號，使數百人一齊點燃火把，耍了一招，令他日後若要來攻怒蛟島，也須猶豫再三，我敬你一杯。」

眾人轟然附和，舉杯痛飲。

翟雨時文秀的臉泛著酒後的微紅，道：「在攔江之戰前，我們對方夜羽方面不用過分操心，龐斑雖天性邪惡，但卻非常有胸襟和風度，絕不會作無謂之爭，眞正令我擔心的卻是朝廷方面。」

浪翻雲微一錯愕，道：「那些只懂剝削民脂民膏，卻美其名爲承天之德的混蛋，難道還受不夠教訓嗎？我們不去動他們的家天下，他們已可祈神作福了。」

梁秋末切入道：「據我們的秘密眼線回報說，朝廷新近成立了一個『屠蛟小組』，由專對付敢言忠臣的廠衛大頭領『陰風』楞嚴出掌，網羅了一批高手，配合朝廷的龐大實力，要從各方面打擊我幫，我們絕不能小覷這小組。」

浪翻雲再盡一杯，微笑道：「據聞這『陰風』楞嚴，來歷神秘，武技卻是京城之冠，手段凶殘，被他害死的開國重臣、忠良之士、爲民請命的正直好官也不知凡幾，有機會倒要看看他有何驚人藝業。」

凌戰天皺眉道：「這小組成立的時間，剛好是龐斑出山的時刻，雨時你看這之間可有連繫？」

翟雨時臉色凝重道：「假設我估計無誤，這楞嚴極可能是方夜羽的師兄，龐斑的首徒，若是如此，龐斑的目標便不止是爭霸江湖，而是爭奪江山，這樣看來，龐斑的眞正實力，會比我們眼看到的大得多，即管龐斑辭世，禍根仍在，天下將永無寧日。」

上官鷹一呆道：「你既有此想法，爲何從不提起？」

翟雨時道：「我還是剛收到消息，楞嚴最近曾親到武昌，會見了黑白兩道一些重要人物，其中包括了黑榜高手『矛鏟雙飛』展羽，而龐斑亦恰在武昌，故我才推想出他和龐斑可能有密切關連。」

龐過之道：「我和展羽曾有一面之緣，此人極重聲名，想不到晚節不保，竟會投靠官府，令人惋惜。」

上官鷹話題一轉，道：「雨時你一直留心江湖上的情況，只不知謝青聯被殺一事有何發展？」

翟雨時微微一笑道：「白道專爲對付龐斑而成立的八派聯盟，一向以少林、長白、西寧三派爲首，長白的不老神仙和少林的無想僧更隱爲八派聯盟最超然的兩個人物，可笑處正是這兩個人的嫡系繼承人發生了解不開的深仇大恨，我看八派聯盟應有一輪頭痛，暫時會使聯盟癱瘓了下來，無力再理派外的事。」

凌戰天道：「這事可大可小，就算不老神仙肯吞下悲痛，少林和長白兩派的裂痕亦會更深，因此我才懷疑，馬峻聲爲何有膽子去殺謝青聯，那是完全不合乎常理的。」

上官鷹一呆道：「你是說謝青聯並非馬峻聲所殺的，但據說他曾在事後多方設法掩飾，若非作賊心虛，怎會如此？」

凌戰天道：「目前妄下判斷實是言之過早，不老神仙和無想僧兩人自詡正道，做的事又比龐斑他們好得了多少，不過五十步和百步之別罷了。」

翟雨時道：「另一件白道的大事，乍看毫不醒眼，其實卻意義深遠的，就是兩大聖地之一的慈航靜齋，終於打破了三百年來的自我禁制，讓一個傳人踏足江湖，據說那傳人還是個美絕人寰的年輕女劍士。」

浪翻雲望往窗外，一彎新月剛破雲而出，嘆道：「只有言靜庵這種德智兼備的玄門奇女子，才能培養出這種人才，假若我沒有猜錯，此女必是慈航靜齋專用來對付龐斑的超級劍手，即管八派聯盟的十八種子高手，也將遠比她不上。」

眾人赫然大震，想不到浪翻雲對言靜庵和她的傳人評價如此之高。

浪翻雲絲毫不理會眾人表現出的驚異，輕嘆道：「可惜風行烈受了非常怪異的內傷，不但使淨念禪宗精於醫術的廣渡大師束手無策，連我也不敢出手救他，怕弄巧反拙。」

凌戰天喟然道：「難道這樣一個不世之才便就此完了？所謂之天有道，是耶？非耶？」

浪翻雲露出深思的表情，沉聲道：「天下間或者有兩個人可使他回復功力……」

翟雨時截入道：「其中一個，當然是龐斑，既使風行烈陷此困局，自然深悉他所受之傷，但另一個人會是誰？」

浪翻雲微微一笑，並不答他。

上官鷹笑道：「雨時，大叔在考你的腦筋。」

翟雨時眉頭一皺，已成竹在胸，道：「我猜到了，那人定是厲若海，因爲只有他才眞正認識風行烈的內功底子，亦只有他的『燎原心法』，才可眞正幫助一手調教出來而內功也走同樣路子的徒兒。」

凌戰天道：「假設眞是只有這兩人才能救他，風行烈今次是完定了，龐斑現仍四處擒捉風行烈，自不會救他；厲若海一生最恨叛徒，亦不會救他，試問天下還有誰可救他？」

浪翻雲斷然道：「正是厲若海，此人外冷內熱，否則風行烈早死了十遍，不過他若眞的救風行烈，便是公開向龐斑宣戰了，龐斑退隱前的十年內，已從沒有人敢這樣做了。」

眾人大感興趣，梁秋末問道：「厲若海挑戰龐斑，豈非以卵擊石，自尋死路？」

眾人紛紛點頭，在龐斑成爲天下第一高手的過程裡，眞是數也數不清有多少人曾向他挑戰，直到今天龐斑仍能屹立不倒，豈是輕易得來，厲若海雖是黑榜高手，但聲名遠低於赤尊信、乾羅，當然更不能與浪翻雲相比，厲若海對著龐斑，結果不問可知。

凌戰天亦好奇心大起，道：「大哥與厲若海七年前曾有一面之緣，未知對此人有何看法？」

浪翻雲將一杯酒倒入口中，閉上眼睛，好一會兒才再睜開來，沉聲道：「你們都低估了他，若龐斑以為自己可輕易勝他，將大錯特錯。」

眾人齊齊譁然。

浪翻雲道：「你們疏忽了一個事實，是因風行烈叛出了邪異門，而將厲若海和風行烈兩個人分開了來看，其實若沒有厲若海，哪會有風行烈，只是由風行烈彗星般崛起於白道武林這一點上，便應推算出厲若海的可怕。燎原槍法，實是最出色的槍法。」

梁秋末愕然道：「難道厲若海竟能勝過『盜霸』赤尊信和『毒手』乾羅嗎？」

浪翻雲迎著洞庭湖吹來的風深吸了一口氣道：「赤尊信聰明絕世，對武學有與生俱來的觸覺天分，但正因得之容易，故苦功未足；乾羅亦是蓋代奇才，可是野心太大，又愛權勢、女色，雖未如談應手和莫意閒之沉迷不返，始終不能到達龐斑之境界。」

「唯有厲若海既有不下於這二人的天分、才情，又能四十多年來心無旁鶩，專志槍道，兼且此人有種震懾人心的英雄氣質，造成他睥睨當世的氣概，多年來我雖從不說出口，但心中最看重的黑榜人物，便是此君。」

眾人騷動起來，若他們知道連方夜羽率領高手布下重圍，仍給厲若海擊殺叛徒宗越後，從容突圍而去，震駭還應不止於此。

翟雨時道：「黑榜十大高手中，赤尊信不知所終，封寒、莫意閒、乾羅三人均曾敗在浪大叔手中，理應除名，談應手已死，可以不論，眼下除了凌二叔外，誰還可名登黑榜？」

浪翻雲道：「黑道中除了黑榜高手，最著名者莫過於『三大邪窟』，依次是京城的『鬼王府』、南粵的『魅影劍派』和漠北的『萬惡沙堡』，而三窟中又以『鬼王府』最是高深莫測，府主『鬼王』虛若無，其武技在三十年前便可名登黑榜有餘，只因他輔助朱元璋得天下有功，受了敕封，故不算黑道中人，才沒有被列入黑榜，否則何時才輪得到談應手、莫意閒之流，如是以武功論，此人實是最有資格。」

上官鷹微笑道：「聽說虛若無有女名夜月，色藝雙全，愛作男裝打扮，顛倒了京城中不知多少權貴公子，令人神往。」

梁秋末抱拳道：「只要幫主下個命令，我們便立即上京將美人擄來，爲妻爲妾，任幫主選擇。」

眾人當然知道他在說笑，轟然起鬨。

上官鷹自與乾虹青分手後，意冷心灰，埋首幫務，雖不斷有幫中元老兄弟，爲他穿針引線，他仍是心如止水，一一拒絕，使眾人爲此擔憂非常。

凌戰天趁機道：「月上柳梢頭，人約黃昏後，小鷹莫要錯失杏花滿枝的採摘好時光。」

梁秋末豪情大發，彈杯唱道：「春日遊，杏花飄滿頭，陌上誰家年少？足風流……」

浪翻雲看進杯內晶瑩清澈的米酒裡，心中讚嘆，清溪流泉、清溪流泉。一張秀美無倫的俏臉似在液體中浮現，轉眼換了亡妻的面容，又使他想到了酷肖亡妻的雙修公主。

這時上官鷹和翟雨時也加入了梁秋末的清唱裡，擊檯高歌道：「縱被無情棄，不能羞……」歌聲遠遠傳往窗外的洞庭湖裡。

黃昏。

「蹄踏燕」粗健的長腿踢著官道的泥塵，帶起了一捲塵屑，往迎風峽飛馳而去。

厲若海坐在馬背的身子挺得筆直，臉上不露半分喜怒哀樂的情緒。

走了大半天，路上一個行人也沒有，顯示方夜羽早使人封鎖了官道，留給他和龐斑一個安靜的戰場。

自親弟慘死後，他的心從來未試過像這刻的平靜寧謐。

兩旁樹木婆娑，綠葉在紅葉和半枯的黃葉裡點綴著，樹下鋪了厚厚一層枯葉，充滿了晚秋肅殺的氣氛。

厲若海的眼忽然明亮起來，看到了一向疏忽了大自然的美態，其中每一棵樹、每一道夕陽的餘暉、每一片落葉，都含蘊著一個內在的宇宙，一種內在恆久的眞理，一種超越了物象實質意義和存在的美麗。

在他一向只懂判斷敵人來勢的銳目中，世界從未曾若眼前的美艷不可方物。

一股莫名的喜悅，從深心處湧起。

那並不是因得失而來的喜悅，也不是因某事某物而生出的歡愉，而是一種無以名之，無人無我，無慮無憂，因「自在」而來的狂喜。

過去是那麼地遙不可觸。

將來仍未存在。

只有眼前這永恆的剎那。

就是在這剎那，他看到了六十年來穩坐天下第一高手寶座的「魔師」龐斑。

厲若海畢生等待的一刻終於來臨。

在遠處一個密林裡，韓柏和范良極兩人伏在一棵高樹的橫椏杈上，眺望著前面的迎風峽。

韓柏低聲道：「龐斑發現了我們沒有？」

范良極出奇地臉色沉凝，毫無平日敏銳的反應。

韓柏不耐煩地叫道：「喂！」

范良極冷冷道：「你的聲線如此雄渾，我怎會聽不到？」

韓柏道：「龐斑發現我們了嗎？否則你的臉色爲何如此難看？」

范良極悶哼道：「我們既能感應到龐斑的殺氣，龐斑又怎會感覺不到我們，何況他還不是省油燈呢！事實上不但龐斑知道我們在這裡，連他布置在這四周的高手，無不對我們的行蹤瞭如指掌，假若今次我有命逃生，必須對龐斑的實力作出全新的評估。」

韓柏眉頭一皺，毫不客氣地道：「范良極你怕了嗎？現在反悔仍來得及呀！」

范良極詛咒一聲，微怒道：「見你的大頭鬼，我范良極豈是背信棄義的人，今日若不能從龐斑手中把風行烈偷出來，以後便在『偷王』上加上『杠稱』兩個字，哼！你這種毛頭小子怎能明白我的偉大。」

韓柏急道：「那我們待在這裡幹甚麼，還不趕去和龐斑拚個生死，遲了便來不及了。」

范良極嗤之以鼻道：「你估自己是浪翻雲嗎？就算厲若海肯讓我們插手，我們也過不了龐斑手下們那一關，何況厲若海英雄蓋世，根本不會讓我們沾手。」他似乎對厲若海的爲人有深入的了解。

韓柏一呆道：「難道我們便待在這裡嗎？」

范良極道：「你太小覷厲若海了，他就算敗了，也有辦法將風行烈弄出來，你等著瞧吧。」

韓柏半信半疑，望往迎風峽的方向。

蹄聲傳至。

龐斑身穿華服，一頭烏黑閃亮中分而下，垂在寬肩的長髮襯托下，晶瑩通透的皮膚更像黑夜裡的陽光，與厲若海相若的雄偉身形，卓立路心，便若一座沒有人能逾越的高山。

他電光閃現的眼神，像看透了人世間的一切，生似沒有任何一點事物能瞞過他，騙過他。

三十年來，他還是第一次正式與人決戰。

三十年來，他還是第一次在浪翻雲以外，找到一個配與他決戰雌雄的對手。

厲若海見到龐斑時，龐斑亦見到了他。

在時間上絕對沒有一分先、一分後。

兩人的目光相觸。

「邪靈」厲若海仰天長笑，大喝道：「龐斑！」

「魔師」龐斑向著三十丈外馬不停蹄向他奔來的厲若海微微一笑，點首道：「厲若海！」

厲若海一聲長嘯，兩腿一夾馬腰，「蹄踏燕」昂首怒嘶，驀地增速至極限，一道電光般向負手挺立路心的龐斑衝去。

距離迅速由三十丈減至十丈。

紅黃綠交雜的秋林在兩旁飛瀑般閃退，形成千萬道的光影色線。

厲若海一手抓在風行烈背上，「燎原眞勁」透體而入，來至風行烈被粗索緊紮的手足上。粗索粉末般碎灑。

風行烈整個被提起、擲出、離馬背彈起，依著一道由下而上的彎彎弧線，投往龐斑的上空。

龐斑眼也不眨，目光只盯在厲若海身上，對快將跨越頭頂上空的風行烈視若無睹。

九丈、八丈、七丈……

丈二紅槍到了厲若海手上。

六丈、五丈……

風行烈這時剛到龐斑頭頂上七丈處，可見厲若海這一拋之力，是如何龐大驚人。

縱橫無敵、所向披靡的丈二紅槍槍頭顫震，發出嗤嗤尖嘯，連急驟若奔雷的蹄聲也不能掩蓋分毫。

三丈、二丈……

一直凝立不動的龐斑全身袍服無風自動，披風向上捲起，黑髮飛揚下，雙腳輕按地面，竟緩緩離地升起，就像站在個升離地面的無形座子上一般。

厲若海眼中神光暴現，丈二紅槍倏地爆開，變成滿天槍影，也不知哪一把才是眞的。

龐斑四周的秋林紛紛往外彎去，樹葉散飛。

厲若海槍影收回，由左腰眼處往後縮回去，到了厲若海背後。

有槍變無槍。

一丈。

龐斑負於背後的手分了開來，左手握拳，緩緩轉身，一拳向厲若海擊去。

他的動作慢至極點，但偏偏厲若海卻知道他這一拳的速度實不遜於他迅比閃電的丈二紅槍。

那種時間上的矛盾，眞能使人看看也忍不住胸口壓悶，想吐噴鮮血。

拳頭在短短一段距離裡不斷變化。

這時風行烈的身體才越過了龐斑的頭頂，達到了這一拋的最高點，離地八丈處，開始由高而下，在離龐斑身後的十丈許處跌落。

這兩人由見面至交手，其中竟沒有絲毫的時間緩衝。

就像你看到兩道電火時，他們已擊在一起。

生死勝敗，決於剎那之間。

急勁狂旋。

「啪喇！」

多棵粗如兒臂的樹不堪壓力，朽木般被摧折。

九尺。

從左腰眼退回去的丈二紅槍，魔術變幻般從右腰眼處吐出來，飆刺龐斑變化萬千，看似緩慢，其實迅比激雷，驚天動地的一拳。

「霍！」

拳、槍轟擊。

一股氣流由拳、槍交擊處滔天巨浪般往四外湧瀉，兩旁樹木紛紛連根拔飛，斷枝捲舞天上，遮蓋了夕照的餘暉。

厲若海一聲狂嘯。

「蹄踏燕」後腿一縮一彈，凌空躍過龐斑，往遠處落去。

丈二紅槍槍尖離開了龐斑拳頭。

龐斑落回實地，雙手垂下，握拳的手輕輕顫震著，並沒有回頭一望他那豪勇蓋世的敵手。

落葉雨點般灑下。

厲若海策馬飛馳，趕到風行烈向下重跌的身子前，一寸不差地將風行烈接回馬背上。

「蹄踏燕」不住加速，轉過彎路，再奔上直路時，已過了迎風峽。

驀地「蹄踏燕」前腿一軟，往前倒下，鮮血由牠的眼、耳、口、鼻直噴而出，馬頭強烈地在地上摩擦抽搐。

厲若海俊偉無匹的面容古井不波，拿著風行烈躍離生死與共，陪著自己轉戰天下的愛馬，一點也不停留，頭亦不回，繼續往前掠去。

丈二紅槍掛到了肩上。

這七年來，由「蹄踏燕」出世開始，他從不讓人碰這愛駒，洗刷、梳毛、餵食、訓練，全由自己一手包辦。

有生必有死。

「蹄踏燕」已跑完了牠一生中最壯麗的一程。

厲若海離開官道，轉往一座小丘的頂處奔上去，到了丘頂，內力由手心傳入風行烈體內，解開了愛徒的穴道。

風行烈剛被丟在地上，便彈了起來，激動叫道：「師父！」

厲若海解開丈二紅槍，讓它挨靠身旁一棵樹上，緩緩轉身，望往丘下前方延綿起伏的山野，平靜地道：「你看見了！」

風行烈道：「我只是穴道被封，視聽能力仍在，所以整個過程也看得一清二楚，師父……」

厲若海截斷他道：「你是天下間第一個親眼目睹龐斑和一個黑榜高手決鬥過程的人，這經驗非同小可，對你的益處，龐大得難以估計。」

風行烈悲叫道：「師父！」

厲若海喝道：「像個男人般站著，勿作我最憎厭的婦孺之態，我已拚著耗費眞元，恢復了你的功力，只是你的勁氣內仍留有一個神秘的中斷，隨時會將你打回原形，你要好自爲之。」

接著微微一笑道：「我本自信勝過龐斑，可惜我仍是敗了，但我已將你救了出來，十日內龐斑休想與人動手，龐斑呵龐斑，你雖目空一切，但別想這一生裡能有片刻忘掉我厲若海。」

風行烈全身一震，垂下了頭，說不出話來。

厲若海的身子依然挺得筆直，眼中射出無盡的哀傷，看著秋林草野，柔聲道：「這世界是多麼美麗，行烈，你我都是無父無母的孤兒，你將來若要收徒，收的也必須是孤兒，將我的燎原槍法傳下去。」

風行烈再也忍不住悲痛，眼淚奪眶而出，卻強忍住沒有發出哭聲。厲若海終於再次認他作徒兒。

厲若海背著他嘆道：「到了這一刻，我才知道自己是如何寂寞，人生的道路是那樣地難走，又是那樣地使人黯然銷魂，生離死別，悲歡哀樂，有誰明白我的苦痛？」

他緩緩探手懷裡，轉過身來時，手上拿著一包用白絲巾裹著的東西，遞給風行烈，微笑道：「這是師父買給你的東西。」

風行烈接過，打開一看，原來是一串黃裡透紅的冰糖葫蘆，抬起頭時，厲若海已轉過身去，背對著他。

風行烈道：「師父！」

厲若海寂然不語。

風行烈全身一震，猿臂一伸，抓著厲若海的肩頭。

厲若海軟倒在他懷裡，雙目睜而不閉，口鼻呼吸全消，生機已絕。

一代槍雄，就此辭世！

第七章　肝膽相照

當龐斑拳頭擊上厲若海銳不可擋的丈二紅槍尖鋒時，韓柏和范良極兩人再顧不得隱蔽身形，躍上樹端，憑高望去。

兩股氣勁強撞在一起所發出悶雷般的轟鳴，儘管隔了半里之遙，仍就像發生在咫尺之外，震撼著兩人的心神。

樹葉捲天旋起。

忽然間蹄聲遠去。

到蹄聲倏止時，一直凝神傾聽的范良極全身一震道：「厲若海輸了！」

韓柏一呆道：「你怎知道？」

范良極罕有地不利用這點來嘲弄韓柏的無知，臉色凝重地道：「假設厲若海能完全擋著龐斑此擊，餘勁怎會透體而下，以致禍及坐下的良駒？」

韓柏恍然大悟，心中佩服范良極老到的判斷，口上卻不讓道：「龐斑或者同樣也不好受？」

范良極雙耳聳動，顯是施展「盜聽」奇功，監聽龐斑的行動。

韓柏不敢騷擾他，但自己又沒有如此隔空盜聽之術，唯有在旁乾瞪眼。

范良極吁出一口氣道：「龐斑走了。」

韓柏急道：「我們應怎辦？」

范良極瞪眼怒道：「你不是很有陰謀狡計的嗎？為何問我？」

韓柏狠狠道：「若你不動點腦筋，救不出風行烈時，也休想我娶你那命根子為妾。」

范良極一驚賠笑道：「小伙子毛頭娃，哪來這麼大的火氣，快隨我來！」飄身下樹，往迎風峽趕去。

韓柏緊隨他身後，不知如何，心中蓄著一股不舒服的感覺，有些像大禍臨頭似的，剛竄上官道，范良極倏地停下，韓柏差點撞在他身上，剛要喝罵，旋即瞪大雙目，和范良極兩人一個表情，不能置信地望向卓立如山般挺立路心，悠然負手的偉岸男子。

那人雙目閃閃有神，帶著種懾人心魄的魅力。

范良極深吸一口氣，道：「『魔師』龐斑！」

龐斑淡淡一笑道：「老兄形相清奇，乃正猴形火格，若龐某沒有看錯，必是『獨行盜』范良極范兄了。」眼光再落到他身旁的韓柏身上，道：「這位小兄弟揹著小徒夜羽的『三八右戟』，想是和小徒有約的韓柏小兄了。」

韓柏喉嚨乾涸，心頭發熱，怎也沒想到這樣便和龐斑照上臉，如此突如其來，想說話卻說不出聲來，而對方又是那麼彬彬有禮。更使他駭然的，是深心處升起了一股難以形容的濃烈感覺，如激流般在經脈內延展，就像體內的魔種本是沉睡的，現在卻甦醒了過來。

「颼！」

旱煙管離背而出，落在范良極手上。

范良極冷然自若地從懷中掏出菸草，放在管上，打火點燃，深吸一口後，低喝道：「韓柏！走，記著你答應過的事。」

韓柏壓制著蠢蠢欲動的魔種，心中感動，眞是連發夢也想不到像范良極這樣的人，竟肯爲一個不相識並嫁作人家妾的妓女，獻上生命去維護她的「幸福」。因爲以范良極逃術之精，避過龐斑魔掌的可能性，實遠比他爲高。

龐斑微微一笑道：「范兄多心了，這位韓兄，小徒早和他有三個月內生擒他之約，龐某怎會插手到這些小輩的遊戲裡？」

韓柏心頭一熱，昂然面對龐斑，喝道：「我要挑戰你！」

龐斑眼內精芒一現，聲音轉冷道：「你勝得過夜羽，才再來和我說這句話。」

韓柏爲之一窒，龐斑自有一股君臨天下、不可一世的氣概，使人感到不但難以和他爭鋒，甚至連違抗他的說話也感到困難。

韓柏雖得赤尊信注入魔種，結成與他融渾無間的魔胎，但始終欠了經驗火候，與龐斑這類蓋代高手對峙時，便相形見絀，他能昂然說出挑戰的話，已使龐斑對他刮目相看。

范良極也大爲頭痛，他是人老成精，可是龐斑由行動以至說話，每一著都出人意表，佔了先機，使他一時間失了方寸。

龐斑眼光轉到范良極身上，道：「范兄的菸絲是否產自武夷的『天香草』，難怪如此清淳馥郁！」

范良極心中一懍，點頭道：「龐兄見聞之廣，使小弟驚異莫名。」跟著轉往韓柏喝道：「小子還不快滾！」這次他似乎擔心的不是龐斑，而是方夜羽，若韓柏給他生擒去了，那韓柏還怎能完成他的承諾。

韓柏心中猶豫，他來此的目的是要救風行烈，但目下龐斑現身攔截，立時打亂了所有步驟。

龐班皺眉道：「若沒有小徒同意，這位韓小弟能走到哪裡去？」

范良極仰天一陣長笑，道：「好！龐兄，動手吧！」一揚旱煙管，卻沒有飛起半點火星，同時藉著側頭的動作，向韓柏打個眼色。

這兩日來，韓柏和這獨行盜時刻相對，兩人已非常有默契，一看他的眼色，竟是招呼自己一齊合擊龐班，這才醒悟這老狐狸一直叫自己離開，竟是個要龐斑不及防備的假局，而更深一層的用意，是要龐斑產生以爲他韓柏武功較弱的錯覺。

一顆心不由卜卜狂跳起來。

偷襲龐斑可是個無人敢想敢打的主意。

另一方面亦心下奇怪，范良極一向對龐斑採的策略都是避之則吉，爲何眼下一見龐斑便擺出個戰鬥格。

難道他掌握了龐斑的一些秘密？

想到這裡，心中一動，往龐斑望去。

龐斑好像早知他會望向自己一般，眼光正靜候著他。

目光相觸，韓柏全身一顫，這並非他不敵對方的眼神，而是體內魔種產生的激流，倏地攀上最高峰，使他全身有若被烈火焚燒，當他差點忍不住要跳起來狂喊亂叫時，激流忽又消去，了無痕跡，回復了先前的樣子。他知道有些難以理解的事，已發生了。

龐斑的目光像望進了他的靈魂裡那樣，洞悉了一切，甚至包括他對靳冰雲的愛慕和與赤尊信奇異的關係。

韓柏直覺地感覺到這個六十年來一直穩據天下第一高手寶座的人物，在那人人驚懼的外表下，實充滿著洞悉世情的超然智慧，生命在他來說只是個勝與敗的遊戲，沒有半點憂懼。可是他全不明白爲何有這種直覺。

范良極旱煙管火星彈起。

韓柏收攝心神，右手握上背後三八戟的手把。

龐斑倏地後退，速度快至令人難以相信。

兩人暴喝，功力運轉，剛要追去，驀地同時一震，刹止了去勢。

原來龐斑仍卓立原地，腳步沒移半分。

兩人對望一眼，心中升起怪異無比的感覺，他們爲何會生出龐斑速退的錯覺？

這究竟是甚麼武功？

龐斑喝道：「厲若海在我一拳打出時，攻出了十八槍，范兄不知以爲自己可以打出多少桿？」

范良極針鋒相對道：「假設你是和厲若海決戰前的龐斑，我可能連第二桿也打不出，但你不是呵！龐兄！」

龐斑讚嘆道：「盜聽之術，果是驚人，竟能『聽』到龐某決戰後拳頭顫震的微聲，推斷出龐某受了內傷，假設范兄盜聽時耳朵聳動沒有發出聲音，我也猜不到在旁窺視的竟是你范良極，刻下也不會恭候於此了。」

韓柏心湖激盪。

他知道范良極已和龐斑交上了手，龐斑厲害處，就是點出明知范良極以盜聽之術，探出他受了內傷，而他仍現身攔截，自是因他有著負了內傷仍能截下他兩人的把握。

光是他聽到范良極雙耳聳動的微弱聲音，又推出是他的盜聽之術，已足使他兩人心寒，從而弱了鬥志。

范良極嘿嘿一笑，道：「我范良極脾氣最臭，偏不信你負了傷仍能勝過我這一根旱煙桿。」

「呼！」

一聲慘叫由龐斑後方樹林遠處傳來。

三人連眉毛也不聳動一下，像完全聽不到任何聲音的樣子。

范良極一聲長嘯，一道煙箭口噴而出，往龐斑面門刺去，旱煙桿緩緩擊出，每推前一分，帶起的狂飆便愈趨激烈，在離龐斑還有八尺許時，勁氣已波及方圓三丈之外。

韓柏看到范良極此桿，才明白到自己是如何僥倖，范良極的武功確是精純無比，深不可測；不過這僥倖並不是偶然的，而是靠魔胎層出不窮的怪異能力贏回來的。當下也狂喝一聲，三八戟全力往龐斑腰側掃去。

龐斑張口一吹，煙箭飄散。

接著飄身而起，似要衝前，又似要往後飛退，使人完全捉摸不到他的進退方向。

范良極旱煙桿倏地加速，封死龐斑所有前進之路。

韓柏運戟再刺，取的是龐斑小腹，只攻不守，完全一派不顧自身的拚死打法。

龐斑在這麼凶險的形勢裡，依然從容不迫，眼中閃過對這兩名敵手的讚賞，躍空而起。

范良極和韓柏兩人氣勢如虹，齊齊離地躍追，從左右兩側由下往上攻向龐斑。

龐斑一陣長笑，竟倒躍回原處。

那根本是不可能的，沒有人能改變這樣的去勢，但龐斑竟奇蹟地做到了。

范良極和韓柏齊齊擊空，大驚失色下沉氣落地。

濃烈的殺氣由龐斑處迫來。

兩人急退，回到原地，擺開守勢，準備應付龐斑的反擊。

龐斑悠然負手立在原處，便像是從沒有移動過分毫。

三人回復早先對峙之局。

但范、韓兩人氣勢已無復先前之勇。

遠方又再傳來兩聲慘呼，兵刃交擊之聲已隱隱可聞，顯示傷人者逐漸迫近。

龐斑望向韓柏，淡淡道：「韓小兄武技高明，足可躋身黑榜，未知與『盜霸』赤尊信有何關係？」

韓柏表面絲毫不露出心中的震駭，使他驚異的，是他完全不知道自己在何處露出端倪，教這魔師看出他和赤尊信有關係，假設是對方感應到他體內的魔胎，自己的處境便非常危險了。

龐斑微笑道：「韓小兄表面雖然非常冷靜，但氣勢卻再減弱了三分，不啻已告知了我答案，好！赤尊信不愧是赤尊信，竟能捨棄自身，成就魔種，韓小兄！你走吧！」

最後一句，范、韓兩人齊感愕然。

龐斑仰天長笑道：「若本人不予機會讓韓小兄養成魔種，赤尊信焉能死而瞑目！」

范良極冷笑道：「龐兄話雖說得好聽，怎知不是內傷因強運神功而加重，所以藉詞不和我們動手？」

他這話合情合理，因直到此刻龐斑仍沒有和他們硬拚半招。

這豈是威懾天下「魔師」龐斑的風格？

另一聲悶哼從右後方約百步外的林中傳來，跟著是兵器墜地的聲音，攻來者一直沉著氣默默苦戰，使人感到他的沉穩堅毅和不屈的意志。

龐斑仰天再一陣長笑，笑聲中透出無比的自信和驕傲，不理蓄勢待發的范良極，提高聲音道：「風兄既如此想見龐某一面，你們便讓他過來吧！」

聲音遠遠傳開去。

范良極運足眼力、耳力，不放過龐斑任何一個微小的動作，但卻一點也找不到龐斑受了內傷的痕跡。

打鬥聲靜了下來。

風行烈面容平靜，從龐斑右後側的樹林走出來，立在他身後約二十步處，兩手空空，背上掛著厲若海的丈二紅槍，冷冷盯著龐斑雄偉如山的背身。

龐斑頭也不回道：「恭喜風兄武功盡復，不知風兄背上的是否令師厲若海的丈二紅槍？」他頭也不回，卻像背上長了眼睛般看到了一切。

韓柏心神稍定，心中卻奇怪龐斑明明在此布下了強大的人手，爲何直至此刻卻一個也沒有現身？

風行烈應道：「正是丈二紅槍，望龐兄不吝賜教！」

被三大高手包夾在官道正中的「魔師」龐斑，悠然負手，便像是個旁觀者。

要知圍著他的三個人，每一個都非同小可。

范良極乃黑榜級高手，只是這身分已使他可和龐斑單打獨鬥。

風行烈是白道新一代的第一高手，現今武功盡復，且挾厲若海敗亡的悲憤尋來，豈是易與。

韓柏更是由赤尊信犧牲自身成就的魔種高手，潛力無窮。

若這三人聯手，負了傷的龐斑眞能勝過他們嗎？

風行烈完全回復了自信，他再也不是那壯志消沉的頹廢男子，雖然他的心已隨著冰雲的離開而死去，但仇恨之火在支撐著他，將厲若海土葬後，他立即來找龐斑。

在龐斑的整個生命史內，從沒有過比這十日更有機會被人殺死。

爲此，他決定了在這十日內不惜一切殺死龐斑，或是被殺；因一過了這十日，便再難有機會。

厲若海說過龐斑十日內休想和任何人動手，就是十日內動不得手，厲若海是不會錯的，因爲他是和龐斑絕對地同一級數的高手。

直到風行烈在空中看到厲若海和龐斑的決戰時，才明白到厲若海在武學上的偉大成就，更明白到龐斑的可怕。

爲了冰雲，爲了厲若海，爲了天下武林，他風行烈必須殺死龐斑，就算機會連一分也沒有，他也絕不會畏縮。

就像厲若海，生死全不介懷。

那才眞是好漢子！

龐斑微微一笑道：「風兄挾滿懷激憤而來，爲何不立即出手，氣勢便不會像現在般衰竭下來了。」

他雖背著風行烈，但卻像面對面和風行烈說話。

風行烈道：「龐兄正和對面兩位仁兄劍拔弩張，我怎能乘危插入？」

龐斑仰天一嘆道：「只是風兄這種氣度，便可推斷出風兄將繼令師厲若海之後，成爲天下尊崇的高手。」

范良極在那邊悶哼道：「不過是個滿口講仁義道德的傻子吧！」

龐斑微微一笑道：「范兄說笑了，請問范兄知否爲何我身負內傷，仍然現身出來會見你們？」

三人齊感愕然，想不到龐斑忽地承認負了內傷。

韓柏望向風行烈，後者立時生出感應，往他回望過來。韓柏像見了親人般打了個招呼，風行烈微笑點頭，他當然認不出眼前這魁梧強壯的青年男子，就是那晚在渡頭救起他的瘦弱小子，不過見對方昂然和龐斑對峙，心中早起了惺惺相惜之意。

范良極奇怪地望著龐斑道：「龐兄肯現身，自然是自信可在負傷後仍能穩勝我們三人，難道還有別的理由嗎？」

龐斑搖頭道：「非也非也，若無必要我也不會和你們動手。」

韓柏一呆道：「你這樣說，豈不是教我們非趁這機會撿便宜和你動手不可？」

龐斑微微一笑道：「若你們眞要出手，我只好施展一種將傷勢硬壓下去的方法，盡斃你等之後，再覓地療傷，希望一年內能完全復元過來。」

一年後，就是他決戰浪翻雲的日子。

韓柏奇道：「你手下能人無數，大可叫那甚麼十大煞神出來，何用施展這麼霸道的方法，徒使內傷加重？」

龐斑傲然一笑，卻不回答。

范良極悶哼道：「你這小子真無知還是假無知，威震天下的魔師也要找人幫手，傳出去豈非天大的笑話。」

氣氛一時僵硬至極點。

究竟是動手還是不動手？

這可能是唯一可以傷害或甚至殺死龐斑的機會。

三人心中也升起對龐斑的敬意，這魔師的氣度確是遠超常人。

韓柏更從他身上，看到了和浪翻雲近似的氣質，那是無比的驕傲和自信，一種傲然冷對生死成敗挑戰的不世氣魄。

范良極嘿然道：「你還未說出現身的理由呀！」

龐斑沉吟片晌，沉聲道：「首先是韓小兄體內的魔種惹起了我的感應，使我的好奇心蓋過了其他一切的考慮；至於風兄，由於他能於百息之內，連勝十三名我的手下，迫近二百六十二步，我便推斷出他終有一日可達至厲若海甚或更加超越的境界，一時心生歡喜，不得不和他一見。」

三人心神的震駭，確是任何筆墨也難以形容，尤其是風行烈，因爲他知道龐斑果無一字虛言，在龐斑叫停戰時，他剛踏出了第二百六十二步。但龐斑既要「見」他，為何又不回過頭來？

韓柏持戟的手顫了一顫，心中升起龐斑高不可攀的感覺，這魔師在他和范良極時刻進襲的壓力下，竟仍可分神去留意風行烈。

范良極知道若再讓龐斑繼續「表演」下去，他們三人可能連兵器也嚇得拿不穩，暴喝道：「是戰是和，你們兩人怎說？」

風行烈淡然道：「我不打了！」

范、韓兩人齊感愕然。

范良極若不是爲了要韓柏去娶朝霞爲妾，拿刀指著他也不會來和龐斑對著幹，能不動手自是最好，只不過被厲若海之死刺激起豪氣，才拚死出手。

韓柏雖因赤尊信而和龐斑勢成對立，但和龐斑卻沒有直接的仇恨，動手的理由不是沒有，但不動手的理由則更有力和更多。

反是風行烈從任何角度看去，也必須動手一搏，但現在卻是他表示不戰，眞使人摸不著頭腦。

這時天早全黑，天上星光點點，眨著眼睛。

夜風吹來，這四人便像知心好友般，聚在一起談論心事。

范良極將旱煙管插回背上，伸了個懶腰，道：「希望今晚不要作噩夢！」瞅了韓柏一眼，提醒韓柏記得守諾言。

韓柏也收起三八戟，道：「不打最好！但風兄爲何忽然改變主意？」他的神態總有種天真的味兒。

風行烈不理韓柏，盯著龐斑冷冷道：「我想到先師是不會在你負傷時趁機動手的，所以我風行烈怎會做先師所不屑為之事。」

龐斑淡淡道：「那我走了！」

緩緩轉身，一步踏出，便已消沒在林內，像只走了一步，便完成了一般高手要走七、八步的距離，直到離開，他也沒有回頭看上風行烈一眼。

三人齊齊一呆，這才知道若龐斑要不戰而走，確是沒有人可攔得住他。

范良極運起盜聽之功，好一會兒深深吁出一口氣，安慰地道：「全走了！」

韓柏奇道：「龐斑不是要不擇手段擒拿風兄嗎？為何如此輕易放過風兄？」

范良極嘿然道：「你若可猜破龐斑的手段，他也不用出來混了。」

風行烈向韓柏道：「這位兄台，我們怕是素未謀面吧！為何兄台卻像和我非常熟絡？」

韓柏歡喜地道：「我便是在渡頭拉你上來的小韓柏呀，廣渡大師沒有告訴你嗎？」一時間他已忘了無論體型、武功，他都沒有了那「小韓柏」絲毫的形跡。

風行烈眼睛瞪大，呆望著他。

范良極伸出手來，一把捏緊韓柏的肩胛骨，狠狠道：「你這小子來歷不明，怎又和赤尊信有上關係，快些從實招來。」語聲雖凶霸霸的，心內卻升起難以形容的友情和溫暖，因為韓柏明明可避過他這一抓，卻硬是讓他抓上了，那顯示出對他的絕對信任，這是范良極的一生裡，破天荒第一次得到的珍品——友情。

韓柏苦著臉道：「我說我說！不要那麼用力好嗎，你這老不死的混蛋。」

第八章　路遇故人

戚長征在一條環境優美的農村，借宿兩宵，將與孤竹、談應手的搏鬥經驗融會吸收後，刀法更上一層樓，這才踏上征途，往武昌韓府趕去。

途中遇上一場豪雨，唷嘆天不造美，惟有避進了一個山谷去，剛進入谷口，驟雨忽停，陽光破雲而出，彎彎的彩虹下，只見谷內別有洞天，二十多畝良田，種著各類蔬菜米黍，果樹掩映間，隱見茅舍。

眞是個世外桃源的安樂處所。

戚長征不想驚擾別人的寧靜，待要離去，忽地「咦」一聲停了下來，細察著腳下的一片稻田。稻田顯是收割不久，戚長征看著被割掉的禾草，眼中閃著驚異的神色。

每株禾草都是同一高度被同樣的刀法削斷，顯示出驚人的精確度、自制和持久力。

一名高瘦漢子從果林後轉了出來，肩上擔著兩桶肥料，踏著田間的小徑走過來，他專注地看著向左右延展的田野，似是一點察覺不到陌生者的闖入。

高瘦漢子走到一塊瓜田裡，自顧自施起肥來。

戚長征好奇心大起，朗聲恭容道：「晚輩乃怒蛟幫戚長征，敢問前輩高姓大名？」

高瘦男子頭也不抬，淡淡道：「本人隱居於此，早不問世事，朋友若只是路過，便請上路吧！」

戚長征瀟灑一笑，抱拳道：「那就請恕過凡心俗口驚擾之罪，長征這便上路！」轉身待去。

「咿呀！」

果林裡傳來開門聲，一把甜美的女聲叫道：「長征！」

「征」字聲尾還未完，倏地斷去，似是呼喚的女子突然想起自己不應喚叫。

戚長征愕然轉身，正好迎上高瘦漢子凌厲有若刀刃的目光。

果林那裡再沒有半點聲音。

戚長征記性極佳，早省起呼喚他名字的女子是何人，心中翻起波濤。

戚長征昂然與高瘦漢子對視著，尊敬地道：「江湖中用刀者雖多如天上星辰，但能令長征心儀者，則只有閣下『左手刀』封寒前輩。」

原來眼前這甘於隱遁於深谷的人，竟是昔年名震武林的黑榜高手「左手刀」封寒，三年前他挑戰浪翻雲，雖敗猶榮，與浪翻雲結成好友，受浪翻雲之託，將被揭露了臥底身分的乾羅養女乾虹青，帶離怒蛟島，想不到竟隱居於此，不問世事。

剛才叫他的不用說也知是媚艷誘人、怒蛟幫主上官鷹的前妻乾虹青。

封寒眼中精光斂去，淡淡道：「說到用刀，古往今來莫有人能過於傳鷹之厚背刀，封某敗軍之將，何足言勇，浪翻雲兄近況可好？」

戚長征肅容道：「好！非常好！」此人看來粗豪，但粗中有細，外面江湖雖風起雲湧，他卻一言不提，以免破壞了這小谷的和平寧靜。

乾虹青的聲音從果林裡的茅舍傳來道：「故人遠來，封寒你爲何不延客入屋，喝兩口熱茶。」

這時輪到戚長征心下猶豫，他這人愛恨分明，乾虹青騙去上官鷹感情，現在又和封寒住在一起，關係大不簡單，實是不見爲宜。

封寒指著東方天際道：「雨雲即至，戚兄若不嫌寒舍簡陋，請進來一歇，待雨過後，再上路也不遲。」

戚長征順著他的手指看去，東方遠處果是烏雲密布，景物沒在茫茫煙雨裡。

封寒打個招呼，當先領路往果林走去。

戚長征收攝心神，隨他而去。

兩人在種著各種果樹的小路穿過，一大一小兩間茅屋現在眼前，小茅屋的煙囱正升起裊裊炊煙，當是乾虹青正在烹茶款客，想她以前貴爲幫主夫人，婢僕成群，似這樣事事親爲的粗苦生活，未知她是否習慣。

屋門打開。

封寒站在門旁，擺手示意戚長征進去。

戚長征停了下來，仰天用力嗅了幾下，嘆道：「好香的桂花！」

封寒冰冷的面容首次綻出一絲笑意，道：「就是這桂樹的香氣，將我留在此地三年，或者一生一世。」

一股懶洋洋的感覺湧上心頭，戚長征悠悠步進屋裡。

屋內桌椅几櫃一應俱全，還隔了兩個房間，珠簾低垂！各類傢具均以桃木製造，雖沒有鑲嵌裝飾，但手工極佳，予人耐用舒適的感覺，牆上還掛了幾張字畫，清雅脫俗。

封寒見他目光在桌椅梭巡，微笑道：「這些都是我的手工藝兒。」指著掛在牆上的字畫道：「這此則是虹青的傑作！」

「嘩啦啦！」

大雨終於來臨，打在茅屋頂上和斜伸窗外的竹簾上，敲起了大自然的樂章。

清寒之氣，透窗而入。

戚長征揀了靠窗的木椅坐下，伸了個懶腰，舒服得連話也說不出來。

他深切感受到封寒和乾虹青這小天地裡那種寧和溫暖的氣氛，忽然覺得背負著的刀又重又累贅，連忙解下來，挨放牆角，心中一動，眼睛四處搜索起來。

封寒在廳心的桌旁坐下，道：「戚兄是否在找我的刀？」

戚長征有點不好意思地點頭應是。

封寒微微一笑道：「連我自己也忘了將刀放在哪裡了。」

戚長征愕然。

腳步聲響起。

戚長征轉頭看去，差點認不出這就是昔日的怒蛟幫幫主夫人，那艷光四射的乾虹青。

她一身粗布衣裳，不施半點脂粉，烏黑閃亮的秀髮高高束起，用一枝木簪在頭頂結了個髮髻，予人素淡清爽的感覺，再沒有半點當日的濃妝艷抹。

但卻更清麗秀逸。

她雙手托著木盤，上面放了一壺茶和幾只小茶杯，盈盈步入屋內。

戚長征慣性地立了起來，道：「幫主夫……噢！不！乾……乾姑娘！」深感說錯了話，頗為手足無措。

乾虹青神色一黯，手抖了起來，一個杯子翻側跌在盤上。

封寒一手接過盤子，憐惜地道：「讓我來！」接著若無其事地向戚長征招呼道：「戚兄！趁茶熱過來喝吧！」

戚長征乘機走到桌旁坐下，以沖淡尷尬的氣氛。

乾虹青也坐了下來，低頭無語。

封寒站了起來，像省起了甚麼似的，道：「虹青你斟茶給戚兄吧，我要出去看看！」披起簑衣，推門往外匆匆去了。

戚長征差點想將他拉著，他情願面對千軍萬馬，也不想單獨對著乾虹青。

「啪！」

門關上。

兩人默言無語。

乾虹青忽地嬌呼道：「噢！差點忘了！」捧起茶壺，斟滿了戚長征身前的茶杯，同時低聲問道：「他還恨我嗎？」

在茶滿瀉前，戚長征托起壺嘴。

乾虹青這才驚覺，將壺放回盤內。

戚長征看著杯內清澈的綠茶，兩片茶葉浮上茶面，飄飄蕩蕩，腦內卻是空白一片。

乾虹青道：「長征！」

戚長征猛然一震，抬起頭來，雙方目光一觸，同時避開。

戚長征抵受不住這可將人活活壓死的氣氛，長身而起，來到窗前，往外望去，在風雨中的遠處，在泥田裡，封寒正在鋤田鬆土。

乾虹青輕輕道：「他娶了新的幫主夫人嗎？」

戚長征目注因風雨加劇而逐漸模糊的封寒身形，喟然道：「沒有！」

接著是更使人心頭沉重的靜默。

乾虹青幽幽道：「長征！怒蛟幫裡我談得來的便只有你一人，可否答應我一個要求。」

戚長征沉聲道：「說吧！」

乾虹青道：「幫他忘了我！」

戚長征虎軀一震，轉過身來，瞪著乾虹青。

直到此刻戚長征才細意看著眼前這久別了的美麗前幫主夫人。

乾虹青美目投注在杯內的茶裡，但神思卻飛越往平日不敢一闖的禁區。

她明顯地清減了，不施脂粉的玉容少了三分艷光，卻多了七分秀氣，只有田園才能培養出的特質。

戚長征道：「我絕不會在幫主前提起見過你的任何事！」

乾虹青哀怨地望了他一眼，目光又回到茶裡，道：「只有戚長征才可以這樣體會我的心意。」

這句話表示她已視戚長征爲眞正知己。

戚長征伸手取起長刀，掛在背上。

乾虹青平靜地道：「長征！你還未喝我為你烹的茶！」

戚長征待要說話，谷外遠遠一把柔和的男聲響起道：「封寒先生在嗎？」

乾虹青嬌軀輕顫，道：「終於來了！」像是早知有客要到的模樣。

戚長征不解地望向她，想起當年上官鷹將乾虹青帶回怒蛟幫時，眉目間難掩興奮的情景，心中一陣感觸，使他幾乎要仰天長嘯，洩出心中的痛楚和無奈。

乾虹青解釋道：「封寒上月往附近的城鎮購物時，發覺被人跟蹤，所以想到早晚有人會找到這裡來。」

「封寒先生在嗎？」

今次呼叫聲又近了許多。

戚長征轉身往外望去，只見風雨裡，一個高大的身形，打著傘子，站在進谷的路上，與在田裡工作的封寒只隔了二十多步的距離。

封寒仍在專心田事，鋤起鋤落，對來人不聞不問。

來人道：「本人西寧派簡正明，乃大統領『陰風』楞嚴座下『四戰將』之一，今次奉楞大統領之命，有密函奉上，請封寒先生親啓。」

在屋內憑窗遠眺的戚長征心中卻想，在八派聯盟裡，以少林、長白和西寧三派居首，其中又以西寧派和朝廷關係最是密切，每代均有高手出仕朝廷，被譽為西寧派中地位僅次於派主「九指飄香」莊節和「老叟」沙天放，但武技卻是全派之冠的「滅情手」葉素冬，便是當今皇上的御林軍統領，這簡正明外號「遊子傘」，武器就是一把由精鋼打製的傘子，是葉素冬的師弟，在八派聯盟裡輩分既高，武功亦非常有名，想不到竟做了廠衛大頭頭楞嚴的爪牙，到來送信。

封寒的聲音傳來道：「封某早不問江湖之事，請將原信送回楞嚴，無論裡面寫上甚麼東西，我也不想知道。」

簡正明道：「楞嚴大統領早知封寒先生遺世獨立，不慕名利，但因今次乃全力對付怒蛟幫，故請先生加入我們的陣營，大統領必以上賓之禮待先生，身分超然，不受任何限制，望先生三思。」

戚長征心想難怪楞嚴派了這「遊子傘」簡正明前來做說客，果是措詞得體，可惜不明底蘊，誤以為封寒和浪翻雲仇深似海，其實兩人早化敵為友，所以簡正明實是枉做小人。

封寒斷言道：「不必多言，回去告訴楞嚴，封某和浪翻雲的所有恩怨，已在三年前了斷，你走吧！」說話中連僅餘的一分客氣也沒有了。

簡正明微微一笑，躬身道：「如此我明白了！簡某告退。」

轉身便去。

戚長征在屋內看著「遊子傘」簡正明遠去的背影，點頭讚道：「這遊子傘看來也是個人物，可惜竟做了朝廷的走狗來惹我們，今次給我撞個正著，不教訓教訓他們，我又怎對得起戚氏堂上的列祖列宗。」

乾虹青在後面嗔道：「長征！你總是愛這麼惹事生非，好勇鬥狠！」

戚長征一愕轉身，呆望著她好一會兒，才深深嘆了一口氣，道：「我還以為過去了再不能挽留的日子又復活了過來，四年前我搏殺了劇盜『止兒啼』後，回到了怒蛟島，你親自為我包紮傷口時，說的也正是這兩句話。」

乾虹青垂下了頭，眼淚終於奪眶而出。

戚長征苦笑，大步來到桌旁，取起一杯茶，灌進喉裡。搖頭道：「除了男人哭外，我最怕看就是女人哭！」

乾虹青含淚嗔道：「這三年來我從沒有哭，哭一次也不過分吧？」

戚長征步到門前，正要踏出門外之際，忽地回過頭來，平淡地道：「我原以爲自己一生裡是不會有『妒嫉』的情緒，但那天當幫主帶著你回島時，我才明白到妒嫉的滋味，而那亦是我回憶裡一個珍貴的片斷，虹青，讓一切只活在記憶裡吧！過去的便讓它過去算了，新的一天會迎接和擁抱你。」

話完，緩緩轉身，踏出門外，冒雨遠去。

乾虹青望著雨水打在戚長征身上，忽然間生出錯覺，就像遠去的不但是戚長征逐漸濕透的背影。也是上官鷹的背影。

背影又逐漸轉化，變成爲浪翻雲。

一個竹籮放在大廳正中的一張酸枝圓桌上。

龐斑默默看著竹籮，連方夜羽走進廳來，直走到他身旁靜待著，他仍沒有絲毫分散精神，黑白二僕像兩個沒有生命的雕刻般守衛兩旁。

龐斑仰天嘆了一口氣，問道：「從浪翻雲親手編的這個竹籮，夜羽你看出了甚麼來？」

方夜羽像早知龐斑會問他這問題般，道：「浪翻雲有著這世上最精確的一對巧手，即管找到世上最精巧的工匠來，能編出的東西也不外如是。」

龐斑怒哼道：「但何人能像浪翻雲般可把『平衡』的力量，通過這竹籮表現得那麼淋漓盡致。」

方夜羽渾身一震，定睛望著竹籮。

竹籮四平八穩放在桌上，果然是無有一分偏右，更沒一分偏左。

龐斑冷冷道：「天地一開，陰陽分判，有正必有反，有順方有逆，天地之至道不過就是駕馭這種對待力量的方法，總而言之就是『平衡』兩字。」

「所以從這竹籮顯示出來的平衡力量，便可推出浪翻雲的覆雨劍法，確實已達技進乎道，官知止而神欲行的境界。」

方夜羽乘機問道：「厲若海比之浪翻雲又如何？」

龐斑淡然道：「兩人武功均已臻第一流的境界，分別則在兩人的修養，厲若海心中充滿了悲傷和追求武道的激情，而浪翻雲卻是對亡妻的追憶，以明月和酒融入生命，若要用兩個字來說出他們的分別，厲若海是霸氣，而浪翻雲則是逸氣。撲面而來的霸氣和逸氣！」

方夜羽心頭一陣激動，天下間唯有龐斑能如此透徹去分析這兩個絕代高手，只有他才有那眼力和資格。

龐斑仰天一陣長笑道：「好一個厲若海，六十年來，我龐斑還是首次負傷。」微一沉吟，柔聲道：「夜羽！你知道嗎？我喜歡現在那受傷的感覺，非常新鮮，刺激我想起了平時不會想的東西，想做平時不會做的事。」

方夜羽詫異地道：「師尊想做甚麼事？」

龐斑微微一笑道：「給我在這裡找出哪間最有名的青樓，今夜在那裡訂個酒席，找最紅的名妓來陪酒，我要請一個貴客。」

方夜羽愕然道：「請誰？」

龐斑道：「『毒手』乾羅！」

第九章　酒家風雲

離武昌府不遠的另一大城邑，黃州府鬧市裡一所規模宏大的酒樓上，范良極、韓柏和風行烈叫了酒菜，開懷大嚼。

時剛過午，二樓的十多張大桌子幾乎坐滿了人，既有路過的商旅，也有本地的人，其中有些神態驃悍、攜有兵器的，顯是武林中人物。

范良極蹲在椅上，撕開雞肉猛往嘴裡塞，那副吃相確是令人側目，不敢恭維。

韓柏多日未進佳餚，也是狼吞虎嚥，食相比范良極好不了多少。

只有風行烈吃得很慢，眉頭緊鎖、滿懷心事。

范良極滿腮食物，瞇著眼打量韓柏，口齒不清地咕噥道：「餵飽了你裡面的小寶貝沒有？」

韓柏怒道：「這是天大的秘密，我當你是朋友才告訴你，怎可以整天掛在嘴邊？」

范良極嘿嘿冷笑道：「不要以爲是朋友，便可不守諾言！」

韓柏氣道：「風兄是自己救自己罷了！難道是你救了他嗎？」

兩人的約定是假設范良極助韓柏救出了風行烈，韓柏便須從陳府將朝霞「救」出來，並娶之爲妾，所以韓柏才會在是否范良極救出風行烈這一項上爭持。

范良極灌了一碗酒後，慢條斯理地取出旱煙管，點燃了菸絲，緩緩噴出一道煙往韓柏臉上，悶哼道：「若非有我老范在場，龐斑肯這樣放你們這兩個毛頭小子走嗎？」

韓柏已沒有閒情嘲諷他自認「老范」，向默默細嚼的風行烈求助道：「風兒！你同意這死老鬼的說話嗎？」

風行烈苦笑道：「一路上我也在思索著這個問題，據我猜想，直至龐斑離去的一刻，他才放棄了留下我們的念頭。」

范良極讚道：「小風確是比柏兒精明得多，龐斑在和我們對峙時，一直在留心小風的行動，最後判斷出小風眞的完全回復了武功，知道若要他的手下出手攔截我們三人，即管成功，也必須付出龐大和無可彌補的代價，於是才故作大方，放我們這三隻老虎歸山，再待更好幹掉我們的機會，由是觀之，小風確是被我救了。」

韓柏怒道：「不要叫我作『柏兒』！」

范良極反唇相稽道：「那你又喚我作『死老鬼』？」

風行烈不禁莞爾，這一老一少兩人雖針鋒相對，各不相讓，其實兩人間洋溢著眞摯之極的感情，微微一笑道：「眞正救了我們的是浪翻雲！」

范良極怒道：「不要說！」他似乎早知道這點。

韓柏眉頭一皺，大喜道：「對了，救了我們的是浪翻雲，龐斑定是約了浪翻雲在一年後決戰，才有怕自己不能在一年內因強壓傷勢以至傷重不能復元之語。」

范良極怒極，一桿點向韓柏咽喉。

韓柏動也不動，任由旱煙桿抵著咽喉，苦笑道：「死老鬼爲何如此脾氣不好，殺了我，誰去痛惜你的朝霞？」

范良極一聽下眉飛色舞，收回旱煙桿，挨過去親熱地摟著韓柏寬大的肩頭道：「只要你不悔約，便是我的好兄弟，算我錯怪了你！」在他一生裡，還是首次如此地和一個人「親熱」。

風行烈看著他們兩人，啼笑皆非。心中對厲若海之死的悲痛，亦不由稍減。

范良極還想說話，忽地兩眼一瞪，望著風行烈背後，連韓柏也是那個表情，剛要回頭，一道熟悉的幽香由後而至，傳入鼻內。

風行烈一愕下，看似楚楚可憐的谷倩蓮已盈盈而至，就在他身旁的空椅子坐下，摸著肚子嚷道：「我也餓了！」

范良極和韓柏兩人望望她，又望望風行烈，饒范良極擅於觀人，一時也給弄得糊塗起來。

風行烈見到她像是冤魂不散，大感頭痛。但深心中又有一點親切和暖意，說到底谷倩蓮對他只有好意，並無惡行。口中卻說道：「你來幹甚麼？」

谷倩蓮黛眉輕蹙道：「人家肚子餓，走上來吃東西，湊巧見到你，便走過來了，見有張空椅子，難道不懂坐下嗎？」跟著瞪了范、韓兩人一眼道：「這樣看人家，未見過女人嗎？」

范良極聽得兩眼翻白，捧著額角作頭痛狀，怪叫道：「假設娶了這個女人做老婆，一定會頭生痛症而死！」

韓柏童心大起，附和道：「那她豈非無論嫁多少個丈夫也注定要做寡婦嗎？」

谷倩蓮笑咪咪地嗔道：「眞是物以類聚，又是兩個不懂憐香惜玉、毫無情趣的男人。」她這句話，連風行烈也罵在裡面。

范良極一生人怕也沒有這幾日說那麼多話，只覺極爲痛快，向韓柏大笑道：「我不懂憐香惜玉沒甚麼要緊，最緊要是柏兒你懂得對朝霞憐香惜玉呀！」眼睛卻斜射著谷倩蓮。

韓柏大力一拍范良極肩膊，還擊道：「死老鬼，你若沒有憐香惜玉之心，怎對得起雲清那婆娘！」

范良極笑得幾乎連眼淚也流出來，咳道：「對！對！我差點忘了我的雲清婆娘，所以有時我那顆『年輕的心』也會將東西忘記了的。」

風行烈心底升起了一股溫暖，他哪會不知這兩人藉著戲弄谷倩蓮來開解他的愁懷，不禁搖頭失笑。

谷倩蓮偷偷望了風行烈一眼，俏巧的嘴角綻出了一絲笑意，瓜子般的臉蛋立時現出兩個小酒渦。看得范、韓兩人同時一呆。

谷倩蓮打量著眼前這兩個人，年輕的一位樣貌雖不算俊俏，但相格雄奇，自具一種恢宏英偉的氣度，偏是動作頗多孩子氣，一對眼閃耀著童眞、好奇和無畏，構成非常吸引人的特質，僅是他充滿熱情的銳利眼神，已足使任何女人感到難以抗拒，和風行烈的傲氣是完全不同的，但卻同是那樣地在揮散著男性的魅力。

老的一位雖生得矮小猥瑣，可是一對眼精靈之極，實屬生平罕見，兼且說話神態妙不可言，亦有他獨特引人的氣質。

她雖不知這兩人是誰，卻大感有趣。

谷倩蓮故意嘆了口氣，向風行烈道：「你一眼也不肯看人家，他們兩人卻死盯著人，你再不想辦法，我遲早給他們吃了！」

這樣的女孩兒家軟語，出自像谷倩蓮那麼美麗的少女之口，確要教柳下惠也失去定力。

韓柏從未遇過像谷倩蓮那麼大膽放任和驕縱的美女。他在接受赤尊信的魔種前，早便對女性充滿了仰慕和好奇，吸納了魔種後，赤尊信那大無畏和愛險中求勝的冒險精神，亦融入了他的血液裡，這種特質看似和男女情愛沒有直接關係，其實卻是大謬不然。

夠膽勇闖情海的人，必須具有大無畏的冒險精神，不怕那沒頂之禍，才能全情投入。所以韓柏既敢挑戰龐斑，面對靳冰雲時，亦毫不掩飾自己心中的愛慕，勇往直前，他的眞誠連心如死水的靳冰雲，也感意動。

范良極用手肘撞了韓柏一下提醒道：「切勿給這小狐狸精迷得暈頭轉向，連我們的約定也忘了，況且朋友妻，不可欺！哼！」

風行烈正容道：「本人在此鄭重聲明，這位姑娘，和小弟連朋友也算不上。」

谷倩蓮垂下俏臉，泫然欲泣，的是我見猶憐。

風行烈也不由一陣內疚，覺得自己的說話語氣確是重了少許，說到底，谷倩蓮還有恩於他。

韓柏最見不得這類情景，慌了手腳，自己三個大男人如此欺負一位「弱質女流」，實是不該之至，急亂下抓起碟裡最後一個饅頭，遞給谷倩蓮道：「你肚子餓了，吃吧！」

豈知范良極一手將饅頭搶了去，一口咬下了半邊，腮幫鼓得滿滿地大吃起來。

韓柏和風行烈齊感愕然，范良極難道眞是如此不懂得憐香惜玉嗎？

范良極用手指著谷倩蓮放在桌下的手，含糊不清地邊吃邊道：「這位姑娘外表傷心欲絕，下面的手卻在玩弄著衣角，其心可知，嘿！」

韓柏和風行烈不由齊往谷倩蓮望去。

谷倩蓮「噗哧」一笑，道：「有甚麼好看？」向著范良極嗔道：「死老鬼你是誰？的確有點道行！」

風行烈暗怪自己心軟，給她騙了這麼多次仍然上當，怒道：「我的內傷已癒，你找我究竟還要甚麼花樣？」

谷倩蓮皺起鼻子，先向范良極裝了個不屑的鬼臉，才對風行烈若無其事地道：「你武功恢復了就更好，因爲我需要你的保護。」

三人同時大感不妥。

酒樓上用飯的人早走得七七八八，十多張桌除了他們外，便只有三張桌還坐了人，其中一桌五男一女，顯是武林中人，但並沒有甚麼異樣的地方。

谷倩蓮笑道：「怎麼了？難道三個大男人也保護不了一個小女子？」

范良極咕噥道：「不要把我拖下這灘渾水去！」

樓梯忽地傳來急遽的步音。

六、七名差役擁了上來，一見谷倩蓮便喝道：「在這裡了！」兵刃紛紛出鞘，圍了過來。

跟著再擁上七、八名官役，當中一人赫然是總捕頭何旗揚。

韓柏一見何旗揚，湧起殺機，兩眼射出森厲的寒芒，像換了個人似的。

其他三人立時感應到他的殺氣。

谷倩蓮怎也想不到韓柏會變成如此霸氣，如此有男性氣概，更不明白韓柏爲何會有此轉變。

人。

范良極和風行烈兩人雖是吃了一驚，但他們知道了韓柏的遭遇，登時猜想到來者是曾陷害韓柏的

豈知眞正吃驚的卻是韓柏。

以往他也不時升起殺人的念頭，但都不如今次的濃烈，即管那次遇到馬峻聲，殺人的慾望也遠不如這次般激烈。心中隱隱想到原因來自龐斑，與這魔師的接觸，令他的精氣神集中和提升至最高的極限，也使魔種進一步和他融合，更進一步影響他的意念和情緒。

一個更驚心動魄的想法掠過腦際，假設他不能控制自己，駕馭魔種，便將會變成沒有自主能力由道入魔的凶物。

想歸想，心中的殺意還是有增無減。

何旗揚率著眾人圍了上來，冷喝道：「這位小姑娘，若能立即交出偷去的東西，本人可酌情從輕發落。」他也並非如此易與，只是見到和谷倩蓮同桌的三個人，形相各異，但都各具高手的風範，故先來軟的，探探對方虛實。

范良極關心地向韓柏問道：「小柏……」

「砰砰……」桌移椅跌下，其他三桌有兩桌人急急離去，以防遭池魚之殃，連店小二們也走個一乾二淨，只剩下靠樓梯口一桌的五男一女，看來是不怕事的人。

韓柏心中殺機不斷翻騰，大喝道：「何旗揚！滾！否則我殺了你。」

何旗揚呆了一呆，望向韓柏，心中奇怪這人素未謀面，爲何對自己像有深仇大恨的樣子。

其他官差紛紛喝罵，待要撲前。

何旗揚兩手輕擺，攔住官差，鎮定地道：「朋友何人？本人正在執行公事……」

范良極伸手按著韓柏，對何旗揚嘿嘿冷笑道：「怕是執行你陷害人的公事才對吧，我這位朋友今天的心情不大好，你沒甚麼事便乖乖地滾吧！否則惹起我這朋友的火氣，你那學自少林智達老鬼的『扶搖刀法』，可能一式未施，性命早嗚呼一聲丟了。」

何旗揚這麼深沉的老江湖，也聽得臉色一變，一方面是胸中冒起怒火，另一方面卻是大吃一驚，這小老頭隨口點出了自己的師門淵源，更說出他藉以取得今天成就的絕活，但口氣仍這麼大，可見有恃無恐，不放他在眼裡。

他強壓下心中怒火，抱拳道：「敢問前輩高姓大名？」

范良極見韓柏閉上眼睛，似乎平靜了點，心下稍定，鬆開按著他肩頭的手，瞪了何旗揚一眼，有好氣沒好氣地道：「這句話叫不老神仙來問我吧！」他身爲黑道頂尖兒的大盜，對官府的人自是沒有好感，何況這還是陷害韓柏的惡徒。

何旗揚臉色再變，手握到掛腰大刀的刀把上。

風行烈直到這時才偷空向谷倩蓮問道：「你偷了甚麼東西？」

谷倩蓮垂頭低聲道：「你也會關心人家的嗎？」一句軟語，輕易化解了他的質問。

風行烈拿她沒法，索性不再追問。

氣氛拉緊。

一陣長笑，從靠樓梯口的那桌響起，其中年紀最大，約五十來歲的高瘦老者笑罷，呷了一口茶後，悠悠道：「何總捕頭身負治安重責，朋友這般不給情面，未免欺人太甚！」

眾人一齊往他們望去。

和老者同桌的四男一女都頗年輕，介乎十八至二十三、四間，身上穿的衣服和攜帶的武器均極講究，教人一看便知是名門子弟，那女的還生得頗爲標緻，雖及不上谷倩蓮的嬌靈俏麗，但英風凜凜，別具清爽的動人姿采。

這一老五少全都攜著造型古拙的長劍，使人印象特別深刻。

何旗揚最擅觀風辨色，剛才一上樓來，便留心這五男一女，對他們的身分早心裡有數，這時抱拳道：「前輩一臉正氣，各少俠英氣迫人，俱人中龍鳳，想必是來自『古劍池』的高人，幸會幸會！」

老者呵呵一笑道：「八派聯盟，天下一家，本人冷鐵心，家兄『古劍叟』冷別情，大家都是自己人，不用客氣。」

冷鐵心旁年紀較長，在四男一女中看來是大師兄模樣，方臉大耳的青年道：「就算我們是毫不相干的人，見到如此不把皇法放在眼內的惡棍，我駱武修第一個看不過眼。」

何旗揚一聽老者自報冷鐵心，一顆心立時大爲篤定，這冷鐵心外號「蕉雨劍」，乃八派聯盟內特選的十八種子高手之一，地位僅次於少林的劍僧和長白謝青聯的父親謝峰，是聯盟裡核心人物之一，有他撐腰，哪還怕這護著谷倩蓮的三個人。

韓柏依然閉上雙目，深吸長呼，神態古怪。風行烈輕呷熱茶，谷倩蓮則像默默含羞，垂頭無語，范良極吸著旱煙管，吐霧吞雲，四人形態各異，但誰也看出他們沒有將八派聯盟之一的古劍池這群高手放在心上。

冷鐵心原本以爲將自己抬了出來，這四人豈會不乖乖認輸，怎知卻是如此無動於衷，心下暗怒。

駱武修向身旁的師弟查震行打個眼色，兩人齊齊站起。駱武修怒喝道：「你們偷了的東西，立刻交出來，何老總看在武林同道分上，或者可放你們一馬。」

范良極望也不望他一眼，悠悠吐出一個煙圈，瞅著何旗揚怪聲怪氣地道：「想不到你除了害人外，還是個拍馬屁及搧風點火的高手。」

何旗揚有了靠山，語氣轉硬道：「閣下是決定插手這件事了？」

駱武修見范良極忽視自己，心高氣傲的他怎受得了，和查震行雙雙離桌來到何旗揚兩旁，只等范良極答話，一言不合便即出手，頓時劍拔弩張。

冷鐵心並不阻止，心想難道自己這兩名得意弟子，還對付不了這幾個連姓名也不敢報上的人嗎？今次他帶這些古劍池的後起之秀往武昌韓府，正是要給他們歷練的機會。

韓柏驀地睜開眼睛。

眼內殺氣斂去，代之是一種難以形容的精光，但神氣卻平靜多了。

范良極將臉湊過去，有點擔心地道：「小柏！你怎麼了？」

何旗揚和古劍池等人的眼光都集中到韓柏身上，暗想這人只怕精神有點問題，否則為何早先如此凶霸，現在卻又如此怪相。

韓柏長身而起。

何旗揚、駱武修、查震行和一眾官差，全掣出兵器，遙指著他，一時間殺氣騰騰。

風行烈眼中射出真摯的感情，關切地道：「韓兄要幹甚麼？」

韓柏仰天深吸一口氣，一點也不將四周如臨大敵的人放在心上，淡淡道：「我要走了，否則我便要殺人。」

冷鐵心冷哼一聲，動了眞怒。

范良極心中一動，問道：「有冤報冤，有仇報仇，殺個把人有甚麼大不了。」

韓柏苦笑道：「可是我從未殺過人，怕一旦破了戒，收不了手。」

駱武修年少氣盛，見這幾人完全不放他們在眼內，哪忍得住，暴喝道：「讓我教訓你這狂徒！」身子前撲，手中長劍前挑，到了韓柏身前三尺許，變招刺向韓柏的左臂，劍挾風雷之聲，名家子弟，確是不凡。

風行烈眉頭一皺，他宅心仁厚，一方面不想駱武修被殺，另一方面也不想韓柏結下古劍池這個大敵，隨手拿起竹筷，手一閃，已敲在駱武修的劍鋒上。

這兩下動作快如電閃，其他人均未來得及反應，「叮」一聲，劍、筷接觸。

駱武修渾身一震，風行烈竹筷敲下處，傳來一股巨力，沿劍而上，透手而入，胸口如被雷轟，悶哼一聲，往後退去。

同一時間，范良極冷笑一聲，口中吐出一口煙箭，越過桌子的上空，刺在他持劍右臂上的肩胛穴。

右臂一麻。

手中長劍噹啷墜地，身子隨著踉蹌後退。

一聲長嘯，起自冷鐵心的口，劍光暴現。

勁風旋起，連何旗揚、查震行和駱武修三人也被迫退往一旁，更不要說那些武功低微的官差，幾乎是往兩旁仆跌開去。

冷鐵心手中古劍幻起十多道劍影，虛虛實實似往韓柏等四人罩去，眞正的殺著卻是直取韓柏。行家一出手，便知有沒有。

剛才風行烈露出那一手，使冷鐵心看出風行烈足已躋身第一流高手的境界，故而找上韓柏，希望取弱捨強，挽回一點面子。

韓柏眼中寒光一閃，體內魔種生出感應，殺氣湧起，四周的溫度驀然下降。

范良極眉頭一皺，冷笑一聲，從椅上升起，腳尖一點桌面，大鳥般飛臨「蕉雨劍」冷鐵心頭上，旱煙管點出。

他也和風行烈打同樣主意，並非擔心韓柏，而是怕韓柏殺了冷鐵心，惹來解不開的仇恨。

要知龐斑退隱這二十年裡，無論黑白兩道，都靜候著這魔師的復出，故此黑白兩道，大致上保持了河水不犯井水的形勢，一種奇怪的均衡，尤其是像范良極這類打定主意不肯臣服於龐斑的黑道絕頂高手，更不願與八派聯盟鷸蚌相爭，以致白益了龐斑這漁翁。

所以范良極亦不希望他這「眞正朋友」與八派聯盟結上血仇。

「叮叮叮！」

旱煙管和劍交擊了不知多少下。

冷鐵心每一劍擊出，都給范良極的旱煙桿點在劍上，而范良極像片羽毛般彈起，保持凌空下擊的優勢，使他一步也前進不了。

冷鐵心怒喝一聲，往後退去，胸臆間難受非常。原來每次當劍勢開展時，便給范良極的旱煙桿點中，使他沒有一招能使足，沒有半招能眞正發揮威力。

更有甚者，是范良極旱煙桿貫滿內勁，一下比一下沉重，迫得他的內力逆流回體內，使他全身經脈像氾濫了的河川。

他是不能不退。

在他一生中經歷的大小戰役裡，竟從未曾遇上如此高手，從未試過像現下般震駭。

范良極凌空一個觔斗，翻回座椅裡，悠悠閒閒吸著旱煙管，一對腳始終沒沾上實地。

煙火竟仍未熄滅。

其他古劍池弟子起身拔劍，便要搶前拚個生死。

冷鐵心伸手攔著眾人，深吸一口氣後道：「『獨行盜』范良極？」

范良極噴出一個煙圈，兩眼一翻，陰陰道：「算你有點眼力，終於認出了我的『盜命桿』。」

何旗揚臉色大變，若是范良極出頭護著谷倩蓮，恐不老神仙親來，才有機會取回被偷之物。

一直默不作聲的谷倩蓮歡呼道：「原來你就是那大賊頭。」

范良極斜兜她一眼，嘿然道：「你還你，我還我，絕沒有半點關係，切勿藉我的金漆招牌來過關！」

他這一說，又將古劍池的人和何旗揚弄得糊塗起來，搞不清他們究竟是何種關係。

「呀！」

一聲喊叫，出自韓柏的口。

只見他全身一陣抖震，像忍受著某種痛楚。

眾人愕然望向他。

韓柏忽地身形一閃，已到了臨街的大窗旁，背著眾人，往外深吸一口清新空氣，寒聲道：「何旗揚！若你能擋我三戟，便饒你不死！」

風行烈一震道：「韓兄……」

范良極伸手阻止他繼續說下去，沉聲道：「小柏！何旗揚只是工具一件，你殺了他，會使事情更複雜，於事無補！」他並非珍惜何旗揚的小命，而是憑著高超的識見，隱隱感到韓柏如此放手殺人，大為不妥，雖然他仍未能把握到眞正不妥的地方。

韓柏似乎完全平靜下來，冷冷道：「你剛才還說有冤報冤，有仇報仇。凡是害我之人，我便將他們殺個一乾二淨，否則連對仇人也不能放手而為，做人還有甚麼痛快可言。」

范良極想起自己確有這麼兩句話，登時語塞。

風行烈心中升起一股寒意，知道何旗揚的出現，刺激起霸道之極的魔種的凶性，泯滅了韓柏隨和善良的本性，若讓這種情況繼續發展下去，韓柏將成為了赤尊信的化身，正要出言勸阻。

韓柏已喝道：「不必多言，何旗揚，你預備好了沒有？」

眾人眼光又從他移到何旗揚身上。

何旗揚直到此刻，也弄不清楚自己和韓柏有何仇怨，但他終是名門弟子，又身為七省總捕頭，若出言相詢，實示人以弱，有失身分，一咬牙，沉聲道：「何某在此候教！」

韓柏伸手摸上背後的三八戟。

何旗揚刀本在手，立時擺開架勢。

冷鐵心暗想自己本已出了手，只可惜對方有黑榜高手范良極在。就算何旗揚被人殺了，因爲是公平決鬥，事後也沒有人會怪他，打了個手勢，引著門下退到一旁。

那些官差早給嚇破了膽，誰還敢插手，一時間，騰出了酒樓中心的大片空間。

韓柏握著背後的三八戟，尚未拔出，但凜烈的殺氣，已緩緩凝聚。

范良極和風行烈對望一眼，均知對即將發生的事回天乏力，心中不舒服之極，偏偏又不知道眞正問題所在，因爲現在的韓柏像變了另一個人似的。

這也難怪他兩人，種魔大法乃魔門千古不傳秘術，會怎樣發展，因從未有人試過，連赤尊信本人也不清楚，更遑論他們了。

只直覺到韓柏若眞受魔種驅使殺了人，可能永受心魔控制，就像倘若和尙破了色戒，便很難不沉淪下去。

眼看流血再不可避免。

「鏘！」

三八戟離背而出。

何旗揚武技雖非十分了得，戰鬥經驗卻是豐富之極，欺韓柏背著他立在窗前，一個箭步飆前，大刀劈去。

眾人看得暗暗搖頭，心想韓柏實在過分托大，輕視敵人，以致讓人搶了先手。

只有范良極、風行烈和冷鐵心三人，看出韓柏是蓄意誘使何旗揚施出全力，再一舉破之，寒敵之膽，俾能在三招內取其性命。

他們眼力高明，只看韓柏拔戟而立的氣勢，便知道韓柏有勝無敗。

范良極和風行烈兩人更有種奇怪的感覺，就是站在那裡的並不是天眞灑脫的韓柏，而是霸氣迫人的赤尊信。

當大刀氣勢蓄至最盛時，由空中劈落韓柏雄偉的背上。

刀在呼嘯！

韓柏驀地渾身一震，眼中爆閃出前所未有的光芒，望往窗外遠處的街道，連嘴巴也張開了少許。

他究竟發現了甚麼？

眼神轉變，充滿了驚異和渴望。

險被魔種駕馭了的韓柏又回來了！

大刀劈至背後三寸。

這時連風行烈和范良極也有點擔心他避不過這一刀。

韓柏一扭腰，身子閃了閃，三八戟往後反打下去，正中刀鋒。

何旗揚大刀墜地，蹌踉往後退跌。

韓柏收戟回背，穿窗往外跳下去，大叫道：「我不打了！」說到最後一字時，他已站在街心處。

「砰！」

何旗揚背撞在牆上，嘩一聲噴出了一口鮮血。

風行烈和范良極對望一眼，均搖了搖頭，若非何旗揚如此不濟，連這一口血也可避免。

冷鐵心倒抽了一口涼氣，只是韓柏這一戟，已顯示出韓柏的武功已達黑榜高手，又或八派聯盟元老會人物的級數。怎麼江湖上竟鑽了個這樣可怕的小伙子出來？

谷倩蓮向范良極輕聲道：「你的好朋友走了！」

范良極剛想乘機陰損幾句這狡猾但可愛的少女，驀然全身一震，跳了起來叫道：「不好！我要去追他，否則朝霞誰去理她？」一點桌面，閃了閃，便橫越過桌子和窗門間十多步的空間，穿窗出外，消沒不見。

風行烈心中讚道，好輕功，不愧獨行盜之名。旋又暗嘆一口氣，現在只剩下他來保護這小女子了。

他眼光掃向眾人。

何旗揚勉強站直身體，來到冷鐵心面前，道：「多謝冷老援手！」

那一直沒有作聲的古劍池年輕女子，遞了一顆丸子過去，關切地道：「何總捕頭，這是家父冷別情的『回天丹』！」

冷鐵心眉頭一皺，何旗揚並非傷得太重，何須浪費這麼寶貴的聖藥？

何旗揚一呆道：「原來你就是冷池主的掌上明珠冷鳳小姐，大恩不言謝。」伸手取丸即時吞下。

原來這「回天丹」在八派聯盟裡非常有名，與少林的「復禪膏」和入雲觀的「小還陽」，並稱三大名藥，何旗揚怎能不深深感激。

何旗揚轉身望著谷倩蓮，有禮地道：「姑娘取去之物，只是對姑娘絕無一點價值的官函文件，你實在犯不著為此與八派聯盟結下解不開的深仇。」

谷倩蓮淺淺一笑，柔聲道：「我自然有這樣做的理由，但卻不會告訴你。」

何旗揚點頭道：「好！希望你不會後悔。」向冷鐵心等打個招呼，率著那群噤若寒蟬的差役們，下樓去了。

風行烈霍地站起，取出半兩銀子，放在桌上。

谷倩蓮也跟著站了起來。

風行烈奇道：「我站起來，是因爲我吃飽了所以想走。你站起來，又是爲了甚麼？」

谷倩蓮跺腳咬唇道：「他們兩個也走了，只剩下你，所以明知你鐵石心腸，也只好跟著你，你難道忘了剛才何旗揚凶巴巴威嚇我的說話嗎？」

風行烈心中一軟，想起了靳冰雲有時使起性子來，也是這種語氣和神態，悶哼一聲，往樓梯走去，谷倩蓮得意地一笑，歡喜地緊隨其後。

冷鐵心沉聲喝道：「朋友連名字也不留下來嗎？」

風行烈頭也不回道：「本人風行烈，有甚麼賬，便算到我的頭上來吧！」

眾人一齊色變。

風行烈自叛出邪異門後，一直是八派聯盟最留意的高手之一，只不過此子獨來獨往，極爲低調，加上最近又傳他受了傷，否則冷鐵心早猜出他是誰了。

風行烈和谷倩蓮消失在樓梯處。

韓柏飛身落在街心，不理附近行人驚異的目光，還戟背上，往前奔去，剛轉過街角，轉入另一條大街，眼光落於在前面緩緩而行的女子背上。

韓柏興奮得幾乎叫了出來，往前追去。

女子看來走得很慢，但韓柏追了百多步，當她轉進了一道較窄小又沒有人的小巷時，韓柏仍未追及她。

女子步行的姿態悠閒而寫意，和大街上熙熙攘攘的路人大異其趣。

韓柏怕追失了她，加速衝入巷裡。

一入巷中，赫然止步。

女子停在前方，亭亭而立，一對美目淡淡地看著這追蹤者。

竟然是久違了的秦夢瑤，慈航靜齋三百年來首次踏足江湖的嫡傳弟子。

一身素淡白色粗衣麻布穿在她無限美好的嬌軀上，比任何艷服華衣更要好看上百千倍。

她優美的面容不見半點波動，靈氣撲面而來。

韓柏呆了起來，張大了口，一副不知所措的樣子。

秦夢瑤秀眉輕蹙，有禮地道：「兄台為何要跟著我？」

韓柏囁嚅道：「秦小姐！你不認得我了！」話出口，才醒悟到這句話是多麼愚蠢，受了赤尊信的種魔大法後，他的外貌出現了翻天覆地的變化，早沒了韓柏往昔半點的模樣。

秦夢瑤奇道：「我從沒有見過你！」

韓柏搔頭慌亂地結結巴巴道：「我是韓柏，韓天德府中的僕人韓柏。」他並非想繼續說蠢話，而是在秦夢瑤的美目注視下，大失方寸，再找不到更好的說話。

秦夢瑤淡淡望他一眼，轉身便去。

韓柏急追上去，叫道：「秦小姐！」

秦夢瑤再停下來，冷然道：「你再跟著，我便不客氣了，我還有要緊的事要辦呢！」

韓柏明知秦夢瑤背著他，看不到他的動作，仍急得不住搖手道：「秦小姐！我不是騙你的，我眞是那天在韓家武庫內伺候你們觀刀劍的韓柏，還遞過一杯龍井茶給你。」

秦夢瑤依然不回過頭來，悠靜地道：「憑這樣幾句話，就要我相信你是韓柏？」若非她施展出不露痕跡的急行術後，仍甩不下韓柏，從而推出韓柏武技驚人，她早便走了，因爲以韓柏的身手，實在沒有硬冒充他人的必要，其中必有因由。

韓柏靈機一觸，喜叫道：「當日在武庫門旁，你曾看了我一眼，或者記得我的眼睛也說不定，我的外貌雖全改變了，但眼睛卻沒有變。」

秦夢瑤心中一動，優雅地轉過身來，迎上韓柏熱烈期待的目光。

一種奇異莫名的感覺湧上她澄明如鏡的心湖。

她自出生後便浸淫劍道，心靈修養的功夫絕不會輸於禪道高人的境界，凡給她看過一眼的事物，便不會忘記，但韓柏的眼神似乎很熟悉，又似非常陌生，這種情況在她可說是前所未有的。

韓柏不由自主和貪婪地看著她不含一絲雜念的秀目，完全忘記了以前連望她一眼也不敢的自己。

背後風聲傳來。

韓柏不情願地收回目光，往後望去，只見范良極氣沖沖趕了上來，口中嚷道：「乖孫兒！你又到這裡來發瘋了，昨天你才騙了十位美麗的姑娘，今天又忍不住了，幸好給我找到你。」

韓柏見是范良極，知道不妙，這「爺爺」已到了他身旁，伸手摟著他寬闊的肩頭，向秦夢瑤打躬作揖道：「這位小姐請勿怪他，我這孫兒最愛冒認別人，以後若他再纏你，打他一頓便會好了。」一拉韓柏，往回走去，口中佯罵道：「還不回去？想討打嗎？」

韓柏待要掙扎，一股內力，由范良極按著他肩胛穴的手傳入，連聲音也發不出來，更不要說反抗了。

秦夢瑤眼中掠過懾人的彩芒，卻沒有出言阻止，美目深注著被范良極拖曳著遠去的韓柏背影上。

韓柏熱烈的眼神仍在她心頭閃耀著。

第十章　倩女多情

怒蛟島。

觀遠樓上臨窗的幽靜廂房內，浪翻雲獨據一桌，喝著名爲「清溪流泉」的美酒。

不一會兒已盡一壺。

浪翻雲站起身來，走到門旁拉開了一條縫隙，向著樓下低喚道：「方二叔，送多三壺『清溪流泉』到我這裡。」聲音悠悠送出，震盪著空氣。

方二叔的聲音傳上來道：「翻雲你要不要嚐嚐二叔藏在地窖裡的烈酒『紅日火』？」

浪翻雲哈哈大笑：「烈酒？我讓它淹三日三夜也不會醉，快給我送『清溪流泉』，只有這酒才配得起洞庭湖的湖水。」

腳步聲響起。

方二叔出現在樓梯下，仰起頭來道：「那酒確是要把人淡出鳥來，還叫甚麼『紅日火』，想騙騙你也不成，刻下酒樓裡的『清溪流泉』已給你這酒鬼喝光，我剛差人去左詩處看她有新開的酒沒有，沒有的話，不要怪我，要怪便怪你自己喝得太快。」

浪翻雲道：「左詩？」

方二叔神態一動，眼中閃過異光，望著浪翻雲道：「就是那天你扶起那小女孩雯雯的母親，年紀這麼輕便做了寡婦，自那毒女人乾虹青逃掉後，左詩便是怒蛟島最美的女人了。」跟著壓低聲音神秘地道：「現在島上人人都在猜，那日和左詩結一眼之緣時，名震天下的『覆雨劍』浪翻雲，究竟有沒有心動？」

浪翻雲啞然失笑，天下間總不乏那些好事之徒。

自己有心動嗎？

浪翻雲表面若無其事，淡淡道：「沒有酒，給我先送一壺龍井上來吧！」假若有雙修公主的野茶就更好了，想到這裡，那晚明月下和雙修公主共乘一舟的情景又活了過來。

方二叔應諾一聲去了。

浪翻雲讓門漏開了一條罅隙，坐回椅上，拿起桌上帶來的一本書，翻開細看。

輕碎的腳步聲在樓梯響起。

浪翻雲眉毛一聳，往門外看去，剛好透過門隙，看到小女孩雯雯捧著個酒壺，紅著小臉，勇敢地一步一步走上來，上氣不接下氣。

浪翻雲跳了起來，移到門前，拉開門歡迎這小朋友，伸手就要接過酒壺。

雯雯避過了他，奔到桌前，將大酒壺吃力地放在桌上，回頭喘著氣道：「不用人幫我，我也辦得到！」

浪翻雲哈哈一笑，誇獎道：「可愛的小傢伙！」

雯雯歡天喜地跳了起來，便要衝出門去，到了門旁忽地停下，掉過頭來道：「娘也來了！」再送他一個甜甜的笑容，這才走出門外，不一會兒輕細的腳步聲消失在樓梯盡處。

浪翻雲揚聲道：「左詩姑娘既已到來，何不上來一見？」

一把清潤柔美的女子聲音由下傳上道：「雯雯眞是多事！騷擾了浪首座的清興，小女子仍在爲亡夫守靜之時，不宜冒瀆！」

浪翻雲道：「如此浪某亦不勉強，只有一事相詢，就是姑娘釀酒之技是否家傳之學？」

樓下的左詩姑娘沉默了半晌，才輕輕道：「左詩之技傳自家父……」

她語聲雖細，仍給浪翻雲一字不漏收進耳裡，打斷道：「姑娘尊父必是『酒神』左伯顏，當年本幫上任幫主上官飛，親自將他從京城請來釀酒，自此以後，我和幫主非他釀的酒不喝，唉！的是美酒！可惜自他仙遊後，如此佳釀再不復嚐，想不到今天又有了『清溪流泉』，左老定必欣慰非常。」

左詩靜默了一會兒，才低聲道：「我走了！」

雯雯也故作豪氣地叫道：「浪首座我也走了！」

步聲遠去。

浪翻雲微微一笑，拔去壺蓋，灌了一大口，記起了亡妻惜惜在五年前的月夜裡，平靜地向他說：「猜猜我最放不下心是甚麼事？」

望著愛妻慘淡的玉容，浪翻雲愛憐無限地柔聲道：「浪翻雲一介凡夫俗子，怎能猜到仙子心裡想著的東西。」

紀惜惜嘆了一口氣，眼角淌出了一滴淚珠，道：「怕你在我死後，不懂把對我的愛移到別的女子身上，白白將美好的生命，浪費在孤獨的回憶裡。雲！不要這樣！千萬不要這樣！這人世間還有很多可愛的東西！」

「篤篤篤！」

敲門聲響，凌戰天推門而入，來到桌前，在他對面的空椅坐下，嘿然道：「又是清溪流泉，大哥是非此不歡的了。」

浪翻雲眼中抹過警覺的神色，因爲凌戰天若非有至緊要的事，是不會在他喝酒時來找他的。

凌戰天挨在椅背上，舒出一口氣道：「剛收到千里靈帶來的訊息，厲若海戰死迎風峽。」

浪翻雲眼中爆起精芒，望往窗外的洞庭湖，剛好一群鳥兒，排成「人」字隊形，掠過湖面。

再一個中秋之夜，他就要與這個擊殺了絕世武學大豪厲若海的魔師決戰，只有到那一刻，生命才能攀上最濃烈的境界。

在浪翻雲過去了的生命裡，最痛苦難忘的一刻，就是惜惜死去那一刻。

而在將來的生命裡，最期待的一刻，便是這由命運安排了與這大敵相見的刹那。

厲若海已先他一步去了。

厲若海倘死而有知，必忘不了那與龐斑定出勝敗的一刻，爲了知道那刻的玄虛，亦付出了生命作爲代價。

凌戰天的聲音繼續傳進耳裡道：「赤尊信、厲若海一逃一死，龐斑以事實證明了天下第一高手的寶座，仍然是他的！」

浪翻雲望向凌戰天，淡淡道：「你立即使人偵查龐斑有否負傷，若答案是『否』的話，天下所有人，包括我浪翻雲在內，均非他百合之將。」

凌戰天一愕道：「厲若海真的這麼厲害？若厲若海臨死前的反擊，確能傷了龐斑，那就是龐斑破天荒的首度負傷了！」

浪翻雲灌了一口「清溪流泉」，嘆道：「誰可以告訴我，龐斑一拳打出時，厲若海究竟刺出了多少槍？」

凌戰天目定口呆道：「你怎知龐斑是以空拳對厲若海的槍？」

浪翻雲哂道：「龐斑雕我那立像的刀法，乃蒙古草原手工藝的風格和刀法，所以龐斑若有師傳，就必定是蒙古的『魔宗』蒙赤行，只有連大宗師傳鷹也不能擊敗的人，才能培植出這樣的不世人物。」

凌戰天何等機靈，立時捕捉了浪翻雲話中的玄機，蒙赤行的武功已到了返祖的境界，以拳頭為最佳武器，這技藝自亦傳給了龐斑，蒙赤行的可怕處，是他不但有蓋世的武功，更使人驚懼的是他的精神力量，龐斑亦是如此，因為他就是蒙赤行的弟子。

浪翻雲眼力竟高明至此，從龐斑的手作挑戰書推斷出了對方的出身來歷。

浪翻雲舉起「清溪流泉」，一飲而盡，腦海泛起厲若海俊偉的容顏，道：「這一杯是為厲若海的丈二紅槍喝的。」語罷，長身而起。

凌戰天剛坐得舒舒服服，不滿道：「才講了兩句，便要回家了！」

浪翻雲取回桌上的書哂道：「我要趕著去打他十來斤清溪流泉，拿回家去，自從有了這絕代好酒，我自己釀酒的時間全騰空了出來，累得我要找部老莊來啃啃，否則日子如何打發！」

凌戰天啞然失笑道：「我們忙得昏天黑地，你卻名符其實地『被酒所累』，生出了這個空閒病來。」

浪翻雲將書塞入懷裡，拍拍肚皮道：「講眞的，戰天！當你不板著臉孔說公事話時，你實是個最有趣的人。」

轉身便去。

市郊。

在林中的一片空地裡，韓柏怒氣沖沖向蹺起了二郎腿，坐在一塊石上，正悠閒吸啜著煙管的范良極道：「我並非你的囚犯，爲何將我押犯般押解到這裡來？」

范良極道：「一天你未娶朝霞爲妾，你也不可去追求別的美女。這叫守諾！」

韓柏嘿嘿一笑道：「你當時只是說要我娶朝霞爲妾，並沒有附帶其他條件。」

范良極老氣橫秋道：「所以我說你是沒有經驗閱歷的毛頭小子，我也沒有附帶你不能殺死朝霞，那是否說你就可以殺朝霞？有些話是不用說出來，大家也應明白的！」他說的是那麼理所當然，理直氣壯。

韓柏對他的強詞奪理本大感氣憤，但當看到范良極眼內的得色時，知道這死老鬼正在耍弄他，暗忖我哪會中你的奸計，忽地哈哈一笑道：「你要我娶朝霞爲妾，自亦擺明我另外還得有正妻，所以我理應去追求另外的女子才對，否則豈非有妾無妻，沒有妻又何來妾？」

范良極想不到這小子忽地如此能言善辯，窒了一窒道：「這麼愛辯駁，像足個小孩子。」

韓柏一點不讓道：「如此嘮嘮叨叨，正是個死老頭。」

兩人對望一眼。

忽地一齊仰天大笑起來。

范良極笑得淚水也嗆了出來，喘著氣道：「你這小鬼趣怪得緊。」

韓柏笑得蹲了下來，揉著肚子道：「我明白了，你是妒忌我的年輕和我的受歡迎。」

范良極嗤之以鼻道：「剛才秦夢瑤似乎並不大歡迎你。」

韓柏愕然道：「你竟知道她是秦夢瑤！」

范良極不答反問道：「小柏！讓我們打個商量！」

韓柏戒備地哂道：「你除了威脅外，還有商量這回事嗎？」

范良極道：「所謂『威脅』，就是甜頭大至不能拒絕的『商量』，小鬼頭你明白了沒有？」

這回輪到韓柏落在下風，氣道：「我還要感激你是不是？」

范良極微微一笑道：「假設我助你奪得秦夢瑤的芳心，你便讓朝霞升上一級。秦夢瑤是左，她便是右，秦夢瑤是右，她便是左，你說如何？」他也算爲朝霞落足心力，一點也不放過爲她爭取更美好將來的機會。

韓柏一愕道：「你倒懂得趁火打劫的賊道。」

范良極冷然道：「當然！否則哪配稱天下群盜之王。」

韓柏故作驚奇地道：「你做賊也不感覺慚愧嗎？」

范良極道：「當你試過穿不暖、吃不飽，每一個人也可以把你辱罵毒打的生活後，你做甚麼也不會慚愧。」

韓柏訝道：「我以爲只是我一個人有這種遭遇，怎麼你……」忽然間，他感到與范良極拉近了很多。

這是個既可恨，但亦可愛復可憐的老傢伙；儘管表面看去他是個那麼充滿了生命力、鬥志、樂天和堅強的「老鬼」。

范良極眼中閃過罕有的回憶神情，嘆了一口氣道：「我一生中從不受人之恩，因爲在我七歲那年，啞師從寒冬的街頭，救起我後，我知道自己已領盡了上天的恩賜，不應更貪心了。你估我天生是這麼矮瘦乾枯嗎？其實是那時餓壞了。」

頓了頓，范良極陰沉下來道：「就是他，使我成爲天下景仰的黑榜高手，我在遇到你前，從不和人說話，因爲我從啞師處學懂了沉默之道，就是那種『靜默』，使我成爲無可比擬的盜中之王。我活命的法寶，就是靜默和忍耐。」

韓柏點頭同意道：「說到偷盜拐騙，不動聲息，確沒有多少人能及得上你。」

范良極弄不清楚這小子究竟是挖苦他，還是恭維他，惟有悶哼一聲道：「這天下的偉業都是由一無所有的人創造出來的，朱元璋便是乞丐出身，連皇帝也做了，天下也得了！」

韓柏嚇了一跳，道：「你隨隨便便直呼皇帝老子之名，不怕殺頭嗎？」

范良極眼中抹著一絲悲哀的神色道：「十天後龐斑復元了，你看我們還有多少日子可活？」

韓柏愕然道：「龐斑不會這麼看不開吧！」

范良極點燃了已熄滅了的菸絲，深吸一口，又徐徐吐出，道：「那天他如果肯回頭看上風行烈一眼，我們現在也不用瞎擔心……」

韓柏一震道：「我明白了，因龐斑怕見到風行烈時，會忍不住負傷出手。」

范良極讚道：「果然一點便明，龐斑或會放過任何人，但絕不會放過風行烈，你則不能不爲救風行烈和龐斑動手，我卻不能使朝霞未過門便死了夫君，故空有逃走之能也派不上用場。」

韓柏心中感動，這從來也沒有朋友的孤獨老人，對朋友卻是如此義薄雲天。因爲范良極是盜中之王，而盜賊最拿手的絕技便是逃走，所以即管龐斑想找范良極晦氣，亦將大爲頭痛。

范良極忽地興奮起來，豪氣縱橫地道：「趁我們至少還有九天半好活，不如讓我們幹一番轟轟烈烈的大事。」

韓柏小孩心性，大覺好玩，不過想了想，又皺起眉頭大惑道：「九天半可幹得甚麼偉大的事來？」

范良極胸有成竹地道：「這世界還有甚麼比愛和恨更偉大，以愛來說，我們可在這九天半內，分別追上雲清和秦夢瑤；以恨來說，你怎可放過那人面獸心的馬峻聲？」

韓柏童心大動，讚嘆道：「果然是既有閱歷又有經驗的嫩傢伙，想出來的都是最好玩的玩意兒。」

范良極得此知己，「嫩」懷大慰，笑咪咪站起來，伸指戳著韓柏的胸口，強調道：「你或者不知道，你已成了能左右武林史往哪個方向發展的偉人，也是靠著你這偉人的身分，我才找到一條可讓你和秦夢瑤接近的妙計。」

風行烈大步沿街而行，谷倩蓮則有若小鳥依人般，喜孜孜地傍著這「惡人」而走，深入這府城裡去。

兩旁店舖林立，行人熙來攘往，均衣著光鮮，喜氣洋洋，一片太平盛世的景象。

風行烈武功重復，心情大是不同。

谷倩蓮何等乖巧，知道風行烈要獨自思索，也不打擾他，只是自顧自四處瀏望，像個天真好奇的無知少女。

前面一枝大旗伸了出來，寫著「饅頭我第一」五個硃紅大字，非常耀目。

谷倩蓮習慣成自然地一伸玉手，往風行烈的衣袖抓去，這時的風行烈還是那麼易被欺負嗎？手一移，避了開去，谷倩蓮抓了個空。

谷倩蓮呆了一呆，嗔道：「你讓我抓著衣袖也不行嗎？」言罷，規規矩矩探手緩緩抓來。

風行烈劍眉一皺。

自己若再次避開，便顯得沒有風度了，一猶豫間，衣袖已給谷倩蓮抓著。

風行烈故作不悅地道：「你想幹甚麼？」

谷倩蓮扯扯他衣袖，另一手揉著自己的小肚子，哀求道：「人家想你進去試試這世上是否真有『饅頭我第一』這回事！」

風行烈暗忖，原來這妮子餓了，若是范良極和韓柏那對歡喜冤家在此，定必乘機將她耍弄一番，可惜卻只有他一人在此，對著這狡計百出的谷倩蓮，他真是一籌莫展。好！捨命陪狡女，我風行烈就看看你還有甚麼花樣？微微一笑道：「谷姑娘若不嫌冒昧，就讓在下做個小東道，請你入去吃他一頓吧。」

谷倩蓮想不到他如此好說話，歡喜得跳了起來，扯著他直入店內，在店角找了張桌子坐下才放開他衣袖，一口氣點了七、八樣東西，最少夠四人食用。

風行烈微笑安坐，不置可否。

先送上來的是一碟堆得像座小山的饅頭和兩小碗辣點。

谷倩蓮毫不客氣，大口大口地吃了起來。

風行烈想道：她必是眞的餓了，由此可知當韓柏將最後一個饅頭遞給她時，被范良極一手搶走，對她來說是多麼「殘忍」，但她當時仍裝作毫不在乎，可知這美麗的少女何等堅強和好勝。

無論谷倩蓮怎樣大吃特吃，但都不會給人絲毫狼吞虎嚥的不雅感覺，尤其間中送來一瞬間的秋波，又或嘴角一絲笑意，總是春意盎然。

風行烈心中忽地一震，猛然驚覺到自谷倩蓮出現後，直至此刻，因恩師厲若海戰逝而帶來鬱結難解的心情，竟輕鬆了很多。

另一個念頭在心中升起，難道我歡喜和她在一塊兒？

這時谷倩蓮暫時放過了桌上的食物，微微前俯道：「吃第一個饅頭時，就眞是饅頭我第一，吃第二個時味道已差了很多，希望他們的陽春麵可靠一點。」

風行烈見她說話時神態天眞可人，搖頭失笑打趣道：「你已經找到如何使東西好吃的竅門了，就是待餓得要死時，只吃一個饅頭。」

谷倩蓮「噗哧」一笑，俏臉旋開兩個小酒渦，甜甜地瞄了他一眼，低頭輕聲道：「你心情好時，說話好聽多了！」

風行烈恐嚇地悶哼一聲，道：「好聽的說話，最不可靠。」指了指門外，續道：「就像『饅頭我第一』這句話！」

谷倩蓮沒有抬起頭來，輕咬唇皮道：「爲何你忽然會對我和顏悅色起來，又和我說話兒，不再討厭我了嗎？」

風行烈眼中抹過一絲失落，淡淡道：「還有九天半，我便會和龐斑一決生死，所以現在也沒有心情和你計較了。」

谷倩蓮抬起頭來，幽怨地道：「你們男人總愛逞強鬥勝，明知必敗還要去送死。」

風行烈苦笑道：「我也想能有一年半載的時光，讓我消化從恩師厲若海和龐斑決戰時俯瞰得到的東西，可是龐斑是不會放過我的。」

谷倩蓮低頭輕問道：「厲門主死了嗎？」

風行烈眼中閃過糅合了悲痛、尊敬、崇仰的神色，淡淡道：「是的，死了！像個頂天立地的男子漢般死了。」忽地一震，不能置信地叫道：「你在哭？」

谷倩蓮抬起滿布淚痕的俏臉，幽幽道：「是的！我在哭，自從我十三歲那年，爲公主送信給厲門主時，見過厲門主，直到今天我還記得那情景，沒有人比他更是英雄，所以打一開始我便用盡一切方法來助你，你還總要錯怪人家。」

這一招轟得風行烈潰不成軍，老臉一紅道：「快笑笑給我看，你每逢扮完可憐模樣後，總會甜甜一笑的呀！」

谷倩蓮淚珠猶掛的瓜子臉眞個綻出笑意，嬌嗔道：「你是否養成了欺負我的習慣，人家悽苦落淚，還逗人家！」

風行烈見她回復「正常」，心中定了些，忽有所覺，往街上看去。

一個全身白衣，揹著古劍，瀟灑孤傲，禿頭光滑如鏡的高瘦僧人，正步入店裡。

谷倩蓮也感應到那白衣僧的出現，垂下了頭，眼內閃過奇異的神色。

白衣僧大步來到風行烈桌前，禮貌地道：「我可以坐這桌嗎？」

風行烈細察這白衣僧近乎女性般且看上去仍充滿青春的秀俊面容，點點頭道：「大師既對此桌有緣，自然有你的分兒，只不知現在還有三張空椅子，大師會揀哪張坐下，和為何要揀那一張？」

白衣僧雖然瘦，但骨格卻大而有勢，悠立店內，確有幾分佛氣仙姿。

他明亮的眼神絲毫不見波動，淡淡道：「小僧是隨緣而來，隨緣而動，只要哪張椅子和我有緣，小僧便坐哪張。」

風行烈笑道：「大師隨便吧！」說罷，目光掃向低垂著頭的谷倩蓮，只見她一臉罕見的冰冷陰沉，心中一動。

白衣僧已在正對著他的椅子坐了下來，淡然道：「風兄知道小僧來此，是為了甚麼事吧？」

風行烈毫不退讓地跟對方精光凝然的目光對視，溫和地道：「能令八派聯盟第一號種子高手『劍僧』不捨大師親自出馬，為的當然是很重要的事。」

不捨大師微微一笑，問道：「敢問風兄從何得知我乃第一號種子高手？」

一直沒有作聲的谷倩蓮呶呶嘴角，不屑地道：「知道這事有何稀奇！我還知道你是八派聯盟的秘密武器，因為你的武功已超越了不老神仙和無想僧，成為八派第一人。」

風行烈既奇怪一直歡容軟語的谷倩蓮對不捨僧如此不客氣，又奇怪她為何竟會知道這只有八派裡少數人才知的秘密。

不捨面容平靜如常，忽地啞然失笑道：「小僧眞是貽笑大方，不過姑娘如此一說，小僧已猜到姑娘乃『雙修府』的高手，現在小僧已到，姑娘亦應交代一下取去敝師姪孫何旗揚之物一事了！」

谷倩蓮心中一懍，想不到不捨才智竟高達這種地步，憑自己幾句話，便猜到自己的出身來歷，冷冷道：「誰希罕那份文件了，只不過我想引你親自到來，交這給你。」探手入懷，取出一封信，放在不捨面前的桌上。

雪白的封套上寫著「宗道父親大人手啓」八個驚心動魄的秀麗字體。

風行烈至此才知道名望在少林僅次於無想僧的不捨，和雙修府的關係大不簡單。

不捨眼光落在封套上，眼中抹過一陣難以形容的苦痛。

谷倩蓮霍地站起，道：「信已送到，那東西就還給你。」

探手懷裡，忽地臉色一變，愕在那裡，手也沒有抽出來。

風行烈和不捨兩人齊向她望去。

谷倩蓮咬牙道：「東西不見了。」

第十一章　色劍雙絕

韓柏躍過一堵高牆，追著范良極落到一條小巷去，不滿道：「你究竟要帶我到哪裡去，在這些大街小巷傻呼呼地狼奔鼠竄。」

范良極悶哼道：「少年人，有耐性點。」忽地神情一動，閉口默然，動也不動。

韓柏機警地停止了一切動作。

輕微的腳步聲在巷口響起，一位俏麗的美女盈盈地朝他們走來。

韓柏目定口呆，來者竟是秦夢瑤。

范良極取出旱煙桿，悠悠閒閒從懷裡掏出菸絲，塞在管內。

秦夢瑤筆直來到他兩人身前七、八步外停定，神情平靜，望著睜大眼瞬也不瞬盯著她的韓柏，和像是作賊心虛，將眼光避到了別處的范良極，淡然自若道：「前輩追蹤之術足當天下第一大家，我連使了十種方法，也甩不下前輩。」頓了頓又道：「敢問前輩是否『獨行盜』范良極？」

范良極點燃菸絲，深吸一口氣道：「秦姑娘不愧慈航靜齋三百年來最出類拔萃的高手，竟能單憑直覺，便能感應到我在跟蹤姑娘，並掉過頭來反跟著我們。」

韓柏在旁奇道：「現在秦姑娘前輩前、前輩後的叫著，你爲何不解釋一下，告訴她你有顆年輕的心。」

范良極怒瞪他一眼後，繼續道：「我今次引姑娘到此，實有一關係到武林盛衰的頭等大事，要和姑娘打個商量。」

韓柏立時想起范良極對「商量」的定義，就是「甜頭大至不能拒絕」的「威脅」，心中忽地感到有點不妙，因爲他從未見過范良極如此一本正經地說話。

偏恨他不知范良極在弄甚麼鬼。

秦夢瑤只是隨隨便便站在那裡，韓柏便感到天地充滿了生機和熱血。

秦夢瑤清美的容顏不見絲毫波動，柔聲道：「前輩有話請直說！」

范良極徐徐吐出一口煙，別過頭來望向秦夢瑤，道：「姑娘到此，想必是爲了『韓府凶案』一事了。」

秦夢瑤明眸一閃，微微一笑道：「這怎能瞞過范前輩的法耳，家師曾有言，天下之至，莫有人能勝過於龐斑的拳、浪翻雲的劍、厲若海的槍、赤尊信的手、封寒的刀、乾羅的矛、范良極的耳、烈震北的針、虛若無的鞭。」

范良極手一抖，彈起了點點星火，愕然道：「這是言靜庵說的？」

他的驚愕並不是故意裝出來的，武林兩大聖地一向與世無爭，地位尊崇無比，言靜庵和淨念禪宗的了盡禪主，隱爲白道兩大最頂尖高手，但至於高至何等程度，因從未見他們與人交手，故而純屬猜想。

但秦夢瑤引述言靜庵的這幾句話裡，點出了范良極一生最大的成就，就是「耳」這一點，已足可使對自己長短知道得最清楚的「獨行盜」范良極，震駭莫名至不能掩飾的地步。

聽到言靜庵的名字，秦夢瑤俏臉閃過孺慕的神色，淡淡道：「本齋心法與劍術以『靜』爲主，以守爲攻，但家師卻說若遇上前輩時，必須反靜爲動，反守爲攻，由此可見家師對前輩的推崇。」

韓柏好奇心大起，問道：「那對付赤尊信，又有何妙法？」他關心的當然是體內的魔種。

秦夢瑤望向他，想了想，抿嘴一笑道：「千萬不要在黎明前時分，和赤尊信在一個兵器庫內決鬥，不過這可只是我說的。」

范良極失聲大笑，拍腿叫絕道：「這是個好得不能再好的形容，姑娘既美若天仙，又是蕙質蘭心，怪不得我的小柏一見到你便失魂落魄，連仇家也可放過了。」

韓柏如給利箭穿心般，渾身一震，急叫道：「死老鬼，這怎能說出來？」

范良極打出個叫他閉口的手勢怒道：「枉你昂藏七尺，堂堂男子漢，敢想不敢爲。你喜歡秦姑娘的所謂秘密，早雕刻般鑿在你的小臉上，那樣神不守舍地瞪著人家，還怪我不代你瞞人。」

秦夢瑤輕蹙秀眉，望了望正要找個地洞鑽進去的韓柏，想發怒，卻發覺心中全無怒氣。韓柏給她最深刻的印象，不是一代豪士的形相，而是眼內射出的眞誠，只看了一眼，她便感應到韓柏對她的愛意。但那挑起心湖裡的一個小微波，並不足以擾亂她的平靜。

記得在慈航靜齋一個院落裡，那時正下著雪，點點雪花落在她和恩師言靜庵的斗篷上。

她偷看言靜庵清麗得不著一絲人間煙火的側臉一眼，儘管在這冰天雪地裡，心頭仍有一陣揮不掉的暖意。言靜庵更像一位姊姊。她不知道天地間是否有人比言靜庵更感性，更富感情，更不去理會人世的蠢事。

言靜庵微微一笑道：「夢瑤！你爲何那麼鬼祟地看著我，是否心中轉到甚麼壞念頭上？」

秦夢瑤輕聲道：「夢瑤有個很大膽的問題，想問你！」

言靜庵淡淡道：「以你這樣捨劍道外別無所求的人，竟然還有一個不應問也要問的問題，我定然招架不來。」她說話的神氣語態，沒有半分像個師父的模樣，但卻予人更親切，更使人眞心愛慕。

秦夢瑤輕輕嘆了一口氣，平靜地道：「我只想知當日龐斑來會你時，怎能不拜倒在你的絕代芳華下？」

言靜庵嬌軀一震，深若海洋的眼睛爆閃起前所未有的異采，接著又神情一黯，以靜若止水的語調道：「因爲他以爲自己能辦得到！」

秦夢瑤心中激起千丈巨浪，直到此刻，言靜庵才破天荒第一次間接地承認自己愛上了天下眾邪之首的「魔師」龐斑，第一次向愛徒透露心事。

言靜庵面容回復了止水般的安然，但眼中的淒意卻更濃，緩步走出院外，只見群峰環峙的廣闊空間裡，雨雪紛飛，而她們這處在最高山峰上的慈航靜齋，則像變成了宇宙的核心。

她回過身來，微微一笑道：「我送你就送到這裡，好好珍重自己。」

秦夢瑤道：「人生無常，這一去不知和師父還有否相見之日，所以有些說話不能不說，不能不問，夢瑤縱能看破一切，又怎過得了師徒之情這一關。我也壓根兒不想去闖！」

言靜庵柔和地道：「你已問了一個問題，我也答了你那問題，還不夠嗎？眞是貪心。不過你也有很多年沒有這樣喚我作師父了！」

秦夢瑤知道言靜庵溺寵自己，所以連對龐斑的愛意也不隱瞞她，心中一陣感動，道：「知道嗎？自從我懂人事以來，就從未見過師父眞正的笑容。」

言靜庵伸手摟著她的香肩，憐愛地道：「我的小夢瑤，爲師准你再問一個問題。」對答至今，她還是首次自稱師父，從外貌神態看上去，絕沒有人會懷疑她們是深情的兩姊妹。

秦夢瑤依戀地將頭靠在言靜庵的肩頸上，輕輕道：「夢瑤是否還有一位師姊？」

言靜庵鬆開了摟著秦夢瑤的手，飄身而起，以一美至沒有筆墨可以形容的曼妙姿態，落在一塊傲立峰頂的大石上，飄飛的白衣融入了茫茫雪點內。

秦夢瑤如影附形，緊跟她落在石上，和剛才的姿勢距離完全一樣。

秦夢瑤心痛地道：「師父！你哭了！」

一滴淚珠由言靜庵嬌嫩的臉蛋滑下，加入雪點組成的大隊裡，落到已鋪了厚厚一層積雪的巨石上。

這石在附近相當有名，就叫「淚石」，因為倘非天帝流下的淚，怎能落在這遠近的第一高峰「帝踏峰」上去，想不到今天又多受言靜庵這一滴淚。

言靜庵回復了冷靜，美目轉被彩芒替代，淡淡道：「是的！我哭了，夢瑤，你知否為師選你為徒，是為了甚麼原因？」

秦夢瑤默然不語，亦沒有半分自驕自恃的神態。

言靜庵勉強造出一個淒美的笑容，道：「因為你有為師缺乏的堅強，若我更堅強一點，龐斑就不是退隱江湖二十年，而是一生一世了。」

秦夢瑤垂下了頭，低聲道：「我只歡喜你像現在那樣子。」說到這句，秦夢瑤終表現出嬌憨女兒的心境。

言靜庵靜默了片刻，道：「為師也有一個問題，想你解答一下！」

秦夢瑤奇道：「原來師父也會有問題，快問吧！」在這離別的一刻，她就像忽又重回七、八歲時向言靜庵撒嬌的歡樂時光。

言靜庵淡然道：「我常在想，這世間是否能有使我的乖徒兒傾心的男子？」

秦夢瑤像早預備了答案般道：「夢瑤已傾心於劍道，再無其他事物能打動我的心了。」

言靜庵道：「就因為你是靜齋三百年來眾多人才裡，唯一既有那種天分才情，又有希望過得『世情』這一關的人，所以你成為超越了歷代祖師的劍道高手，破去了我們三百年來所有門人不得涉足江湖的禁例。夢瑤今次遠行，不須有任何特定目標，只要順心行事，也不須將師門榮辱看在眼裡，放手而為，終有一天，你會得到你想得到的東西，那時為師會讓你看到真正的笑容。」

韓柏的大叫傳來，驚碎了秦夢瑤深情的回憶。

秦夢瑤循聲望去，韓柏如大鳥騰空，越牆而沒。

范良極咬牙切齒，正要大咒一輪，秦夢瑤道：「他是否真的韓柏？」

范良極想不到秦夢瑤問得如此直截了當，一愕後道：「當然是如假包換的韓柏，韓府血案裡最微不足道但又是最關鍵性的人物。」

秦夢瑤秀眉輕蹙道：「若前輩只是止於空口說白話，晚輩便要走了。」

范良極臉有得色，道：「當然有憑有據，待我拿出來給你看。」正要探手懷裡，忽地神情一動，低叫道：「很多人！」

話猶未已，韓柏首先越牆而來，急不及待叫道：「方夜羽帶了很多人來！快走！」

范良極苦笑道：「走不了！四方八面都是他的人。」

秦夢瑤盈然俏立，安靜如昔。

「當然走不了！」有若潘安再世卻欠了一頭黑髮的「白髮」柳搖枝，和艷如桃李的「紅顏」花解語，現身牆頭。

風吹過時，不時掀起花解語一截裙腳，露出了小部分雪白中透著粉紅的玉腿，春色盎然。

范良極吞了一口痰涎道：「這麼老還是如此誘人，是否真的薑愈老愈辣。」

花解語弄不清楚范良極是讚她還是損她，嬌嗔道：「范兄詞鋒如此凌厲，教奴家如何招架。」

這一句連消帶打，以守爲攻，立使范良極不好意思拿著她的年紀來再作文章。

長笑聲起，方夜羽現身在和白髮紅顏兩人遙遙對立的屋頂處，將韓、范、秦三人夾在中間。

韓柏忽地回復了赤尊信式的神態和氣勢，一拍背上三八戟，仰天一陣大笑，道：「十日不到，便再和方兄相會，能不須久等，確是痛快之極，方兄的戟就在韓某背上，等方兄親手來取。」

方夜羽灑然一笑道：「隨著對韓兄加深的認識，收你爲手下一語，自是無法實現，故小弟將前時說的三個月內活捉你一句話收回，改爲即時殺死你，未知韓兄意下如何？」

他要殺死人，還在請問對方的意向，確是奇哉怪也。

范良極冷冷向韓柏道：「你看！這小子連九天也等不了，便急著出手，壞了我們的大事！」

方夜羽轉向默立不語的秦夢瑤，這才有機會細看對方，腦際轟然一震，心中讚嘆，世間竟有如此靈氣迫人的美女，怕也可以與靳冰雲一較短長了。

秦夢瑤眼中掠過不悅的神色，顯是不滿方夜羽如此目不轉睛地看著她。

方夜羽猛地驚醒，道：「夢瑤小姐有若長於極峰上的雪蓮花，故雖現身塵世，仍可給在下一眼認出，本人謹此代師尊向令師問好。」

秦夢瑤心中奇怪，方夜羽明知她是誰，怎會還當著她面前，說要殺死韓柏，難道他只是聲東擊西，眞正的目標是她才對？想到這裡，心中忽地升起了一種奇怪的感覺，那感覺不是來自附近的人，而是來至東南方的某一遠處。

范良極驀然大喝道：「龐斑你是否來了？」

方夜羽愕然，想了想才道：「家師怎會來此，前輩莫要多心了。」

秦夢瑤卻知方夜羽在說謊，更有可能是他也不知龐斑來了，因爲方夜羽絕不似說謊的人。他的一切神態、動靜，都接近完美。言靜庵曾說過，龐斑舉手投足，一言一笑，都是絕對的完美，那造成他邪異無比的吸引力，很容易便爲他這氣質所攝，難以生出對抗的心，方夜羽正繼承了他這種特質。

但龐斑沒出現便走了。那並瞞不過范良極天下無雙的耳朵，想到這裡，望向韓柏，後者眼睛正機警地望著東南方，此人也感應到龐斑的接近，由此推之，這自認韓柏的豪漢，亦是個不可一世，能與范良極比較的高手，偏是那麼天眞傻氣！但剛才他在方夜羽面前卻表現了慷慨豪雄、不畏強權的一面，那種對比造成一種奇異的魅力。

秦夢瑤淡淡道：「令師來了又走了，方兄！我有一事不明，敢請賜告。」

方夜羽再愕一愕，道：「既然夢瑤小姐也如此說，便一定錯不了，夢瑤小姐有話請說。」

韓柏眼神一落在秦夢瑤身上，便毫不掩飾地由淩厲化作溫柔，她不但人美，聲音更柔美寧逸，使人百聽不厭，看著她時，你絕不會再感覺到人世間有任何鬥爭或醜惡，她便像由天降下的仙子，到塵世來歷練一番。

秦夢瑤一點也沒有因成了眾眼之的而有絲毫不安，平和地道：「方公子明知秦夢瑤乃來自慈航靜齋的人，竟還當著我說要殺人，難道你以為我會坐視不理嗎？」

她的說話直截了當，像把劍般往方夜羽刺去。

韓柏長笑起來，將眾人的眼光扯回他身上，瀟灑地向秦夢瑤施了個禮，道：「姑娘乃天上仙子，不須管人世間這類仇殺鬥爭，這件事韓某一人做事一人當，由我獨力應付便可以了。」

范良極在旁冷冷道：「這小子倒識吹捧拍馬、斟茶遞水、伺候周到的追求大法。」

方夜羽不理他兩人，向秦夢瑤微微一笑，文質彬彬地道：「衝著夢瑤小姐這幾句話，我便改為假設十天之內，韓兄若能躲過我手下三次的刺殺，十天後我便和他公平決鬥一場，時間、地點任韓兄選擇。」

秦夢瑤心中一嘆，這方夜羽果然不愧龐斑之徒，這樣一說，既能使她得下台階，甚至賣了她一個人情，還將韓柏迫得退入了不得不獨自應付危險的死角，確是厲害。她亦難以阻止，因為決定權已到了韓柏手上。

范良極本想反對，忽地神情一動，先一步用手勢阻止韓柏出言，搶著答應道：「好！十天後，假設我這小姪韓柏不死，便在黎明前半個時辰，在韓府大宅內的武庫和小魔師你決一生死。」

秦夢瑤嬌軀輕震，眼中爆閃異采，專注地打量韓柏，此人究竟和赤尊信有何關係？

韓柏一愕恍然，啞然失笑道：「薑果是老的辣！」說到這裡，不由往煙視媚行的花解語望去，後者那精靈得像生出電光的深黑眸子，正滴溜溜地在自己身上有興趣地瀏覽著。

她的拍檔柳搖枝卻只顧看著秦夢瑤，眼中露出顛倒迷醉的神色。

方夜羽也是一呆，眼中閃過精芒，默然半晌，才大喝道：「好！假設韓兄吉人天相，十日後我們便在韓家武庫內於黎明前的一刻決戰。」

接著向秦夢瑤躬身道：「夢瑤小姐恬淡無爲，哪知世情之苦，在下有個請求，還望夢瑤小姐俯允。」

秦夢瑤大方地道：「方兄但說無礙，不過我卻不知自己能否辦到。」

方夜羽哈哈一笑道：「夢瑤小姐必能辦到！家師龐斑希望今夜三更時分，在離此東面三里的柳林和夢瑤小姐一見。」

秦夢瑤心中嘆了一口氣，方夜羽確是針對自己的弱點，設下了她不能不踏入去，不是陷阱的陷阱；因爲只以龐斑和言靜庵的微妙關係，見龐斑是絕對沒有危險的，但危險的是韓柏，因爲她本打好了算盤，要不惜一切在這十天之內，保證韓柏絲毫無損，但要見龐斑，今晚便不能不離開韓柏了。

而這約會她是不能不赴的，因爲她想親口問龐斑，爲何竟狠得下心腸，離開了言靜庵？在「世情」裡，對她來說，與言靜庵那種更甚於骨肉的師徒之情的難關是最難闖過的。

秦夢瑤輕搖螓首，眼中抹過一絲使人心醉的神色，嘆了一口氣道：「這本是個最易答的問題，眼下卻變成最難答，方公子我可否不答。」

方夜羽目不轉睛地盯著她，愛憐地道：「夢瑤小姐早答了我的問題，在下就此告退。」話剛完便越牆而去。

柳搖枝和花解語也同時消失不見。

花解語的笑聲遠遠傳來道：「韓柏小弟，很快我們便會再見了！」

劍僧長身而起，順手將信納入僧袍裡，古井不波地道：「既然文件不見了，小僧自會往別處追查，風兄的朋友聲言要殺敝派後輩何旗揚，敝派自不能袖手不理，萬望風兄不要插手其中。」

風行烈道：「既是風某的朋友，在下可以不理嗎？」斬釘截鐵，絕無半分轉彎的味道。

劍僧眼中閃過精芒，但轉瞬又回復一貫的孤冷，淡淡道：「我們曾得到來自淨念禪宗的訊息，經最高長老會的商討後，已決定不惜一切保你之命，以牽制龐斑，所以若風兄決定插手此事，敝派唯有放過令友，但卻不是因怕了他。」

轉身便去，到了舖外的陽光裡，裹著高瘦身材的白色僧袍有若透明的白，閃爍生輝，予人一種乾淨純美的感覺，確具仙姿。

不捨又回過頭來，向風行烈道：「風兄是小僧真心想結交的幾個人之一，有緣再見了！」沒進舖外長街的人潮裡去。

谷倩蓮接口輕輕道：「另兩個他也想結識的人，必是龐斑和浪翻雲。」

風行烈呷了一口早冷了的茶，悠然道：「可估得是誰偷了谷姑娘的東西？」

谷倩蓮霍地站起，大怒道：「必是那殺千刀死了只有人笑沒有人憐的老混蛋死狐狸鬼獨行『乞』范良極了！」說到「乞」字，她特別加重了語氣。

風行烈目定口呆，想不到這一直扮演楚楚可憐的小姑娘罵起人來會這麼凶的。

谷倩蓮忽又噗哧笑出來，哪還有半點惱怒怨恨了。

洞庭湖。

怒蛟島。

日沒。

浪翻雲孤立於岸旁一塊巨石之上。

他別過淩戰天後，便來到這島後的無人沙灘，一站便站了三個時辰，直到太陽落到湖水之下，怒蛟島亮起了點點燈火，他才想到離開這寧靜的角落。

他又走回觀遠樓所處的大街上，路上遇到的人雖無不興奮地偷看他，卻沒有人敢停下來指點，更沒有人敢走上來和他說話，因爲幫主上官鷹曾親下嚴令，禁止任何人打擾這天下第一劍手的安閒寧逸。

浪翻雲來到一條橫巷，猶豫片晌，終於步入巷內，不一會兒抵達小巷盡頭處，掛著「清溪流泉」牌匾的小酒舖已關上了門，漆黑一片。

他見到酒舖關了門，搖頭苦笑。掉頭便往巷口走去，才兩步光景，一個婀婀婷婷的布衣女子，拖著個小女孩，朝他走來。

浪翻雲心道，又會這麼巧了。

小女孩已掙脫了母親的手，跳上前來，瞪大一對小精靈般的黑眼珠，不能相信地輕呼道：「原來是你浪首座，雯雯和娘剛剛去找你呢！」

浪翻雲一愕道：「找我？」不期然望往那美麗的新寡文君。

像早知他會望過來般，左詩垂下了頭，秀美的俏臉卻無從掩飾地飛起兩朵紅雲，正是酒不醉人人自醉，低聲委婉地解釋道：「另一罐酒剛好夠火候了，所以我拿了壺去觀遠樓，想請方二叔轉給首座，不知首座早走了。」

小雯雯一手扠腰，老氣橫秋地道：「方爺子說那壺酒會留給你下次去時喝呢！」跟著壓低聲音道：「那並不是清溪流泉，而是僅餘公公親釀的十二罐酒之一，何止夠火候，從沒有人捨得喝掉它們呢！」

浪翻雲一聽酒蟲大動，精神一振道：「我立即去問方二叔要酒，否則遲恐生變。」一踏步，已越過雯雯，來到垂著頭的左詩身前，微笑道：「天下間或者只有兩個人有資格去品嚐欣賞左公的酒，一個是我，另一個就是過世了的老幫主，左姑娘你贈我以酒，包保左公在天之靈正在撚鬚長笑！」到這後一句句尾，人早消失在巷外。

左詩露出思索的神情，忽地噗哧一笑，像在感嘆，又像在欣賞回味浪翻雲的酒鬼行徑和說話。

小雯雯走上來，拉起左詩的手道：「娘！自爹到了永遠也回不來的地方後，你還是第一次笑呢！」

第十二章　名妓秀秀

一輛華麗的馬車，由黑白二僕策駛，來到黃州府首屈一指的青樓「小花溪」門前，大院立時中門大開，兩列大漢分立兩旁，擺出隆重歡迎的派勢，看著八駒拖行的馬車，進入林木婆娑的院落裡。

「小花溪」並非此地最大的妓院，一個街口外的「盡歡樓」便比它大上少許，但「小花溪」卻擁有這附近七省色藝稱冠、賣藝不賣身的青樓才女憐秀秀。

馬車停了下來。

一名中年大漢排眾而出，走前拉開車門，然後退後三步，躬身呼道：「察知勤謹代表小花溪全體和憐秀秀恭迎魔師大駕。」

這察知勤乃小花溪的後台大老闆，在這一帶有頭有臉，更是一個幫會的龍頭老大，在黑白二道裡非常吃得開，否則也不能在這三年來，保得住憐秀秀清白之身，但亦得罪了很多人，最近更因此事與一個連他也惹不起的人反目，使他極爲心煩，可是今次龐斑前來，假若一切妥當，事後只要放風聲出去，使人知道龐斑曾到小花溪一遊，包保自此以後，沒有人敢動他和小花溪半根毫毛，誰不怕這會惹得龐斑不高興？

眼前一花，一個雄偉如山、衣服華麗的男子，已卓立車旁。

龐斑雙目如電，掃過察知勤和他一眾最得力的手下，微微一笑。

察知勤雙腳一軟，跪了下來，眼角看處才發覺自己平時橫行市井，向以強橫豪勇見稱的一眾手下，早跪滿身後，連頭也不敢抬起來。

龐斑環目四顧，讚嘆道：「如此溫柔之鄉，小中見大，大中見小，芥子納須彌，當非出自察兄的心手，未知是何人構思設計？」

察知勤想不到龐斑一上來便以此發言，而且明白地表示看不起他的「品味」，卻絲毫也不感屈辱或不高興，囁嚅道：「魔師明察秋毫，小花溪乃根據秀秀小姐意思而建。」

龐斑有禮地道：「察兄和各位弟兄請起！」接著往最高的三樓一揖道：「秀秀小姐不愧青樓第一才女，請受龐斑一禮。只不知正門牌匾上『小花溪』三字，是否也是小姐手書？」

「叮叮咚咚！」開始幾下箏音有如萬馬奔馳，千軍廝殺，戰意騰騰，但接著箏音轉柔，便若畢生離家的戰士，心疲力累地想起萬里之外家中的嬌妻愛兒，和溫軟香潔的床鋪。

箏音悠然而止，突又爆起幾個清音，使人淨心去慮。

龐斑眼中閃過驚異的神色。

一把低沉卻悅耳之極的女音，從三樓敞開的廂房傳下來道：「貴客既至，爲何不移駕上來，見見秀秀！」

龐斑一聲長笑，頻道：「有意思！有意思！」大步往主樓走去。

察知勤想搶前引路，人影再閃，黑白二僕已攔在前面，其中一人冷冷道：「察先生不用客氣，敝主一人上去便可以了。」

龐斑步上三樓，兩名小丫鬟侍在門旁，一見他上來，垂下眼光，誠惶誠恐地把門拉開，讓他直進無阻。

門在他身後輕輕掩上。

一位白衣麗人，俏立近窗的箏旁，躬身道：「憐秀秀恭迎龐先生法駕！」

龐斑銳如鷹隼的雙目電射在憐秀秀亭亭玉立的纖美嬌軀上，訝然道：「色藝本來難以兩全，想不到小姐既有卓絕天下的箏技，又兼具艷蓋凡俗的天生麗質，龐斑幸何如之，得聽仙樂，得睹芳顏。」

憐秀秀見慣男性爲她迷醉顛倒的神色，聽慣了恭維她色藝的說話，但卻從沒有人比龐斑說得更直接、更動人，微微一笑，露出兩個小酒渦，拉開了近窗的一張椅子，道：「龐先生請坐，讓秀秀敬你一杯酒。」

龐斑悠然坐下，拿起酒杯，接著憐秀秀纖纖玉手提著酒壺斟下來的烈酒。

三十多年來，他還是第一次拿起酒杯來。

自從擊殺了當時白道第一高手絕戒和尙後，他便酒不沾唇。那是與厲若海決戰前，最使他「感動」的一次決鬥。

現在有了厲若海。

好一把丈二紅槍！

秀秀的聲音傳入耳內道：「酒冷了！」

龐斑舉杯一飲而盡，清白得若透明的面容掃過一抹艷紅，瞬又消去，微笑向陪坐側旁的憐秀秀道：「小姐氣質清雅，不類飄泊塵世之人，何以卻與龐斑有緣於此時此地？」

憐秀秀俏目掠過一陣迷霧，道：「人生誰不是無根的飄萍，偶聚便散。」

龐斑忽地神情微動道：「是否乾兄來了！」

「龐兄果是位好主人！」語音自遠處傳來，倏忽已至樓內，跟著一位身穿灰布衣，但卻有著說不出瀟灑的高瘦英俊男子，悠然步入。

正是黑榜叱吒多時的乾羅山城主「毒手」乾羅。

龐斑雙目神光電射，和乾羅目光交鎖，大笑道：「乾兄你好！四十年前我便聽到你的大名，今日終於見到，好！」

乾羅目光一點不讓龐斑，抱拳道：「小弟此生最想見也是最不想見的兩個人，龐兄便是其中之一。」

憐秀秀望向這個客人，心中暗奇，哪有人一上來便表示自己不喜歡見對方，同時又隱隱感到乾羅對龐斑是出自眞心的推崇。

龐斑站了起來，大方讓手道：「乾兄請坐。」望向憐秀秀道：「秀秀小姐請爲我斟滿乾兄的酒杯，俾龐某能先敬乾兄一杯。」

他的說話充滿令人甘心順服的魅力，憐秀秀立即爲剛坐下的乾羅斟酒。

龐斑望往窗外，高牆外車馬人聲傳來，小花溪所有廂房均燈火通明，笙歌處處，確教人不知人間何世。舉杯向乾羅道：「乾兄！我敬你一杯！」

對坐的乾羅拿起酒杯，道：「二十五年前，小弟曾獨赴魔師宮，至山腳下苦思三日三夜後，想起一旦敗北，所有名利、權位、美女均煙消雲散，便廢然而返，自此後武技再沒有寸進。這一杯便爲終可見到龐兄而乾。」一飲而盡。

龐斑淡淡道：「現在名利、權位、美女，於乾兄來說究是何物？」

乾羅搖頭苦笑道：「都不外是糞土！我蠢了足足六十多年，龐兄切勿笑我。」

憐秀秀再望向乾羅，這人乃一代黑道大豪，武林裡有數的高手，想不到說話如此眞誠，毫不掩飾，心中不由敬服。

她的目光回到龐斑身上，這個不可一世，氣勢蓋過了她以前遇過任何男人的人物，一言一笑，舉手投足，莫不優美好看，沒有半點可供批評的瑕疵。

龐斑淡然道：「我已很久沒有覺得和別人交往是一種樂趣，但今夜先有憐秀秀的箏，現更有乾羅的話，人生至此，夫復何求，若乾兄不反對，我想請乾兄聽秀秀小姐彈奏一曲，而今夜亦只此一曲，作爲陪酒的盛筵。」

乾羅望向憐秀秀，微微一笑，眼中射出感激期待的神色。

憐秀秀心頭一震，想不到乾羅竟能藉一瞥間透露出如此濃烈的情緒，訊號又是如此清晰，不由垂下目光，道：「秀秀奏琴之前，可否問兩位各一個問題？」

龐斑和乾羅大感興趣，齊齊點頭。

憐秀秀嬌羞一笑，道：「剛才乾先生說有兩個人，最想見但也是最不想見，一位是龐先生，只不知另一位是誰？」

乾羅啞然失笑道：「我還道名動大江南北的第一才女，有甚麼問題要問我。另一個人便是『覆雨劍』浪翻雲，對這人小姐不會未曾聽過吧！」

像憐秀秀如此當紅的名妓，每晚都接觸江湖大豪，富商權貴，耳目之靈，眞是難有他人可及。當下憐秀秀點頭道：「天下無雙的劍，深情似海的人，秀秀不但聽過，印象還深刻無比。」

龐斑微微一笑道：「現在輪到我的問題了，希望不是太以難答，阻了時間，我對小姐今夜此曲，確有點急不及待了。」

憐秀秀嬌軀輕顫，垂下了頭，以衣袖輕拭眼角，再盈盈仰起美麗的俏臉，明眸閃出動人心魄的感激之色，輕輕道：「能得龐先生厚愛，秀秀費在練箏的心力，已一點沒有白費，秀秀可否撇過那問題不問，立即將曲奉上？」

龐斑俊偉得有如石雕的面容閃過一抹痛苦的神色，柔聲道：「我已知你要問甚麼問題，所以你早問了，而我亦在心中答了。」

乾羅忽然發覺自己有點「情不自禁」地欣賞著龐斑，若和浪翻雲相較，兩人都有種無與倫比的吸引力。

但龐斑的魅力卻帶點邪惡的味道。

最主要是龐斑冷酷的面容，使人一見便感到他是鐵石心腸、冷酷無情的人。

但現在乾羅卻如大夢初醒般發覺龐斑竟也是個感情豐富的人，而且是那樣地毫不掩飾。

他甚至有些兒歡喜這可怕的大敵。

憐秀秀離座而起，走到箏前坐下，望往窗外遠處繁星點點的夜空，心中閃過一絲愁意，這時她已知自己畢生裡，休想忘掉龐斑剛才顯示出內心痛苦那一霎間的神色。

乾羅抗議道：「龐兄和秀秀小姐心有靈犀一點通，小弟可沒有這種本領，我不但想知道那問題，更想知道答案。」

龐斑開顏大笑道：「痛快痛快，乾兄直截了當，秀秀小姐不如你就問一次，而龐某答一次，以作主棻前的小點，招待乾兄。」

憐秀秀聽到「心有靈犀一點通」時，心中無由一陣喜歡，偷看了龐斑一眼，後者似對這句話完全不覺，又不由一陣自憐，幽幽道：「我只想問龐先生，名利、權位、美女對他又是甚麼東西？不過或者我已知道了答案，這世上再沒有任何事物眞正掛在龐先生心上。」

龐斑沉默下來，過了好一會兒才深深吸了一口氣，正容道：「六十年前龐某棄戟不用，功力突飛猛進，心靈修養突破了先師『魔宗』蒙赤行『止於至極』的境界，進軍無上魔道，正欲搶入天人之域，那時便以爲自己已看破成敗生死，豈知當我見到言靜庵時，才知道自己有一關還未得破。」眼光移向乾羅道：「那就是情關！」

乾羅眼中射出寒光，與龐斑透視性的目光正面交鋒，冷冷道：「小弟闖關之法，便是得到她們的身心後，再無情拋棄，如此何有情關可言？」

在旁的秀秀嘆了一口氣道：「若這話出於別人之口，我一定大爲反感，但乾先生說出來卻別具一股理所當然之勢，令人難生惡感。秀秀想到即管明知異日會被乾先生無情拋棄，我們這些女子都仍要禁不住奉上身心。」

乾羅一愕道：「果然不愧青樓第一奇女子，小弟未聽箏便先傾倒了。」

龐斑長長一嘆道：「乾兄是否比我幸運，因爲你還未見過言靜庵！」

乾羅眼中掠過落寞的神色道：「那亦是我的不幸，天地陰陽相對，還有甚麼能比生和死，男和女更強大的力量？我多麼羨慕龐兄能一嘗情關的滋味。」心中閃起一幅幅爲他心碎的女子圖像。

憐秀秀輕柔地提起纖長白皙的玉手，按在箏弦上。

在二樓另一端的廂房裡，坐了五位相貌堂堂的男子，其中一人赫然是被「陰風」楞嚴派往邀請封寒出山的西寧派高手簡正明，每人身邊都陪著一位年輕的妓女。

各人都有些神態木然。

氣氛非常僵硬。

坐在主家席臉孔瘦長的男子冷冷道：「你們先出去。」

五名妓女齊齊愕然，低頭走了出去，她們剛走，小花溪的大老闆察知勤昂然步入，抱拳道：「各位請賣小弟一個薄臉，秀秀小姐今晚確是無法分身。」

臉孔瘦長的男子冷哼一聲，表示出心中的不滿，冷然指著坐於右側一位五十多歲，面相威嚴，中等身材的男子道：「陳令方兄來自武昌，乃當今朝廷元老，近更接得皇上聖旨，這幾日便要上京任新職，故今天特來此處，希望能與憐秀秀見上一面。」

察知勤面容不動，禮貌地和陳令方客套兩句。若是范良極在此，必會大爲焦急，因爲陳令方此次回京做官，極可能會將寵妾朝霞帶走。

臉孔瘦長男子不悅之意更濃，一口氣介紹道：「夏侯良兄乃陝北『臥龍派』新一代出色高手，洪仁達兄『雙桿悍將』之名，載譽蘇杭，都是慕憐秀秀之名，央小弟安排今夜一見憐秀秀，察兄你說這個臉我是否丟得起，而且今日之約，我沙千里乃是七日前便和貴樓訂下了的。」

身材矮橫扎實的洪仁達傲然不動，只有那生得頗有幾分文秀之氣的夏侯良禮貌地點了點頭，但眼中也射出不悅的神色。

換了平時，即管以察知勤的身分地位，也會感到懼意，因爲這沙千里乃西寧派四大高手之一，而西寧派乃當今武林裡最受朝廷恩寵的派系，近日就是爲了應付沙千里對憐秀秀的野心，使他傷足腦筋，他的眼光來到簡正明身上，道：「這位是……」

簡正明微微一笑道：「本人西寧『遊子傘』簡正明，請察兄賞個薄臉，一償本人心願。」

察知勤心中微震，這五人無不是身分顯赫之人，平時眞是一個也得罪不起，但今夜卻是例外，微微一笑道：「過了今夜，小弟必負荊請罪，屆時說出秀秀失約的原因，各位必會見諒。」

陳令方道：「如此說來，秀秀小姐並非忽患急恙，以致不能前來一見，未知察兄將三樓封閉，是招呼何方神聖？」

察知勤臉上現出爲難的神色。

夏侯良微惱道：「若察兄連此事也吝於相告，我夏侯良便會怪察兄不夠朋友了。」

這兩句話語氣極重，一個不好，便是反臉成仇之局。

「叮叮咚咚！」

箏聲悠悠地從三樓傳下來，箏音由細不可聞，忽地爆響，充盈夜空，剎那間已沒有人能辨清楚箏音由哪裡傳來。

眾人不由自主被箏音吸引了過去。

倏忽間小花溪樓裡樓外，所有人聲、樂聲全部消失，只剩下叮咚的清音。

「咚叮叮咚咚……」

一串箏音若流水之不斷，節奏漸急漸繁，忽快忽慢，但每一個音的定位都那麼準確，每一個音都有意猶未盡的餘韻，教人全心全意去期待，去品嘗。

「咚！」

箏音忽斷。

箏音再響，眾人腦中升起驚濤裂岸、浪起百丈的情景，潮水來了又去，去了又來，人事卻不斷遷變，天地亦不斷變色。

一股濃烈得化不開的箏情，以無與倫比的魔力由箏音傳達開來，震撼著每一個人的心神，跟著眾人的心境隨緣變化。

纖長皙白的手像一對美麗的白蝴蝶般在箏弦上飄舞，一陣陣強可裂人胸臆、柔則能化鐵石心為繞指柔的箏音，在小花溪上的夜空激盪著。

憐秀秀美目淒迷，全情投入，天地像忽爾淨化起來，只剩下音樂的世界。

憐秀秀想起龐斑為言靜庵動情，對自己卻無動於衷，心中掠過一陣淒傷，箏音忽轉，宛如天悲地泣，纏繞糾結，一時間連天上的星星也似失去了顏色光亮。

乾羅閉上眼睛，也不知想著甚麼東西？或是已全受箏音迷醉征服？

龐斑靜聽箏音，眼中神色漸轉溫柔，一幅圖畫在腦海浮現。

在慈航靜齋的正門外，言靜庵纖弱秀長的嬌軀，在雪白的絲服包裹裡，迎風立於崖邊，秀髮輕拂，自由寫意。

那是二十三年前一個秋日的黃昏。

言靜庵回過頭來，微微一笑道：「生生死死，人類爲的究竟是甚麼？」

龐斑啞然失笑道：「靜庵爾乃玄門高人，終日探求生死之道，這問題該我問你才對！」

豈知風華絕代的言靜庵有點俏皮地道：「你看不到我留著的一頭長髮嗎？宗教規矩均是死的，怎適合我們這些試圖堅強活著的人？」

龐斑精神一振，大笑道：「我還以爲靜庵是帶髮修行，原來竟是追求精神自由的宗教叛徒，適才我還在嘀咕若對你說及男女之事，會否不敬，現在當然沒有了這心障！」

言靜庵淡淡道：「你是男，我是女，何事非男女之事？」

龐斑再次啞然失笑，接著目光凝往氣象萬千的落日，嘆道：「宇宙之內究有何物比得上天地的妙手？」

言靜庵平靜答道：「一顆不滯於物、無礙於情的心，不拘於善，也不拘於惡。」

龐斑眼中爆出懾人的精芒，望進言靜庵深如淵海的美眸裡，溫柔地道：「人生在世，無論有何經歷，說到底都是一種『心的感受』，悲歡哀樂，只是不同的感覺，要有顆不拘不束的心，談何容易？」

言靜庵微微一笑道：「只要你能忠心追隨著天地的節奏，你便成爲了天地的一部分，也變成了天地的妙手，否則只是天地的叛徒，背叛了這世上最美妙的東西。」

龐斑愕然道：「這十天來靜庵還是首次說話中隱含責怪之意，是否起了逐客之念？」

言靜庵清麗的面容平靜無波，柔聲道：「龐兄今次北來靜齋，是想擊敗言靜庵，爲何直至此刻，仍一招未發？」

龐斑嘴角牽出一絲苦澀的笑容，緩步來到言靜庵身旁，負手和她並肩而立，十天來，他們兩人還是首次如此親熱地站在一起。

他輕輕道：「靜庵，你的心跳加速了！」

言靜庵微笑道：「彼此彼此！」

龐斑搖頭苦笑。

言靜庵幽幽嘆了一口氣道：「但我卻知道自己輸了，你是故意不發一招，我卻是蓄意想出招，且直至這與你貼肩而站的一刻，我仍全無出手之機。」

龐斑一震道：「靜庵可知如此認敗的後果？」

言靜庵回復平靜，淡淡道：「願賭服輸，自然是無論你提出任何要求，我也答應！」

龐斑一呆道：「靜庵你終於出招了，還是如此難抵擋的一招。」

一陣夜風吹來，吹得兩人衣袂飄飛，有若神仙中人。

點點星辰，在逐漸漆黑的廣闊夜空姍姍而至。

兩人默立不語，但肩膊的接觸，卻使他們以更緊密的形式交流著。

當一顆流星在天空劃過一道彎彎的光弧時，龐斑忽道：「這一招龐某擋不了，所以輸的是我才對！靜庵你說出要求吧！假若你要我陪你一生一世，我便陪你一生一世。」

言靜庵在眼角溢出一滴熱淚，淒然道：「龐斑你是否無情之人？是否堂堂男子漢大丈夫？將這樣一個問題塞回給我。」

龐斑仰天長嘆道：「靜庵我實是迫不得已，十天前第一眼看見你時，便知情關難過，但若要度此一關，進軍天人之界，還得借助你之力。」

言靜庵眼中閃過無有極盡的痛苦，淒然道：「你明知我不會將你縛在身邊，因爲終有一天你會不滿足和後悔，『魔師』龐斑所追求的東西，並不可以在塵世的男女愛戀中求得！你認敗，不怕我作出這樣的要求嗎？」

龐斑語氣轉冷，道：「你再不說出你的要求，我這便離你而去，找上淨念禪宗的了盡禪主，試一試他的『無念禪功』。」

言靜庵的面容回復波平如鏡，淡淡道：「龐斑你可否爲靜庵退隱江湖二十年，讓飽受你荼毒的武林喘息上一會兒。」

龐斑道：「好！但靜庵則須助我闖過情關，至於如何幫忙，請給我三年時間，一想好，我便會遣人送信告知。」

「叮！」

箏音悠然而止。

龐斑從回憶的淵海冒上水面，驟然醒覺。

四周一片寂靜，仍似沒有人能從憐秀秀的箏音中回復過來。

乾羅首先鼓掌。

如雷掌聲立時響遍小花溪。

沙千里雄壯的聲音由二樓另一端傳上來道：「秀秀箏技實是天下無雙，令人每次聽來都像第一次聽到那樣，只不知秀秀刻下款待的貴賓，可否給我西寧沙千里幾分面子，放秀秀下來見見幾位不惜千里而來，只爲賞識秀秀一面的朋友？」

龐斑和乾羅兩人相視一笑，憐秀秀嚇了一跳，這沙千里人雖然討厭之極，又喜恃勢凌人，仍罪不至死，但如此向龐斑和乾羅叫嚷，不是想找死，難道還有其他？

龐斑像看破了憐秀秀的心事，向乾羅微笑道：「乾兄不如由你來應付此事！」

乾羅啞然失笑道：「但小弟也不是息事寧人的人，只怕會愈弄愈糟，破壞了秀秀小姐美好的心境。」

兩人如此爲她著想，憐秀秀感激無限。

另一把聲音傳上來道：「本人『雙桿悍將』洪仁達，這裡除了沙兄之外，還有陳令方兄、夏侯良兄和簡正明兄，朋友若不回答，我們便會當是不屑作答了。」語氣裡已含有濃重的挑釁味兒。

憐秀秀再是一驚，幸好龐斑和乾羅兩人都毫無慍色，乾羅甚至向她裝了個兩眼一翻，給嚇得半死的鬼臉，說不出的俏皮瀟灑，使她心中又再一陣感動。

這兩個雖是天下人人驚懼的魔頭，但她卻知道對方不但不會傷害她，還完全是以平等的身分和她論交，把她當作紅顏知己。

乾羅平和地道：「昔才說話的可是西寧『老叟』沙天放的兒子，沙公一掌之威可使巨柏枯毀，不知沙千里你功力比之沙公如何？」

西寧派以三老最是有名，三老便是「老叟」沙天放，派主「九指飄香」莊節，和出仕朝廷的「滅情手」葉素冬，而刻下在二樓的簡正明雖是葉素冬的師弟，但年齡、武功都差了一大截。沙千里則是沙天放次子，隱爲西寧新一代的第一高手，與簡正明和另兩人，合稱西寧四大高手，聲名僅次於西寧三老，在八派中卓有名望，故而才如此氣焰迫人，可惜今天撞上的是連八派所有高手加起上來，也不敢貿然招惹的龐斑和乾羅。

乾羅一出聲，整個小花溪立時靜得落針可聞。

沙千里的一個廂房固然愕然靜下，其他所有客人也豎起耳朵，看看沙千里如何回答這麼大口氣的說話，一時都忘了自己的事兒。

沙千里的聲音悠悠響起道：「不知閣下是何方高人，若是家父之友，千里願請罪受責。」他終是名門之後，到了這種緊要關頭，說話既具分寸，亦不失體面。

乾羅剛要說話，忽地心中一動，憑窗望往下面的庭院。幾乎不分先後地，龐斑的目光也投往院內。

牆頭風聲響起，一位健碩的青年已躍入院內正中的空地上，揚聲叫道：「怒蛟幫戚長征，求教簡正明兄的西寧派絕學。」

這眞是一波未平一波又起。

幾乎所有人都擠到對正院落那邊的窗旁，觀看這不速之客的突然光臨。

坐在二樓的「遊子傘」簡正明心中大奇，怒蛟幫爲何消息竟靈通至此，這麼快便找上門來？不過這種公然搦戰，避無可避，心想除非是浪翻雲或凌戰天親來，否則難道我還怕了你不成？正要好好表演一番，順勢鎮懾樓上那口氣大無可大的人。性格火爆的「雙桿悍將」洪仁達已怒喝道：「何用簡兄出手，讓我洪仁達會會這等黑道強徒！」穿窗而出，還未腳踏實地，兩枝長四尺的精鐵桿，已迎頭往戚長征劈下。

他打的也是同樣心思，希望三招兩式收拾了戚長征，以顯懾人之威。

憐秀秀憑窗而望，只見戚長征意態軒昂，身形健碩，貌相雖非俊俏，但卻另具一種堂堂男子漢之堅毅氣質，不由爲他擔心起來。

龐斑定睛望著戚長征，眼中閃過奇怪的神色。

乾羅拿起酒杯，呷了一口酒，閉上眼睛，似在全神品嚐著美酒，好一會兒才望向院裡。

雙桿一先一後，劈臉而至，使人感到若右手的前一桿不中，左手後一桿的殺著將更爲凌厲。

刀光一閃。

戚長征的刀已破入雙桿裡，劈在後一桿的桿頭上，發出了激盪小花溪的一聲清響，刀中桿時，洪仁達如此悍橫粗壯的身體也不由一顫，先到的一桿立時慢了半分，戚長征的刀柄已收回來，硬撞在桿上。

洪仁達先聲奪人的兩擊，至此冰消瓦解。

龐斑將目光由院落中拚搏的兩人身上收回來，望向乾羅道：「乾兄可知道我今夜約你來此的原因？」

乾羅仍望著院落中兩人，先嘿然道：「若洪仁達能擋戚長征十刀，我願跟他的老子姓，以後就叫洪羅。」接著才自然而然地向龐斑微笑道：「宴無好宴，會無好會，龐兄請直言！」

憐秀秀眞不知要將注意力擺在窗外還是窗內，那邊廂是刀來桿往，這邊廂原本說得好好的，忽然詞鋒交擊，絲毫不讓，凶險處尤勝外面那一對。

「噹！」

洪仁達左手桿脫手掉地，剛擋了第九刀。

風聲急響。

戚長征刀回背鞘，倏然後退。

簡正明和沙千里兩人落在臉無血色，持桿的手不住顫抖，已沒有絲毫「悍將」味道的洪仁達身前，防止戚長征繼續進擊，這時夏侯良才飄落院中，道：「戚兄手中之刀，確是神乎其技，有沒有興趣和夏侯良玩上兩招？」

戚長征暗忖此人眼見洪仁達敗得如此之慘，還敢落場挑戰，必然有兩下子，微微一笑道：「夏侯兄請！」

一把低沉但悅耳的雄壯聲音，由三樓傳下來道：「下面孩兒們莫要吵鬧爭鬥，都給我滾。」

眾人一齊發呆，三樓上一人比一人的口氣大，究是何方神聖？

戚長征大喝道：「何人出此狂言？」

乾羅的笑聲響起道：「不知者無罪，只要是龐斑金口說出來的話，我乾羅便可保證那不是狂言。」

眾人一齊色變。

已力盡筋疲的洪仁達雙腿一軟，坐倒地上。高踞三樓的竟是稱雄天下的魔師和黑榜高手乾羅，眞是說出來也沒有人信，就像個活生生的噩夢。

沙千里等恍然大悟，難怪察知勤如此有恃無恐，霸去憐秀秀的竟是龐斑和乾羅。

戚長征一怔後再仰起頭來道：「龐斑你可以殺死我，但卻不能像狗般將我趕走！」

乾羅的聲音再響起道：「戚小兄果是天生豪勇不畏死之士，可敢坦然回答乾某一個問題？」

戚長征心中暗奇，這乾羅語氣雖冰冷，但其實卻處處在維護自己，他當然不知道乾羅是因著浪翻雲的關係，對他戚長征愛屋及烏。

戚長征恭然道：「前輩請下問！」

最不是味道的是沙千里等人，走既不是，不走更不是，一時僵在一旁。

靠在窗旁看熱鬧的人，都乖乖回到坐位裡，大氣也不敢噴出一口，怕惹起上面兩人的不悅。

乾羅道：「假設龐兄親自出手，將你擊敗，你走還是不走？」

戚長征斷然道：「戚長征技不如人，自然不能厚顏硬賴不走。」

乾羅道：「好！那告訴乾某，你是否可勝過『魔師』龐斑？」

戚長征一呆道：「當然是有敗無勝。」

乾羅暴叫一聲，有若平地起了一個焦雷，鎮懾全場，喝道：「那你已敗了，怎還厚顏留此？」

戚長征是天生不畏死之士，但卻絕非愚魯硬撐之輩，至此心領神會，抱拳道：「多謝前輩點醒！」倒身飛退，消沒高牆之後。

簡正明等哪還敢逞強，抱拳施禮後，悄悄離去。

他們的退走就像瘟疫般傳播著，不一會兒所有客人均匆匆離去，小花溪仍是燈火通明，但只剩下察知勤等和一眾姑娘。

憐秀秀盈盈離開古箏，爲房內這兩位蓋代高手，添入新酒。

龐斑道：「乾兄！讓龐斑再敬你一杯。」

兩人一飲而盡。

龐斑眼中浮起寂寞的神色，淡淡道：「絕戒死了，赤尊信死了，厲若海死了，明年月滿攔江之時，我和浪翻雲其中一個也要死了，乾兄又要離我而去，值得交往的人，零落如此，上天對我龐某人何其不公？」

乾羅微笑道：「龐兄何時知道我已決定不歸附你？」

龐斑道：「由你入房時腳步力量節奏顯示出的自信，我便知道乾羅畢竟是乾羅，怎甘心於屈居人下，所以我才央秀秀斟酒，敬你一杯，以示我對你的尊重。」

乾羅長笑道：「乾羅畢竟是乾羅，龐斑畢竟是龐斑，痛快呀痛快！」

憐秀秀喜悅地道：「連我這個局外人，也感到高手對壘那種痛快，讓秀秀敬兩位一杯。」

美人恩重，兩人舉杯陪飲。

龐斑手一揚，酒杯飛出窗外，直投進高牆外的黑暗裡，平靜地道：「這是我一生人最後一杯酒。」再向憐秀秀溫柔一笑道：「秀秀小姐怎會是局外之人，今晚我特別請得芳駕，又乘自己負傷之時，約見乾兄，就是不想和乾兄動手流血，致辜負了如此良宵。」

憐秀秀感激低頭，忽像是記起甚麼似的，抬頭問道：「先生勿怪秀秀多言，剛才先生提及的人，是否都在先生手下落敗身亡？若是如此，那就不是老天對你是否公平的問題，而是你自己一手所造成了。」

乾羅仰天長嘆道：「小弟是過來之人，不如就由我代答此問。」

龐斑微笑道：「乾兄，請！」

乾羅向憐秀秀道：「假設生命是個遊戲，那一定是一局棋，只不過規則換了生老病死，悲歡離合。在這生命的棋局裡，每個人都被配與某一身分，或攻或守，全受棋局控制，縱管要親手殺死自己的父母妻兒，也無能拒絕。」指著龐斑道：「他是龐斑，我是乾羅，你是憐秀秀，這就是命運。」

憐秀秀道：「但秀秀若要脫離青樓，只要點頭便可辦到，若兩位先生收手退隱，不是可破此棋局，又或另換新局？」

龐斑奇道：「那秀秀小姐爲何直至此刻，仍戀青樓不去？」

憐秀秀露出一個苦澀的笑容，幽幽道：「我早猜到你會再問秀秀這個不想答的問題。」停了停，蒙上淒傷的俏目瞅了龐斑一眼，又垂下來道：「在哪裡還不是一樣嗎？秀秀早習慣了在樓內醉生夢死的忘憂世界中過生活！」

乾羅擊檯喝道：「就是如此。命運若要操縱人，必是由『人的心』開始，捨之再無他途。」

龐斑截入冷然道：「誰能改變？」

憐秀秀嬌軀輕顫，修長優美的頸項像天鵝般垂下，輕輕道：「以兩位先生超人的慧覺，難道不能破除心障，擇善而從嗎？」

龐斑長身而起，負手遙觀窗外燈火盡處上的夜空，悶哼道：「何謂善？何謂惡？朱元璋殺一個人，叫以正國法；龐斑殺一個人，人說暴虐凶殘。成則爲王，敗者爲寇。何謂正？何謂邪？得勢者是正，失勢者是邪。不外如是！不外如是！」

憐秀秀低頭不語，仔細玩味龐斑的說話。

龐斑深情地凝視著虛曠的夜空，向背後安坐椅上的乾羅道：「要對付乾兄的不是龐斑，而是敝徒夜羽。乾兄請吧！恕龐某不送了，除非是你迫我，否則龐某絕不主動出手，就算這是對命運的一個小挑戰。」

乾羅長身而起，向憐秀秀瀟灑地施禮後，走到門前，正要步出，忽地停下奇道：「若沒有龐兄，難道還有人能將乾某留下？」

龐斑道：「乾兄切勿輕敵大意，夜羽手中掌握的實力，連我也感到不易應付。」

乾羅淡淡道：「因爲他們都是這二十年你苦心栽培出來的，龐兄早出手了！」大笑而去。

龐斑面容肅穆，默然不語，也沒有回過頭來。

憐秀秀看著乾羅的背影消失門外，想起了樓外的黑暗世界。

第十三章　密謀復國

離小花溪東三十里，位於黃州府郊的一座小尼姑庵的瓦面上，一道人影掠過，貼著牆滑落至後院，站在一間靜室緊閉的門前。

秦夢瑤清脆甜美的聲音從室內傳出道：「范前輩何事找夢瑤？」

室外空地上的范良極全身一震，訝道：「秦姑娘能發現我，已使我大感意外，而竟一口便叫出是范某，實在令人難以置信，難道姑娘能看穿木門嗎？」

「咿呀！」

木門打了開來，美若天仙但神情莊嚴聖潔的秦夢瑤緩步踏出，在范良極五、六步外站定，淡淡道：「前輩不去跟蹤保護貴友，卻來此找我，未知有何急事？」

范良極惱怒道：「這小子轉眼便不見了，嘿！就算想送死也不須那麼心急呀！」

秦夢瑤似早就預料到有這種情況，道：「若真如前輩早先所言，韓柏確是魔門種魔大法的傳人，前輩追失了他，自是毫不稀奇。」

范良極嘆道：「這小子果是進步神速，甚麼東西給他看得兩眼便能學上手，難怪龐斑要趁早幹掉他，以免給魔種坐大。」

秦夢瑤道：「要殺韓柏的不是龐斑，而是方夜羽。」

范良極愕然道：「這難道有分別嗎？」

秦夢瑤平靜地道：「前輩有此疑問，乃是由於不知龐斑和方夜羽的眞正關係！」她的聲音有若空谷清音，使人打從心底裡感到安詳寧逸，好像世上再不存在醜惡的事物。

范良極眼睛爆起精光，靜待秦夢瑤即將說出的天大秘密。

在離開黃州府的官道，星光下隱約可辨出兩旁疏落的林野。

風行烈、谷倩蓮，一前一後在路上走著。

一陣風吹過，樹搖葉動，沙沙作響，谷倩蓮打了個哆嗦，加快腳步，趕至和風行烈並肩而行，怨道：「這麼晚了，還要匆匆離開黃州府，假如撞上了遊魂野鬼，該怎麼辦？」

風行烈皺眉哂道：「腳是長在你身上的，怕黑便不要跟著我！」

谷倩蓮施出拿手本領，兩眼一紅，委屈地道：「爲了跟著你這狠心的人，雖怕黑又有甚麼辦法。」

風行烈聽她語含怨懟，心中一軟，苦笑道：「你跟著我，實在是拿自己的性命開玩笑。」驀然停步，解下背上的革囊，取出分成了三截的丈二紅槍。

谷倩蓮訝然道：「你要幹甚麼？」

風行烈在路旁一塊石坐下，慢條斯理地裝嵌紅槍。

谷倩蓮叫聲謝天謝地，乘機找了另一塊石坐下歇息。眼光凝注在紅槍槍身，露出迷醉的神色，心想不知風行烈舞動紅槍時，可有厲若海的英雄氣概。

風行烈摩挲著紅槍，眼中射出深沉的哀痛，其中又含有一種悲壯堅決的神色。

谷倩蓮看了他幾眼，忍不住問道：「你在想甚麼？」

風行烈猛地驚醒，灼灼的目光在谷倩蓮嬌俏的臉龐來回掃了幾遍，出奇地和顏悅色道：「記緊無論在任何情況下，絕不可離我二十步之外，那是丈二紅槍可以顧及的範圍。」

谷倩蓮吐出了小舌尖，肯定地點頭，神情既願意又歡喜，這惡人原來也關心她安危的。

風行烈心中一動，谷倩蓮的女兒嬌姿，確使人百看不厭，自從識了靳冰雲後，他已很少留意別的女性。

谷倩蓮坐得舒服，見他有起身之意，忙道：「誰要對付我們？」

風行烈瀟灑一笑，搖頭道：「他們要對付的只是我，所以谷姑娘若扭頭便走，包你能平平安安回抵雙修府。」

谷倩蓮垂下頭，咬著唇皮輕輕道：「你笑起來時很好看。」

風行烈霍地站起，將丈二紅槍移收背後，高健的身體像厲若海般自信挺直，眼神定在官道漆黑的前方。

谷倩蓮慌忙起立，像怕風行烈將她撇下。

風行烈往前大步走去。

谷倩蓮追著他道：「你明知有人會對付你，為何仍要離開黃州府，在那裡起碼有你那兩位好友能幫助你。」

風行烈失笑道：「風行烈既有紅槍在手，若還須要別人助陣，怎對得起先師。」

官道遠方蹄聲驟起。

風行烈淡淡道：「來了！」

谷倩蓮芳心一震。

到了此刻，忽然間她明白了爲何風行烈被公認爲白道新一代最傑出的年輕高手，只是那種察敵之先的慧覺，那份泰山崩於前而色不變的鎮定，已是超人一等。

二更剛過。

乾羅悠然步離小花溪，踏足杳無人跡的幽暗長街。

這個宴會裡，他終於公然和龐斑決裂。

方夜羽絕不會放過他，否則如何立威於天下？

他忽地立定，喝道：「出來！」

一個健碩的身形，由橫巷閃出，來到乾羅身前，抱拳道：「戚長征在此候駕多時了，只爲說一聲多謝。」

竟是「快刀」戚長征。

乾羅哈哈一笑，道：「好小子！陪我走走。」大步前行。

戚長征想不到乾羅如此隨和友善，忙傍在側，正要說話，見到乾羅露出思索的表情，又急忙閉口。

乾羅忽停了下來，嘆一口氣道：「直到此刻，我才擔心浪翻雲會輸。」

戚長征一震道：「怎麼？那是否因爲你見過龐斑？」

乾羅眼中閃過寒芒：「一進房內，我從來未放棄找尋出手的機會，但到現在我仍一招未發，他比我原先的估計還要可怕得多。」

戚長征道：「縱使他靜時全無破綻，但只要前輩出手，難道不能迫他露出破綻嗎？」

乾羅手收背後，緩緩往看似深無盡極的長街另一端進發，淡淡道：「那不是有沒有破綻的問題，武功到了我等級數，無論動靜均不會露出絲毫破綻的。」

戚長征隨在他身旁，恭敬地道：「多謝前輩指點，但前輩又爲何出不了手？」

乾羅微微一笑，嘿然讚道：「龐斑眞不愧魔門古往今來最超卓的高手，竟能使我和他對坐兩個時辰，仍捉摸不定他的確實位置，這教我如何出手？」

戚長征一呆道：「找不到他的確切位置，這怎麼可能？」

乾羅倏然止步，淡淡道：「這是一種沒法解釋的感覺，要解釋也解釋不來，時至自知。好了！戚小兄你我深夜漫步長街之緣，就止於此。我還要去赴一個盛宴，以生和死作菜的宴會。」說到這裡，不由想起龐斑款待他的兩味菜——憐秀秀的箏和龐斑的答案。

龐斑器重他。

他也欣賞喜歡龐斑。

可恨命運卻安排了他們做敵人，誰能改變？

戚長征正容道：「前輩和怒蛟幫雖曾有過極大過節，但衝著前輩剛才曾助戚長征脫困，如今你要往沙場殺敵，爲還這份情債，又怎少得了戚長征一分兒！」

乾羅仰天長笑道：「我乾羅何須別人出手助拳，再多言便會破壞我在心內對你的印象。」大步前行，再也沒回過頭來。

戚長征呆立街心，看著乾羅逐漸融入長街遠處的黑夜裡，心中湧起敬意和感激。

「噹！」

兩更半了。

韓柏蹲在一堵破牆之上，仰望天上閃亮的星光，他特別學了這范良極的招牌姿勢，就是想試一下那究竟有甚麼感覺和滋味，為何范良極總樂此不疲，連有椅子時也要蹲在椅上，蹲得比別人坐著還來得悠然自得。

自遇上了范良極後，發生了很多很多的事，使他沒有靜下來的時刻。

但在這隨時被別人暗殺身亡的時間，他終於安靜下來。

他想起了秦夢瑤，想起了靳冰雲。

她們都是那樣地觸動了他的心神，使他首次感到思憶和期待的痛苦。

靳冰雲使人感到無論你怎樣去接近她，甚至擁抱她，可是她的心總在十萬八千里之外，讓你覺得得到的只是個空殼。

秦夢瑤卻予人異曲同工的另一種感受，高雅清幽的仙姿，使人一見便泛起只敢遠觀，不敢存有冒瀆的心，在她身旁，似有一道無從逾越的鴻溝。

韓柏又想起朝霞，自己難道真的要去娶她？站在男人的立場，對這樣誘人的成熟美女，當然不會有任何討厭的感覺，但她終是別人的妾侍，單憑范良極的主觀推斷，自己便真要去奪人所好嗎？而且朝霞是否願意跟他，尚在未知之數。

不過也不用想那麼多。

過了這十天，避過暗殺，還要勝了方夜羽才有命想其他的東西，那時才說吧！

否則一切休提。

不過有一件事他並不明白。

為何方夜羽不等過了這九天，龐斑復元時才動手對付他們？

風聲在後方響起。

韓柏微微一笑，心道終於來了！

一陣香風吹至，美艷如花的「紅顏」花解語，已坐在他身旁的牆上。

韓柏一愕看去，入目的是花解語從敞開的裙腳露出的半截玉腿，粉紅嬌嫩，在星光下肉光緻緻，令人目眩。

花解語一陣輕柔的笑聲，側過頭來瞅了韓柏一眼，眼波又飄往遠方，道：「奴家是奉命來刺殺韓公子的。」

韓柏愕然道：「甚麼？」對方巧笑倩兮，哪有半分凶狠的味兒，但他偏偏從范良極口中得知此女外表看雖像少女，其實卻已年過半百，狡辣處令人咋舌。

花解語扭頭望來，眼波在韓柏身上大感興趣地巡視了幾遍，「噗」一聲掩口笑道：「你的坐姿真怪。」

韓柏這才記起自己足足蹲了幾個時辰，若非魔種勁力深厚，雙腳早麻痺得撐不下去。

花解語將俏臉湊過來道：「我要殺死你了！」

秦夢瑤道：「方夜羽乃當年威臨天下蒙皇忽必烈的嫡系子孫，而龐斑承乃師蒙赤行遺命，特別挑選方夜羽出來，加以培育，以冀他能重奪在漢人手裡失去的江山。」

范良極皺眉道：「那他們還不是一鼻孔出氣，爲何方夜羽的作爲卻不關龐斑的事？」

秦夢瑤輕嘆道：「才智、武功到了龐斑那個級數，早超脫了世人爭逐的名利權位，龐斑的目標是天道而非人道，所以人世的爭逐，他全任由方夜羽自己一手策劃和決定，龐斑只負起匡扶之責，除非遇著了浪翻雲和厲若海這類連龐斑也感心動的不世出高手，否則一切閒事他都不聞不問。」

范良極恍然道：「我明白了，龐斑是故意讓方夜羽自己去打江山，這樣得來的東西才有實質意義，彌足珍貴，龐斑確乃一代人傑。」

秦夢瑤點頭道：「家師曾說，生死爭逐，在龐斑只是生命裡的插曲和遊戲，若他要爭天下，哪輪得到朱元璋，只不過他眼看自己族人入主中原後，腐化頹敗，才故意袖手不理，待蒙人痛失江山後，才挑出方夜羽，看看能否東山再起，這在他只是一個有趣的遊戲。」

范良極長長舒出心頭一口熱氣，低喝道：「好一個龐斑，現在連我也感到佩服他了。」接著雙目一瞪道：「我尚有一事不明，請秦姑娘指教。」他極少對人說話如此客氣，可是秦夢瑤自有一股高貴清雅的氣質，使他不敢冒瀆。

秦夢瑤迎著一陣吹來的夜風，吸了一口氣，微微一笑道：「前輩定是奇怪我早先本有出手相助貴友韓柏之意，後來聽前輩說出韓兄的離奇經歷後，忽又打消原意，因而大惑不解，是嗎？」

范良極眼中閃過讚賞的神色，嘿然道：「正是如此，因爲假如姑娘肯伴他抗敵，我保證他不會說出甚麼要獨自應付才算英雄這類傻話。」說到這裡，臉上再現悻然之色，顯示他對韓柏當時的態度不滿之極。

秦夢瑤玉容一冷道：「前輩勿再把夢瑤與韓兄牽入男女之事內，我今次離開師門，到塵世一闖，只是爲了兩個人，其他一切都不放在我心上，前輩不用在這事上再費心力了。」

饒是范良極臉皮這麼厚，也禁不住老臉一紅，暗想男女之道，千變萬化，這刻實犯不著和她爭辯，順口道：「那兩個人是誰？竟能使姑娘掛在心上。」

秦夢瑤美目異采連閃，淡淡道：「就是龐斑和浪翻雲。」

范良極一愕拍頭道：「我爲何忽然茅塞頓閉，當然是這兩個人物，才能被姑娘看得上眼。」

秦夢瑤不再解釋，回到先前的問題上，道：「方夜羽比我想像的更厲害，招中藏招，幾句說話便瓦解了我們三人聯手之勢，前輩也要小心自身的安危，在這等務要立威天下的時刻，方夜羽絕不會放過你。」

范良極嘿然笑道：「我若蓄意要逃，十個方夜羽也逮我不著。」接著嘆了一口氣，有點洩氣地道：「但我是否低估了他呢？」方夜羽的可怕處，是永遠不給人摸清他的眞正實力，看到他的底牌。

秦夢瑤道：「我曾遍閱靜齋的藏書，其中一本乃敝門第十三代淨一師太的著作，論及魔門的道心種魔大法秘不可測，實乃由魔入道的最高法門，無論以他人作爐鼎，又或以自身作爐鼎，都是爲了播下種子，歷經種種劫難，以超脫輪迴生死之外，所以韓兄既有幸成爲道心種魔的傳人，眼前的追殺，正是劫難的開始，是他踏往成功的必經路途，假若我插手其中，反爲不美！」

范良極苦惱地道：「但龐斑怎會放過另一個魔種的擁有人？」

秦夢瑤微笑道：「前輩太小覷龐斑了，據家師所言，龐斑最可怕處，是他已克服了一般人負面的情緒，例如恐懼、怨恨、嫉忌、疑惑等等諸如此類令人不安的因素，假設有一天韓兄魔功大成，他歡喜還來不及。要對付韓兄的是方夜羽，爲了完成皇業，他會不惜一切，剔除所有擋在前路的障礙，包括你和我在內。」

接著輕輕道：「好了！我還有一個約會！」

范良極見她對自己毫無隱瞞，暢所欲言，好感大生，不過也心下奇怪，忍不住問道：「在江湖上，有句名言是『逢人只說三分話』，爲何姑娘卻對范某毫無半點保留？」

秦夢瑤深無盡極的美目閃起智慧的光芒，卻避而不答，道：「這原因終有一天前輩會知道，快三更了，前輩請吧！」

范良極仰天一陣長笑，不再多言，躍身而起，瞬眼間消失在深黑的夜裡。

第十四章　刀光劍影

乾羅在漆黑的長街大步走著，兩旁在日間人來人往、其門如市的店鋪全關上了門，死寂一片。

天地間好像只剩下了他一個人。

但他知道他不會寂寞的，因爲方夜羽正張開了天羅地網，待他闖進去。

乾羅沒有絲毫恐懼，自四十年前他名登黑榜上，直至怒蛟島一戰，敗於浪翻雲天下無雙的覆雨劍下，他達到一生人中的第一個突破，就是他一直恐懼的事終於發生了。

他輸了！

第二個突破在剛才發生，就是公然表明了不屈於龐斑之下的態度。

最可怕的兩件事都發生了，已再沒有值得他恐懼的事物。

他終於達到了毫無牽掛的境界。

武功到了乾羅這層次，講求的已非武技戰略，而更重要的是精神修養。

乾羅停了下來，悠然負手而立，長笑道：「累小魔師久等了！」

前面暗影處步出一前兩後三個人來，帶頭的人正是儒雅瀟灑的方夜羽。

方夜羽微一躬身道：「晚輩方夜羽，拜見城主！」

乾羅眼中精芒閃過，道：「不愧人中之龍，難怪龐斑看得入眼。」他一邊說，一邊分神留意著四方八面，發覺正有大批高手迅速接近著，心中冷笑，方夜羽是欲不惜代價，要置他乾羅於死了。

方夜羽長嘆一聲道：「乾城主如此不世之才，竟不能爲我所用，還要兵刃相見，可惜之至！可惜之至！」

乾羅哈哈一笑道：「我乾羅何等樣人，豈會聽人之命，小魔師調來高手，以爲這就可以留下乾羅？」

方夜羽淡淡道：「晚輩知道城主袖內暗藏火箭，只要放出，便可將城主暗藏附近的山城伏兵馬上召來，城主！請便！」

乾羅一揚手，火箭射出，直升至七、八丈外的高空，才爆開一朵炫目的黃色光花，在漆黑的夜空中，非常悅目好看，一點也不教人看出內裡含著的殺伐凶危。

煙花光點灑下。

四周寂然無聲。

乾羅厲喝道：「是否他們已遭了你毒手？」

方夜羽身後兩名高手踏前一步，防備乾羅出手，這兩人一刀一劍，氣度沉凝，面對乾羅而毫無懼色，可見是不可多得的高手。

方夜羽微微一笑道：「城主太高估晚輩了，我們還未有能力在無聲無息下，消滅乾羅山城的精銳隊伍。」

乾羅面容回復止水般的平靜，冷冷道：「小魔師厲害之極，竟能在乾某不知不覺下，策動追隨我二十多年的手下齊齊背叛了我！」

方夜羽平靜地道：「這還要拜城主所賜，若非城主怒蛟島之戰後，閉關療傷，性情大變，你山城昔日俯首聽命的手下，又怎會有離異之心？而更重要的是他們只能在隨你而死，又或隨我享盡富貴榮華兩項上，揀取其一，今天只剩下城主一人在此，便是鐵般的事實，說明了人性的自私。」

乾羅仰天長笑，道：「有利則合，無利則分，本就是黑道的至律，我倒想看看除了龐斑外，還有誰有資格將我乾羅留在此處。」

方夜羽依然保持著客氣的笑容，道：「我身後兩人，左邊用刀的叫絕天，右邊用劍的叫滅地，乃魔師宮十大煞神之首，家師退隱的二十年內，他們兩人和其餘煞神，均曾分別潛入江湖，以別的身分轉戰天下，爭取經驗，若城主誤以爲他們實戰不足，說不定會吃個大虧。」

乾羅的銳目掃過兩人，絕天年紀在三十五、六間，而滅地最少有五十歲，兩人年紀差了十多年，顯示出他們乃在一段長時間內被精選訓練出來的人。

較老的滅地反而身體粗壯，一對眼完全沒有任何表情，看著乾羅時便像看著一件死物，使人膽怯心寒。持劍的手穩定有力，針對著乾羅的表情、動作，劍尖做著輕微的改動。

絕天排名高過滅地，可是平凡的外表，卻使人完全感不到他的可怕處，特別是長瘦的軀體更使人誤會他膽小畏怯，不過乾羅卻從他刀鋒滲出的殺氣，看出他的功力比滅地實有過之而無不及。

龐斑說得不錯，方夜羽手中確擁有不容低估的力量。

乾羅冷然道：「龐斑給你們取了這麼逆天地不敬的霸道名字，恐你們將來會橫死收場。」

絕天雖面容不變，但瞳孔一收即放，閃過精光，顯出乾羅這句話已打進他心坎裡，反之滅地一點反應也沒有，由這比較，乾羅便推知滅地人生經驗比較豐富，對生命的依戀亦較絕天爲少，故對這類宿命式攻心話沒有那麼大的感覺。

這寶貴的資料立時收進乾羅的腦海裡，在適當時機，他便會加以利用，取此二人之命，乾羅這類敵手，豈是好惹？

方夜羽仰天一笑，道：「家師有言，天地萬物，莫不以順為賤，以逆為貴。故道家仙道有云，順出生人，逆回成仙，有順必有逆，此乃天道，敬與不敬，霸道與否，只是『人心』自己作怪的問題。」

乾羅心中暗讚，方夜羽故意提起龐斑，是要藉龐斑之威勢，解去乾羅在絕天滅地兩人心中種下的心魔。一問一答間，兩人已交上了手。

乾羅仰天長笑道：「好！就讓我們用事實來印證何者為順，何者為逆；何者為生，何者為死。」殺氣浪潮般以乾羅為核心，向三人湧去。

方夜羽微微一笑，往後退去。

他表面從容自若，其實已將功力提至極限，擒賊先擒王，乾羅不動手則已，一動手必是以他為目標。

絕天滅地由他兩側搶前而出，一刀一劍閃電劈刺而去，務要在乾羅氣勢催迫至巔峰前殺其銳氣。

乾羅面容一冷，輕哼一聲，兩手拍出，不分先後拍在刀鋒和劍尖上。

「霍！霍！」

絕天滅地兩人齊齊悶哼一聲。

絕天身體晃了一晃，滅地則退後了小半步，居然分別硬擋了乾羅兩擊。

乾羅毫不驚異二人的強橫，他們不是如此武功高強才應是怪事，再哼一聲，雙手幻起滿天爪影，虛虛實實往兩人抓去。

就在這時風聲傳來。

四條人影由屋瓦撲下，四支長矛直擊向絕天滅地發動攻勢的乾羅。

乾羅心中暗嘆，今次來圍攻他的確是訓練有素的精銳之師，深懂聯攻之道，因爲若是太多人撲下來，形勢一複雜，他乾羅便可混水摸魚撿得便宜，但四個人卻剛好縫補了背後每一個破綻空隙，發揮最大的力量。

絕天受了乾羅一擊，雖逞強一步不退，但已是血氣翻騰，收回來的刀再也無能主動，想化攻爲守，眼前已盡是乾羅的爪影。

他乃十大煞神之首，面對的雖是天下有數的「毒手」乾羅，仍臨危不亂，大喝一聲，一刀劈出，取的不是乾羅的手，而是乾羅的前額，竟是同歸於盡的硬拚硬。

滅地雖外貌粗悍，豈知卻和絕天的陽剛路子相反，陰柔纖巧，劍尖爆起一朵劍花，護在身前，嚴密封死乾羅的所有進路。

一攻一守，配合得天衣無縫。

乾羅冷喝一聲：「好！」身形毫不停滯，以令人肉眼難以覺察的速度，閃了幾閃，切入兩人中間處，左右中指向兩側同時彈出，正中刀、劍。

在後的方夜羽心中一懍，乾羅所表現出的實力，竟在他估計之上，難道敗於浪翻雲劍下後，他的武功不退反進了？思索間，身後三八戟已來到左手裡。

「叮！」「叮！」

絕天強悍的一刀給彈得往上跳去，滅地嚴密的劍勢則全給彈散。

四支長矛已離乾羅左右兩側及後方不足六尺的距離。

絕天滅地兩人身體一晃，化去兵器傳來的內勁，橫刀迴劍待要再攻。

「鏘！」

乾羅分作兩截掛於背後的長矛已在手中以最驚人的高速合二為一，一矛化作兩矛，指向絕天滅地變招間無可避免出現的間隙。

勁氣由矛的兩端鋪天蓋地巨浪般往兩人拍擊而去。

乾羅終於亮出他威懾天下的矛，當年怒蛟島一役，若非趕不及取出長矛，他也不會在覆雨劍下敗得那麼快，那麼慘。

但天下間，亦只有浪翻雲可快得使乾羅取不出他的矛來。

現在矛已到了山城之主「毒手」乾羅手裡。

方夜羽暗叫不好。

「鏘鏘！」

絕天滅地兩人悶哼一聲，觸電般往兩外飄跌，以化去乾羅能斷人心脈的狂猛先天氣勁，兩人心中之駭然，是說也不用說，乾羅竟練成了先天眞氣？

眞氣是一種玄之又玄的東西，源自生命的奇異力量，潛藏在每一個人神秘的經脈穴位內，追求武道之士，通過精神肉體的刻苦訓練，激發出無窮無盡的潛能，再以種種秘訣心法加以駕馭，成就之高低，就是武林裡高手、低手之別。

眞氣大別爲兩類，就是先天和後天。

後天乃有爲而作，限於體質；先天無爲而作，奪天地之精華，能吸取天地自然的力量，無窮無盡。高下之別，不言可知。

能練成先天眞氣者，皆成不世高手，像已故的黑榜高手談應手的玄氣，雖已能令他橫行江湖，但仍差半級才到達先天眞氣的段數，絕天滅地比之談應手當然差了一截，撞上乾羅這三年來閉關練成的先天眞氣，自是立時吃虧。

乾羅何等老謀深算，利用絕天滅地勢要攔他的形勢，硬迫兩人拚了三招，先以普通眞氣誘使對方放心出手，到第三招才下殺著。

「鏘！」

清響震懾全場。

三八戟和長矛兩下閃電般絞擊在一起。

方夜羽一聲狂喝，三八戟布起一道光網，防止乾羅的第二矛，人已往外飛退。

乾羅矛收回來，移往身後，化出一天矛影，迎向激刺而來的四支長矛。

不聞半點兵器交擊的聲音。

四名精銳好手一齊慘呼，鮮血飛濺下長矛全離手墜地，往後飛跌，再也爬不起來。

方夜羽駭然一驚，乾羅竟趁矛刺上身前，點中四人的咽喉，眞是聳人聽聞之至。

乾羅長矛遠指方夜羽，殺氣遙遙制住對方，哈哈一笑，說不出的從容飄逸，道：「方夜羽你能擋我全力一擊，足見已得魔師眞傳，可是我今日必須殺你，實在可惜。」

四方八面的高手紛紛躍下，布在戰略位置，造成合圍之勢，其中十人從方夜羽後方撲前，分兩重護在方夜羽之前，以應付乾羅可怕的長矛。

絕天滅地強提眞氣，移到乾羅後方，將他夾在中間，但氣勢大遜先前，若他們不是一人分了乾羅一半力道，早已傷重退出。

方夜羽神色凝重，沉聲道：「前輩是否練成了先天眞氣？」

乾羅像一點也不知道已陷身重重圍困內，矛下垂至尖鋒點在地面上，微微一笑道：「你的眼力終究差了浪翻雲一大截，浪兄看了我一眼，便知我武功已大進，由後天步入了先天的境界，這亦是你失算的地方。」

方夜羽暗呼厲害，乾羅確是攻心的專家，在這刻提起聲威直迫龐斑的「覆雨劍」浪翻雲，正是借其勢以壓他，並削弱已失了先威的己方士氣，待要出言破解，乾羅旋躍而起，長矛化作一股龍捲風，沖天而來。

絕天滅地兩人反應最快，凌空追去，但已慢了半步，乾羅早飛臨方夜羽之上。

勁風罩下。

方夜羽旁的十多人被勁氣壓得身不由己，像是故意騰出一塊空地來讓兩人決鬥般往四外跌退。

在風暴中心的方夜羽反而一點也感不到驚人的氣勁，只見長矛像怒龍般，從天上由乾羅手中往他直刺而來。

乾羅眼中精光凝然，顯示出這一擊乃是他畢生功力所聚，矛下有死無生。

方夜羽在這生死存亡的一刻，顯示出他小魔師的身分和本事，夷然不懼，他知道除非換了龐斑、浪翻雲和厲若海，否則無人敢硬擋乾羅此擊，周圍雖滿是他精銳的手下，但他的感覺卻是孤軍在作戰。

黑榜高手，果是無一易與。

方夜羽冷哼一聲，往後疾退，手中三八戟施出龐斑親傳的救命三大絕招之一「佛手逃猴」，催鼓出一道狂猛氣勁，硬往追來的矛撞去。

乾羅心中大奇，方夜羽退是正理，但卻毫無理由和自己無堅不摧的眞氣硬碰。

「霍！」

方夜羽像羽毛般飄起，往外退去。

原來勁氣相交時，方夜羽的勁氣竟奇蹟地由陽剛化作陰柔，反撞往方夜羽，像風送落葉般將他送走，用力之妙，令人大感折服，乾羅一時間也莫奈他何。

四周刀、矛、斧、劍，狂風般捲往乾羅。

絕天滅地的刀、劍又到。

乾羅心中暗嘆一聲，方夜羽消失在波浪般攻上來的死士之後，使他失去了殺死他的黃金機會，矛勢一展，當先衝上的三個人濺血飛跌。

乾羅心中湧起萬丈豪情，扭身運矛，迎著從後攻來的絕天滅地殺過去。

「叮叮噹噹」不絕於耳。

絕天滅地兩人施盡渾身解數，在數息之內分別硬擋了乾羅十多矛，卻退了十多步，若非乾羅要分神挑開其他人不畏死攻來的兵器，恐怕他們已落敗負傷。不過他們能支持這麼久仍毫無損傷，傳出去已可使他兩人名震江湖。

乾羅一聲長嘯，捨下兩人，躍上一堵高牆之上，身後已倒下了二十三人，可見剛才戰況之烈。

一時間，無人敢躍上牆頭，挑惹乾羅。

四方八面，人影幢幢，也不知來了多少敵人。

「呀！」

一聲女子的尖叫和打鬥聲在左方遠處瓦面傳來。

乾羅心中一懍，運功雙目，往聲音傳來處望去。

只見一道嬌小的人影，躥高躍低，硬往他這方向闖來。

乾羅心中一熱，失聲道：「燕媚！」雙腳用力，大鳥騰空般往在敵人兵刃下苦撐的「掌上舞」易燕媚撲去。

第十五章　情關難過

前路蹄聲漸急。

谷倩蓮依偎著風行烈，蹙起秀眉道：「犯不著和他們硬碰硬吧？不如我們逃進樹林裡去和他們玩玩捉迷藏，好嗎？」

風行烈記起了她和刁辟情玩的遊戲，啞然失笑道：「你似乎對捉迷藏特別情有獨鍾。」

谷倩蓮俏臉一紅，垂頭以蚊蚋般的細語道：「我確對一些東西情有獨鍾，但卻非捉迷藏。」

風行烈聽她如此大膽露骨，心中一顫，說不下去。

谷倩蓮眼中掠過無可名狀的無奈，卻不讓風行烈看見。

風行烈望往前方，借了些微星光，看到黑壓壓十多名騎士，像朵烏雲般向他們掩過來，手上持的均是巨盾、重矛等對仗的攻堅利器，顯是針對他的丈二紅槍有備而來。

谷倩蓮的綿綿軟語又在他耳邊道：「看來他們絕非善男信女，你要好好護著我呵！」

風行烈失去功力後，意氣消沉之極，此時功力盡復，憋得已久的悶氣終於找到眼前這宣洩的機會，心中湧起萬丈豪情，長笑道：「谷小姐請放心，只要我有一口氣在，保你毫髮無損。」

「衝呀！」

騎士們一齊吶喊，卻只像一個人狂叫，只不過大了十多倍，聲威懾人，同時表示出慣於群戰，否則如何能喝得如此一致。

最前一排四名騎士的重矛向前平指，隨著戰馬的衝刺，只是聲勢便能教人膽喪。

風行烈卓立不動，丈二紅槍扛在肩上，神情肅穆，看著敵騎馳至十丈外的距離，雙眉往上一牽，丈二紅槍忽地彈起，離手拋出，竄上半空，往敵我間的正中點落下去。

谷倩蓮嚇了一跳，不知好端端爲何要扔掉丈二紅槍，剛要問出口，風行烈已往前掠去。

敵人共有十六騎，分作四排，除前排四人持矛外，第二排四人左盾右刀，第三排拿劍，第四排則是四支方天戟，而且四排人每排均穿上了不同顏色的武士服，依次是灰、白、黑、黃，剛好與坐騎相同，只是外觀，已足以使人知道他們精於某種玄妙的陣戰和衝鋒術。

否則怎會使他們來打頭陣？

蹄聲震耳欲聾。

風行烈只移了兩步，便跨過了五丈的距離，赤手接回由空中落下的丈二紅槍，這時敵騎才再奔出了三丈的距離。

谷倩蓮望著風行烈持槍橫在路心的雄姿，眼中閃出迷醉崇慕的神色。

風行烈大喝一聲，像平地起了一個轟雷，連馬蹄奮發的聲音也遮蓋過去，嗤嗤聲中，丈二紅槍化作千百道槍影，竟像已將整條官道全截斷了似的，連水滴也不能通過。

前排四人不慌不忙，狂喝聲中，離馬而起，借矛尖點在地上之力，躍往風行烈頭頂五丈許處。

無人的健馬驀地狂嘶，加速向前奔出，原來給後面的騎士用刀刺在馬臀上，激起牠們往風行烈奔去，手段殘酷。

這招亦毒辣之極。

豈知風行烈長嘯一聲，身子往高空升去，剛好攔著四人，丈二紅槍的槍影剎那間塡滿空中，嗤嗤聲中，槍頭帶起無數個氣勁的小急旋，往四名凌空以矛攻來的敵人旋過去。

這是厲若海所創的燎原槍法的起手式「火星乍現」，槍頭點起的氣勁，便像一粒粒火星熾屑，專破內家護體眞氣，傷人於無形，厲害非常。

那四人也知厲害，四支矛扇般散開，護著身上要害。只是普通之極的一式「孔雀開屏」，已可見驚人的功力。

四匹加速奔來的馬到了風行烈身下。

持刀、盾的四騎亦衝至丈許外，準備和凌空攻向風行烈的人上下配合，發動攻勢。

谷倩蓮盈盈俏立，外表雖巧笑倩兮，其實卻心內暗驚，龐斑方面隨隨便便來了這十六個名不顯於江湖的人，而竟然每個都可列入高手之林，這樣的實力，怎能不教人驚懼？尤可怕者他們不須講求面子身分，所以行事起來可以不擇手段，務求致敵於死。

念頭還未完，接著發生的變化，連精靈善變的谷倩蓮也一時間目定口呆。

在空中一招「火星乍現」後的風行烈，見四名持矛高手已給迫得倉忙飛退往兩旁，一口氣已盡，待要往下落去，心中忽生警覺。

這類警覺乃像他這類高手的特別觸覺，並非看到或聽到任何事物，而是超乎感官的靈覺。

他感到了殺氣。

來自腳下正疾馳而過的是四匹空騎。

他連想也不想，燎原眞勁貫滿全身，硬是一提，竟凌空再翻一個觔斗，變成頭下腳上，恰好看到幾個穿著和四匹灰馬同樣色素緊身衣的嬌小身形，提著閃閃生光、長約三尺有護腕尖刺的女子，由馬腹鑽出來，四枝尖刺像四道閃電般往他刺去。

谷倩蓮驚呼「小心」的聲音傳入耳裡。

這四名女子既嬌小玲瓏，又是穿著和戰馬同色的灰衣，在黑夜裡連風行烈也看走了眼。

但她們卻不能瞞過他自小經厲若海嚴格訓練出來的靈銳感覺。

風行烈哈哈一笑，丈二紅槍一顫下，化出四點寒星，火花般彈在四枝分刺胸腹要害的水刺尖上，只覺此四女刺上的力道陰柔之極，便像毫不著力那樣，教人非常難受。

風行烈身形再翻往後，避過了第二排劈來的四把重刀，彈往谷倩蓮處。

四名灰衣少女齊聲嬌呼，水刺幾乎把握不住，人已給震得挫回馬腹下，她們的腳勾在馬側特製的圓環裡，身體軟得像團棉花，給人陰柔之極的感覺。若非她們功走陰柔，只是槍、刺這一觸，已可教她們吐血當場。

前四匹馬驟然煞止。

後一排左盾右刀的白衣武士在馬與馬間策騎衝出，身往前俯，盾護馬頸下，刀在空中旋舞，蓄勢前劈，奔雷般往在空中翻退的風行烈追去。

谷倩蓮的獨家兵刃鍊子劍來到手中時，風行烈已落在她身前，傲然單足柱地，另一腳腳背卻架在獨立地上那腳的腿膝後，丈二紅槍以奇異的波浪軌跡，緩緩橫掃。

就像烈火燒過草原。

地上的塵屑、樹葉，隨著槍勢帶起的勁氣，捲飛而起。

白衣武士刀、盾已至。

厲若海所創的「燎原百擊」，其實並沒有甚麼招式，只是千錘百鍊後一百個精選出來的姿勢動作，以盡槍法之至，而若非有他自創的燎原眞勁配合，燎原百擊只是些非常好看悅目的姿勢動作。但配合著燎原眞勁，厲若海的燎原槍法，連從未受傷的龐斑，也不能倖免於難。

一連串槍、刀、盾交擊的激響爆竹般響起。

四名刀盾武士連人帶馬，給震得往外跌退，燎原眞勁，竟能將急馳的健馬迫退。

丈二紅槍一沉一剔，千百點槍芒，火焰般閃跳，將持矛由上撲下的四名灰衣矛士，迫得飛退往道旁的疏林裡，其中一人悶哼一聲，肩頭濺血，已受了傷。這四人每次均採取凌空攻擊，顯是擅長輕功的高手。

這時第三排的黑衣劍手齊躍下馬，穿過刀盾手們那些狂嘶吐沫、失蹄挫倒的坐騎，舞起一張劍網，鋪天蓋地般往風行烈罩去。

早前移往兩旁的四女，提著水刺，跳離馬腹，落在草地上，水蛇般貼地竄過來，分攻風行烈的兩側。

在風行烈後方的谷倩蓮，清楚地感到風行烈的丈二紅槍威力龐大得眞能君臨方圓數丈之內，難怪他有只要不離他二十步，便可保無虞之語。

風行烈面容古井不波，丈二紅槍回收身後，冷冷看著敵人殺往自己的延展攻勢。

沒有人估到他的槍會由哪個角度出手。

這是燎原槍法名震天下的「無槍勢」，由有槍變無槍，教人完全捉不到可怕的丈二紅槍下一步的變化。

四名劍手愕了一愕，不過這時已是有去無回的局面，四劍倏分，由四個不同角度往風行烈刺來。

四把水刺亦速度驀增。

一時間有若千軍萬馬分由中側上下往風行烈刺去。

最後一排四支方天戟分作兩組，由兩邊側翼衝出，看情況是要趕往風行烈後方，目標若不是截斷風行烈的後路，作成合圍之局，便是要攻擊俏立後方的谷倩蓮。

交戰至今，只是眨幾下眼的光景，但已像千軍萬馬纏殺了竟日的慘烈。

風行烈心中一片寧靜，絲毫不為洶洶而來的敵勢所動，天地似已寂然無聲，時間也似緩慢下來，快如疾風的劍和刺，落在他眼中，便若慢得可讓他看清楚敵兵的軌跡、變化和意圖。

十年前，當風行烈十五歲時，有天厲若海在練武時擊跌了他的槍後，不悅道：「若你一槍擊出時，忘不掉生和死，行烈你以後便再也不要學習燎原槍法。」

風行烈汗流浹背，跪下惶然道：「師父！徒兒不明白。」

厲若海大喝道：「站起來！堂堂男兒豈可隨便下跪。」

風行烈惶恐起立，對這嚴師他是自深心裡湧起尊敬和懼怕。

厲若海俊偉的容顏冷如冰雪，將丈二紅槍插在身旁，負手而立，精電般的眼神望進仍是少年的風行烈眼內，淡然道：「若無生死，何有喜懼？剛才我一槍挑來，若非你心生懼意，哪會不遵我的教導，不攻反退，致陷於捱打之局，最後為我擊跌手中之槍。」

這些回憶電光石火般閃過風行烈腦際。

劍、刺已至。

在後方的谷倩蓮，俏目凝定風行烈一手收槍身後的挺立身形，忽然間竟分不開那究竟是厲若海，還是風行烈，渾忘了由兩翼往她殺過來的戟手和隆隆若驟雨般的馬蹄聲。

當花解語將桃花俏臉湊過來說「我要殺死你了」時，韓柏嚇了一跳，往她望去。他蹲在牆頭，加之身材魁梧，這角度「看下去」，分外覺得「紅顏」花解語嬌弱和沒有威脅性，故怎樣也迫不出自己半分殺意。

韓柏見花解語白嫩的俏臉如花似玉，可人之至，竟忽地生出個頑皮大膽的念頭，將大嘴往花解語仰首湊來的俏臉印過去，便要香上一口。

花解語一向以放蕩大膽、玩弄男人爲樂，直到今夜此刻才遇上這旗鼓相當的對手，一怔間已讓對方在滑嫩的臉蛋上香了一口，又忘了乘機施毒手，就像她以前對付垂涎她美色的男人那樣，唇離。

花解語俏臉飛起一抹艷麗的紅雲。

韓柏一聲歡嘯，跳到空中打了個觔斗，「颼」一聲，掠往遠方民房聚集之處。

花解語想不到他要走便走，彩蝶般飛起，望著韓柏遠逝的背影追去。

掠過了十多間民房後，韓柏倏地在一個較高的屋脊上立定，轉過身來，張開雙手得意地道：「有本事便來殺我吧！」

花解語降在他對面的屋頂上，只見在廣闊的星夜作背景襯托下，韓柏像座崇山般挺立著，使人生出難以攻破的無力感。

她心中掠過一絲恐懼。

她感到對方不止是韓柏，還是威懾天下的「盜霸」赤尊信，這想法亦使她感到非常刺激。

她雖是魔師宮的人，但她亦不明白秘異莫測的「種魔大法」，這令她產生出對不知事物的本能懼意，但亦夾雜著難言的興奮，因爲對方是第一個被植入魔種的人。

忽然間她不但失去了來時的殺機，還有一種被對方征服的感覺在心中蔓延著，一種期待的感覺。

韓柏並不是厲若海那種一見便使人心動的英雄人物，但卻另有一股玩世不恭，不受任何約束，似正又似邪的奇異魅力，吸引著她已飽閱男女之情的心。

這使她更生懼意，也更覺刺激。

若不能殺死對方，便會被對方征服。

一種軟弱的感覺，在深心處湧起。

一陣夜風吹過，掀起了花解語早已敞開的裙腳，一對雪白渾圓的大腿露了出來，在星光下膩滑的肌膚閃閃生輝，誘人之極。

韓柏看得一呆，吞了口涎沫，讚嘆道：「這麼動人的身體，不拿來做一會兒妻子，確是可惜！」

這句話才出口，自己心中也一驚，爲何這種輕佻話也會衝口而出，但又覺痛快至極點，因爲自己的確是這樣想著。

他當然不知道，與唯一具有魔種的龐斑會過後，已全面刺激起他體內的魔種，使他正在不斷變化的性格，更加劇地轉變，逐漸成形。

花解語一呆後咯咯輕笑，低語道：「你可不可以小聲點說話，下面的人都在睡覺呵！」輕言淺笑，哪像要以生死相拚的對頭，反似欣然色喜。

韓柏躍起再翻一個觔斗，嘻嘻一笑道：「花娘子你玩過捉迷藏沒有？」

花解語爲之氣結，嗔道：「你再對我亂嚼舌頭，我便割了它！」

韓柏吐舌道：「娘子爲何變得這麼凶？不過無論你怎凶，我也不會傷害你的，因爲還捨不得。」他外相粗豪狂野，偏是神態天真誠懇，給人的感覺實是怪異無倫，但又形成一種非常引人的魅力。

花解語數十年來歷盡滄桑，閱人無數，卻從未見過韓柏這類角色，又好笑又好氣下，手一揚，纏在腰間的彩雲帶飄起，在空中捲起了兩朵彩花，往兩丈許外的韓柏套去。

她身上的衣服立時敞開，露出內裡緊窄短小的貼身紅褻衣，隱見峰巒之勝，雪白的臂腿，足可使任何男人呼吸立止。

花解語雖是魔師宮的護法高手，武功卻非源自龐斑，而是屬於一個與龐斑淵源深厚的魔門旁支，專講以聲色之藝入武，與當年蒙古三大高手之一八師巴愛徒白蓮玨的「姹女銷魂大法」異曲同功，其媚人之法，並非出賣色相，而是將人世至美的女體，藉種種媚姿，吸攝敵手的心神，制敵於無形，厲害非常。

韓柏看得兩眼一亮，彩雲帶已當頭下套。

韓柏剛欲哈哈大笑，忽然記起花解語的警告，連忙伸手掩口，眼見四周已滿是彩影，勁氣割面。帶端抽拂。

韓柏一縮一彈，閃了兩下，竟脫出層層帶影，翻彈往遠方的房舍。

花解語駭然大震，一時間忘了追去，自出道以來，韓柏還是第一個人如此輕鬆脫出她這名為「帶繫郎心」的絕招下。

韓柏消失在遠處高起的屋脊後。

花解語美目掠過複雜之極的情緒，冷哼一聲起步追去。

「掌上舞」易燕媚的嬌軀在敵人的刀光劍影裡不住閃躍，手上一對短劍迅速點刺，將無情地往她攻來的敵方兵器擋格開去。

眨眼間她已衝過了兩間屋瓦的重重封鎖。

她背後兩道刀光閃起，凌空追擊而至，帶起呼呼刀嘯之聲。

兩枝鐵棍則分由左右攻至，棍頭晃動間，完全封擋了她往兩側閃避的可能性。

她一口氣已盡，勢不能再往上升去，唯一的兩個方法，一是往前衝，又或硬煞住衝勢，往下落去，可是她當然不可這樣做，敵人人數既多，又無不是高手，且深悉聯攻之道，若她不迅速和乾羅會合，便會陷入單獨苦戰的危局，敵人的力量可把她壓碎。

唯有往前衝去。

而她知道這正是敵人為她布下的陷阱。

一聲嬌叱，易燕媚強提一口真氣，正往下彎落的身形竟奇蹟地倏升丈許，橫過屋脊間足有四至五丈的空間，往乾羅撲過去，不愧以輕功著稱的聲名。

「劈啪！」

一聲機栝發動的聲響，起自下方。

易燕媚暗叫不妙，一團黑影由下彈上，竟是一張網，由機栝發動，強彈上來，剛好籠罩著自己所有進路。

背後兩刀兩棍追至，眼前的劫難實是避無可避。

易燕媚一聲嬌叱，纖足點出，正中網邊，借力往後一翻，剛好避過網罩之厄，兩枝短劍幻起一片光影，往背後和左右兩翼攻來的兩刀兩棍迎去。

她一生人的功夫，大部分都費在輕功上，以靈巧詭變見勝，像這樣硬對硬和敵人正面幹上，還是破題兒第一遭。

何況敵人是蓄勢而至，自己卻是無奈下倉皇招架。

高下優劣，不言可知。

「叮叮噹噹！」

一連串金鐵交鳴聲中，易燕媚擋開了兩棍一刀，但還是避不了左腿的一刀。

鮮血飛濺下。

易燕媚驚呼一聲，往大街墜下去。

刀、棍惡龍般追至。

眼看難以倖免。

矛影忽起，乾羅凌空下撲。

「嗤嗤」聲中，乾羅威震天下的矛護著了易燕媚每一個空隙、每一處破綻。

雖在刀光棍影裡，易燕媚卻感到前所未有的安全。

四周的敵人一圈圈攻來，就像等著衝擊上岸，此起彼落的巨潮。

為了營救易燕媚，乾羅惡戰至今，首次讓敵人形成了圍攻困鬥的局勢。

慘叫聲中，四名持刀提棍者濺血飛退，以乾羅的功夫，又是含怒出手，此四人仍只傷不死，可見其不可小覷的功力，不過若要這四人在今晚再動手，卻是休想。

易燕媚雙腳剛踏在實地上，劇痛從腿上傷口傳來，正要跪倒地上，不盈一握的蠻腰已給乾羅有力的左手摟著。

易燕媚往乾羅望去，接觸到乾羅罕有像現在感情流露的眼睛，心中流過一道強烈的感觸，低呼道：「城主！他們都……」

乾羅右手矛動，一時間上下前後左右盡是矛影，敵人驚呼聲中，紛紛跌退，無形中破解了第一圈的攻勢。

又兩人砰然倒地，已被挑斷了咽喉。

乾羅絲毫沒有因四周如狼似虎、殺氣騰騰的敵人而有一絲驚惶，向易燕媚微微一笑道：「想不到我一生以利誘人，以手段服人，到此四面楚歌的時刻，仍有一個忠心跟隨赴死的手下。」

易燕媚眼圈一紅，悲叫道：「城主！」

乾羅渾身一震，不能相信地看著易燕媚眼內湧出的感情，自十二年前易燕媚加入山城後，他從未想過易燕媚會用那種眼光看著他。

他的手自然一緊，只覺「掌上舞」易燕媚的嬌體是那樣實在和充滿生命力。

敵兵又至。

乾羅心中豪情狂湧，一聲震耳長笑，人矛合一，摟著易燕媚，沖天而起。

在他的一生人裡，從沒有現在的充實和滿足，那麼目標明顯。

就是殺出重圍！

除了龐斑外，沒有人可以攔下一個蓄意逃走的乾羅。

絆馬索聲響，八條絆馬索，由下沖上，往升上高空的乾羅捲來，同時弓弦聲響起，十多枝勁箭，疾射而至。

乾羅哈哈一笑，喝道：「還是這等貨式，要恕乾羅沒興趣留此了。」一閃一縮，不但避過了雨點般灑來的箭矢，還踏在其中一條絆馬索，一滴水般順索暢滑下去。

矛影再現。

慘叫聲、倒跌退撞之聲，毫無間斷地響起。

在乾羅臂彎裡嬌小的易燕媚蜷縮起來，以免影響了乾羅行動的敏捷，刀光劍影裡，她閉上眼睛，只感乾羅倏進忽退，躥高掠低，每個動作的變化都全無先兆，教人難以捉摸，尤其驚人的是乾羅的內力似若長江大河，綿綿無盡，絲毫沒有衰竭之象。

周圍兵刃交碰之聲驀然加劇。

乾羅長嘯聲起，硬撞進敵人力量最強大處，連殺七人後，貼著牆滑開去，倏忽間已去了六、七丈。

跟著「轟」一聲下，以身體破開牆壁，往上升起，蝙蝠般貼著瓦面，飛上屋頂，一點一彈，往遠處外圍敵勢較薄弱處掠去。

易燕媚俏臉一涼，原來是幾滴血落在她臉上，心中暗嘆，乾羅若非爲了護著她，肩頭也不會爲敵所傷。

乾羅迅比閃電的身法再加速，矛勢展至極限，四名攔路的敵人鮮血激濺下，終突圍而出。

乾羅將身法展至極盡，往城郊奔去，他逃走的路線迂迴曲折，若有人在後跟蹤，即管是同等級數的高手，也會因爲失去先機而給他甩掉。

半炷香工夫，乾羅已遠離黃州府，這時路旁樹木掩映間，隱見一座廢棄了的土地廟。

乾羅摟著易燕媚，躍了入去。

來到廟內，乾羅剛要放下易燕媚。

易燕媚竟反手摟著他的腰背。

乾羅一呆，低頭往易燕媚望去。

易燕媚亦往他望去，眼中射出奇怪之極的神色，似是悲哀，似是無奈，又似惋惜。

乾羅正要思索這奇怪眼神背後的意思，易燕媚嬌美的櫻唇泛起一絲苦澀的笑容，乾羅突覺腹部一陣劇痛，一把鋒利無比、長如巴掌的匕首透腹而入，直沒至柄。

乾羅發出驚天動地一聲狂吼。

易燕媚已飄飛開去。

乾羅鐵矛一動，遙指易燕媚，一股麻痺的感覺，由小腹丹田處散開，使他知道匕首淬了劇毒。

易燕媚忽然停下，不敢後退，臉上現出驚恐之極的神色，原來她才退了五、六尺，乾羅的矛便指向她，槍頭湧出強烈之極的殺氣，籠罩著她，使她知道只要再退一兩尺，氣機牽引下，將迫使乾羅全力攻來，在受了致命重傷的乾羅死前一擊下，十個「掌上舞」易燕媚也招架不來，無奈下唯有煞止退勢，停了下來。

在乾羅湧來潮水般的殺氣裡，易燕媚全身有若被利針刺體，冰寒徹骨，非常難受。

乾羅臉上血色退盡，但持矛的手依然是那樣地穩定有力，眼神冷靜得絲毫不含任何人類喜怒哀樂的情緒。

易燕媚想說話來緩和乾羅，以拖延時間，好等布下這個陰謀的方夜羽趕到，但忽然間卻找不到任何說話，只能悲叫道：「城主！我是沒有選擇……」

乾羅冰冷的目光深深望進她的眼內，以平靜得令人心顫的語調道：「你可以離開我、背叛我，甚至和敵人對付我，但卻不可以騙我。」

這幾句話，只有易燕媚最是明白，她就是利用了乾羅的感情，騙取了乾羅的信任，這亦是方夜羽這布局最巧妙的一點。剛才她力戰方夜羽的手下，亦沒有半分作假，因爲沒有人可在這方面騙過乾羅。

易燕媚勢想不到乾羅到了這種田地，仍斤斤計較這點，眼光移到柄子仍露在肚外的匕首一眼，心中升起一陣連自己也難以明白的悔意。

方夜羽軟言遊說她對付乾羅時，曾答應事成之後，收她做妾，當時她想起乾羅一生對人施盡陰謀詭計，自己以彼之道，還施彼身，實不爲過，更何況和方夜羽的肉體關係，亦使她沉溺難返，難以自拔。

方夜羽指出乾羅在自己對女人的吸引力上非常自負，一定不會懷疑她向他表露的愛意，故此對她冒死而來的忠誠必會深信不疑，但連方夜羽也沒有想到，一向冷血無情，視女人如草芥，棄之毫不惋惜的乾羅，竟在這等時刻，對她動了眞情，所以現在才如此憤恨。

易燕媚眼中淚光閃現，緩緩跪倒道：「殺了我吧！」

乾羅看著她腿上的血滴往地上，搖頭苦笑道：「情關眞是難闖之至，龐斑呵！現在我才明白你的肺腑之言。」

矛收往後。

殺氣全消。

乾羅除了臉色蒼白和下腹處突出了匕首閃亮的刀柄外，完全不似一個受了重傷的人。

易燕媚估不到乾羅會收起長矛，正要出言相問。

乾羅眼中精芒爆閃，喝道：「滾！」

易燕媚雙膝一軟，坐倒地上，呆了一呆，一個倒翻，穿門而去。

廟外山野間秋蟲鳴叫，一片祥和，誰想得到內中竟藏有如斯凶險。

乾羅碰也不碰，看也不看插在丹田要害處的淬毒匕首，凝立不動，凝神內視。

爭取每一分時間，運功壓毒療傷。

他知道方夜羽不會給他任何喘息的時間，可是對方亦有失算的地方，就是在定計之時，想不到他已練成了先天眞氣。

方夜羽的聲音在廟外響起道：「累城主久等了！」

乾羅心中暗怒，這句話是早前他遇到方夜羽時所說的第一句話，現在方夜羽以此回贈於他，意義自是大爲不同，用心狠毒之至。

方夜羽的聲音又傳來道：「城主武功之強，大出本人意料之外，若非我早定下策略，今晚鹿死誰手，尚未可知。」

乾羅奇道：「這眞是奇哉怪也，我功力高下怎能瞞過龐斑法眼，難道他沒有告訴你嗎？」

廟外的方夜羽心中一懍，心想乾羅確不好惹，到了如此水盡山窮的地步，仍能絕不放過絲毫機會，製造中傷和破壞，只是一句話，便捉到了龐斑和方夜羽間的矛盾，明言點破。

方夜羽避而不答道：「城主若能自盡於此，方某擔保城主死後可得風光大葬，埋骨於風水旺地。城主意下如何？」

乾羅仰天大笑道：「可笑之極！我乾羅一生闖蕩江湖，想的只是馬革裹屍，現在有這麼多人陪葬已是喜出望外，怎會再有奢求。」頓了一頓，大喝一聲，躍出廟外。

只見星夜裡廟前的空地上，方夜羽左手持戟傲立，身後打横排開了十多個形相怪異的手下，絕天滅地也在其中。

乾羅冷哼道：「這才是今晚對付我的眞正實力吧？」

方夜羽和背後十八個人共三十八隻眼睛，一齊落在乾羅插在腹上的匕首處，心中奇怪，乾羅雖說是天下有數的高手，武功高強之極，但怎能給一把匕首插在練武者重地丹田要害，卻像個沒事人似的。

方夜羽更多了一重驚異，匕首不但是專破氣功的特製利器，鋒刃的毒素更是由三名毒師精心設計，見血封喉，但表面看乾羅，除了臉孔蒼白點外，一點也見不到中毒的徵象。

乾羅仰望天色，淡淡道：「我乾羅活到今天從沒有一刻像現在般渴望殺人，只不知這裡有多少人還能看到天亮時的太陽？」他的聲音肯定而有力，教人清楚無誤地感到他決意死戰的決心。

方夜羽微微一笑道：「方某身後無一不是出生入死、刀頭舐血的英雄好漢，城主無論說甚麼話，也絕動搖不了他們。」

乾羅面容一正，背後的矛來到前面，雙手持矛一緊，一按一挺，濃烈的殺氣立時往廟前陣容強大的敵人迫去。

方夜羽身後的十多人中，除了滅地和絕天外，他還認出了三個人，都是黑道上出名武技強橫、心狠手辣之輩，這數年來絕跡江湖，原來竟是投奔了方夜羽，假若這等高手，再通過方夜羽學到龐斑的一招半式，其力量將更是不可輕視。

早已嚴陣以待的各式兵刃一齊擺開，準備迎接乾羅這一矛，即管「毒手」乾羅受了重傷也沒有人敢掉以輕心。

乾羅一反先前疾如電閃，變幻莫測的進退身法，改為一步一步緩緩前進。

方夜羽心中暗笑，一動上手，牽裂傷口，只是流血便可將乾羅流死。

跟著又是心中一懍，只見乾羅蒼白若死人的容顏肅穆嚴厲，雙目精光電閃，長矛在方圓尺許的空間內急速顫動旋劃間，使人如墜冰窖、呼吸困難的驚人氣勁，隨著他一步一步接近，迅速增強，不一會兒眾人已是衣衫獵獵，地上的塵屑、枯葉離地飛揚。

方夜羽和身後一眾高手，忙發出眞氣加以對抗。

殺氣更濃。

「哧哧……」

腳步一下一下重重踏到地上，作成一種使人聯想到死亡的恐怖節奏。

乾羅的腳步雖是那麼重，但踏在泥地上，卻不曾留下半點腳印遺痕，教人完全不明白爲何會這樣。

方夜羽本想往後退去，讓身後好手先擋他的頭威，但不旋踵已心中一震，打消了這念頭，原來他忽地感到眼前乾羅此矛，威力驚人之至，即管在五丈之外，但其氣勢已將自己鎖定，假設自己貿然退後，氣勢上無可避免現出的空隙，將會像乾布吸水般，惹得乾羅的矛勢立時發揮到最高極峰，向自己攻來，那時縱有千軍萬馬在旁攔止，可能也幫不上忙。

這些想法閃電般掠過腦海，方夜羽忙收攝心神，大喝一聲，三八戟施出龐斑絕藝，化作銀芒，往矛鋒射去。

他身後十多人，暴喝聲中，亦分由左右兩翼撲往乾羅。

戰事再次展開。

第十六章　落荒而逃

風行烈傲然一笑，微微蹲低，丈二紅槍彈往半空，一顫下化出萬道槍影，似初陽透出地平線般散射往前。

兵器互擊交鳴。

四名劍手踉蹌跌退，其中兩人更是退勢不止，肩骨、胸分別中槍，胸前中槍的更「蓬」一聲仰天倒跌，當場畢命。

四名女子功走陰柔，情況卻好得多，刺、槍相觸時，借勢飛開，轉頭又撲回來，韌力驚人，難纏非常。

持戟夾馬分從兩翼殺來的四名武士，這時已趕到風行烈兩旁。

風行烈大喝一聲，正要再展無堅不摧的燎原槍法，忽地臉色一變，不進反退，閃回谷倩蓮身旁。

谷倩蓮正美目含情地看著他大展神威，氣勢如虹，將敵人雷霆萬鈞的攻勢一一粉碎，雖說勝負未分，顯是佔盡上風，爲何卻會捨優勢而退。

往風行烈望去，駭然一震道：「你怎麼了？」

風行烈臉色煞白，手足輕顫。

四名戟手匯合在一起，方天戟指前，轟然馬蹄聲中正往他們衝來，只是其聲勢便足教人心膽俱喪。

風行烈一咬牙，叫道：「走！」一掌拍在谷倩蓮身上，欲以餘勁將她送離險地，豈知不但一點內力也吐不出，人也站不穩，向谷倩蓮仆過去，但右手仍緊握紅槍不放。

這時他心中想到的，只是厲若海臨死前的一番話：「我已拚著耗費眞元，恢復了你的功力，只是你的勁氣內仍留有一個神秘的中斷，隨時會將你打回原形，你要好自爲之。」

厲若海的警告終於發生了。

這「中斷」牽涉到龐斑的「種魔大法」，連厲若海也無法可施。

谷倩蓮無暇多想，一手摟著風行烈的厚背，支撐著他要倒下的身體。

戟風帶起的勁氣，撲面而至。

谷倩蓮反應快捷，將手中兵刃納回懷裡，手一探，已取了個圓筒出來。

戟鋒的四點寒芒，正飆射而來。

谷倩蓮嬌叱一聲，手一揚，機栝聲響，一個連著天蠶絲結成韌索的尖鉤，由筒內電射而出，深陷進左方二十步外一棵大樹樹身裡，她雙足一彈，已借鉤索之力，往路旁黑漆的樹林投去。

四名戟手立時撲空。

剩下十九人發夢也想不到眼前的變化，反應最快是以靈巧陰柔見長的四名女刺手，眾人中的輕功亦以她們最好，躍身而起，往谷倩蓮追去。

谷倩蓮一手摟著風行烈，使了一下手法，將鉤索脫出樹身、收回筒內，一點腳下伸出的橫枝，竄往另一棵樹的樹梢。

前方兩聲暴喝，兩團人影迎面趕至，一空手一持矛，竟是投降了「人狼」卜敵的赤尊信麾下叛將，「大力神」褚期和「沙蠍」崔毒。

谷倩蓮看其來勢，已知換了平時，也非兩人敵手，何況現在還多負了個風行烈，一聲不響，手中圓筒彈出鉤索，再橫射往下方另一株樹，借力移去。

潛入林裡，收回索鉤，又再彈出，鬼魅般在幽黑的林內無聲無息地移動。

敵人雖拚命窮追，始終拿不著她機變百出的逃走路線。

谷倩蓮轉瞬間已離開了剛才被截擊的戰場有七、八里之遙，正心中慶幸，前方忽地沙沙作響，黑影幢幢，也不知有多少人向她圍過來。

谷倩蓮無奈立定。

一人排眾而出，生得玉樹臨風，只可惜一對眼凶光閃跳，躬身道：「谷姑娘能逃至此處，不愧來自雙修府的高手，尊信門主卜敵這廂有禮了。」

谷倩蓮心中恍然，難怪逃不出對方的羅網，原來是卜敵動用了尊信門的龐大力量，嬌笑道：「我走了！」

鉤索彈射。

弓弦聲響。

一時間上下左右盡是勁箭。

谷倩蓮像是早知如此，動也不動，任勁箭在上下左右掠過。

卜敵叫道：「燃燈！」

百多盞燈在四周亮起，照得林內明如白晝。

谷倩蓮嘆了一口氣，手一鬆，讓一直閉目不動的風行烈和他的丈二紅槍一齊躺倒地上，望向卜敵幽幽道：「我認輸了，任憑門主處置。」

若換了聽的是風行烈，又或是范良極和韓柏，一定知道谷倩蓮另有詭計，但驕橫自負的卜敵卻覺得這是理所當然，一對賊眼在谷倩蓮玲瓏浮凸的嬌美胴體上下巡邏，嘿嘿淫笑道：「姑娘若能令本門主開開心心，我當然會爲你在小魔師面前説幾句好話，赦過你所做的錯事。」

谷倩蓮冷冷一笑，道：「我何用你爲我説好話，不信便給些東西你看看。」探手懷內。

卜敵雖是色迷心竅，兼之對谷倩蓮頗爲輕視，但終是走慣江湖的凶人，一怔下喝道：「不准動！」

谷倩蓮嬌笑聲中，雙手連揚，擲出十多個圓球，投往四方八面。

其中一個向著卜敵迎頭打過來。

卜敵大喝一聲，騰身而起，避過圓球，凌空往谷倩蓮撲來。

「卜卜卜……」

圓球在四方八面的林裡爆開，化成一團團色彩不同，但均鮮艷奪目的濃霧，迅速往四周擴散，遮蔽視線。

谷倩蓮大叫道：「沒有毒的，吸入也不打緊呀！」

可惜卻沒有人願信她，紛紛往後退開。

卜敵運功閉氣，飛到谷倩蓮上空，手化爲抓，往她抓來，指尖射出嗤嗤勁氣，顯是動了殺機。

他的武功雖比不上師兄赤尊信，但亦絕不是好惹的高手，且曾得方夜羽親自指點，否則也坐不上尊信門主之位。

谷倩蓮臉上浮起一絲詭異的笑容，一團紅色的煙霧在手上爆開，剎那間已將她吞噬包藏。卜敵怕煙霧有毒，立往後仰，雙掌捲起勁風，到將紅霧劈散，谷倩蓮和風行烈已蹤影杳然，窮目四望，所見的只是隨風擴散的彩霧。

韓柏在房舍間左穿右插，想起范良極的大盜夜行法，童心大動，將身法展至極限，鬼魅般穿房過舍。

今午他離開范良極時，這既老又年輕的黑榜高手曾追趕了他一會兒，不知為何忽又放棄。以范良極的追蹤術，他即管再苦練三年輕功，也絕逃不掉，不知范良極為甚麼肯放他一人去應付危險？其中必有因由。

不一會兒他已來到城東。

四周不見敵蹤。

心下稍定，停了下來，這時他俯伏在一幢平房的瓦面上，禁不住縱目四顧，只見這附近的房舍都是高牆圍繞，林木亭台，顯都是財雄勢大的富戶人家，東面遠處一座特別幽深的府第，在這等時分，仍有燈火亮著，分外觸目。

四周靜悄悄的，韓柏心中奇怪，難道從范良極處學來的夜行法竟如此厲害，隨便就把花解語甩掉，若是如此，范良極在這方面可算自己的師父，但他為何對花解語還如此忌憚。

百思不得其解間，心中警兆忽現。

事實上他聽不到任何聲音，看不到任何異象，只是心中一動，升起了危險的感覺，像是魔種在向他發出警告。

韓柏冷哼一聲，往前飄飛，落在對面房舍的樑脊時，才轉過身來。

一個人從屋後鑽了出來，夜風下白髮飄舞，正是花解語的好拍檔，「白髮」柳搖枝。

柳搖枝手持他的獨門兵刃「迎風簫」，微微一笑道：「難怪解語留你不住，連我的接近也瞞不過你。」

韓柏哈哈一笑道：「那算甚麼一回事？你以為自己很了不起嗎？」

他暗恨柳搖枝想偷襲他，故出言毫不客氣，又兼和范良極鬥慣了口，故言詞難聽。

柳搖枝身為魔宮兩大護法之一，地位何等尊崇，所到之處眞是人人敬畏，臉色一寒道：「若非小魔師吩咐了要將你即時處死，我定要教你痛嚎百日後始得一死。」

韓柏笑得按著肚子坐了下來，指著對面屋頂上迎風卓立的柳搖枝道：「你難道未聽過有一招叫作『自斷心脈』的嗎？定是你不懂，便以為別人也不懂，就算我那麼倒楣，給你捉著，最多便自斷心脈，哪會痛嚎百日？」頓了一頓道：「你連自殺也不會，看來你還是回家哄孩子好了！」

柳搖枝不怒反笑道：「在下有數種獨門手法，可把你變成白癡，到時看你還怎能自斷心脈？」

豈知韓柏笑得更厲害，但又不敢放聲大笑，以致驚擾了下面的人的好夢，喘著氣道：「若眞的變了白癡，那就連痛苦也不知道了。」

柳搖枝一時語塞，不禁動了眞火，手中長四尺四寸的迎風簫在空中繞了一個圈，發出倏高忽低，幾個飄忽無定的嗚音，聽上去極不舒服。

韓柏喝道：「且慢！方夜羽說過只對付我三次，剛才你的老相好已捉迷藏捉輸了給我，現在你又要動手，算是第幾次？」

柳搖枝心道，這小子表面粗豪放誕，其實極有計謀，我絕不能給他在言語上套死。正要答話，花解語嬌甜放蕩的聲音已在韓柏背後響起道：「誰說我捉輸了給你？」

韓柏嚇了一跳，回頭一望，只見衣服回復整齊端莊的花解語，臉泛桃紅、笑盈盈地立在後方隔了兩間屋外的瓦面，因相隔這麼遠，難怪自己感應不到她的接近。

柳搖枝狠聲道：「小子！聽到了沒有，你若能在我們兩人手下逃生，便算你躲過了第一次攻擊。」

韓柏嘻嘻一笑道：「我只是江湖上的無名小卒，你白髮紅顏兩位這樣的大人物哪犯得著來伺候我？」他依然大剌剌坐著，好像對方才眞是無名小卒。

花解語啐道：「你或者是小人物，但你體內的魔種卻不是。」她桃目含春，俏臉蕩情，確能使柳下惠也要動心。

柳搖枝不耐煩地道：「解語！快天光了，我們幹掉他也好回去交差。」他看見韓柏的模樣便有氣。

韓柏哈哈一笑道：「我不奉陪了！」彈了起來，身形一閃，落入屋下的橫巷，往左端掠去。

紅顏白髮兩人輕喝一聲，飛身追去。

韓柏奔到巷尾，剛躍上一堵矮牆，背後風聲已至，心中暗懍，這柳搖枝的速度爲何竟如此驚人，難道他的輕功比范良極還要好嗎？

簫音由低鳴轉爲高亮，敵人應已迫至五尺之內，無奈下扭身一掌回劈。

他一轉身便知不妙，原來柳搖枝仍在三丈之外，向他追來，但這時耳中已貫滿使人神經繃緊的簫音。

至此才知道柳搖枝竟能以內力催發簫音來「追」人。

但已失了先勢。

眼前滿是簫影。

韓柏左右兩掌連環劈出，硬擋了對方三簫，到第四簫時，雖仍未給他劈中，豈知簫管一轉，兩個轉了過來向著他面門的簫孔，勁射出兩道氣箭，直取他雙眼。

韓柏猝不及防，一聲驚呼，施了個千斤墜，硬生生翻落牆頭。

人還未著地，眼角一道黑影飛來，認得那是花解語的彩雲帶時，連忙一掌拍在牆上，運功生出吸力，貼牆橫移。

彩雲帶像有眼睛般，一拂拂空，立時旋了一圈，往韓柏追去。

韓柏雙腳一彈，炮彈般由牆角彈出，往二丈外的花解語撲去，剛好避過了像條色彩斑斕毒蛇般的彩雲帶。

花解語一聲嬌笑，彩雲帶倒飛回身，化作一圈又一圈的彩雲，像鮮花般盛放著，等待韓柏撞上去。

韓柏想不到長達三丈的彩雲帶如此迅速靈活，打消強攻之意，剛要閃往一側，伺機逃走，背後簫聲又起。

他暗嘆一聲，這兩人不但武功強橫，最可怕處還是配合得天衣無縫，只是其中一人，或者還勉強可以應付，但若是兩人聯手，自己不要說取勝，連逃跑也有問題。

自離黃州府的大牢後，無論和八派種子高手雲清，又或黑榜高手范良極動手，他也從未有過這種不能力敵的感覺，難怪當日范良極一聽到這兩人出現，也趕快避開，原來這兩人聯手之威，竟是如此厲害。

想歸想，他的手腳卻沒有慢下來，這次他已學乖了，並不相信自己耳朵聽到的簫音，反將精神集中在皮膚的感覺上，立時感到一點尖銳的勁氣，直點自己的脊椎大穴，心中暗笑，手伸背後，抓著三八戟，看也不看，往下劈落。

「叮！」

正中簫頭。

這一著大出背後攻來的柳搖枝意料之外，三八戟的重量配合著韓柏全力施爲，打得他幾乎兵器脫手，悶哼一聲，往後退去，整條手臂痠痲發痛。

韓柏正欲乘勝追擊，彩雲帶又至。

韓柏暗想，管你怎樣厲害，還不是一條軟布，而且長達三丈，任你功力高絕，內力傳了這麼遠的距離，也不免減弱，只要不是給你拂個正著，我不信堂堂一個男子漢，便受不了你這嬌蕩艷婦的一拂，主意打定，低喝一聲，身形一閃，避開彩雲帶，轉身往疾退向後的柳搖枝追去，險中求勝，正是赤尊信的本色。

三八戟如影隨形，往柳搖枝攻去。

彩雲帶又在身後追來。

韓柏早有準備，猛提一口眞氣，身法加速，倏忽間已迫至柳搖枝六尺之內，三八戟橫掃敵人，顫震間，封死了敵人的逃路。

彩雲帶亦往背心拂至。

柳搖枝想不到韓柏如此拚死攻來，冷哼一聲，使出了一下精妙絕倫的手法，迎往有力壓千軍之勢的三八戟。

「鏘！」

戟、簫交擊。

柳搖枝全身一震，吃虧在臂力未復，踉蹌跌退。

彩雲帶拂上韓柏背心。

韓柏厚背一弓一彈，想要將彩雲帶的勁力化去，豈知彩雲帶輕柔地拂拭背上，像是一點力道也沒有。

韓柏心中大奇。

若非花解語眞是如此不濟，便是她在手下留情。

這時已不暇多想，正要對柳搖枝續下殺手，剛跨出一步，一絲奇寒無比的勁氣，由背後的督脈逆沖上頭，越過頭頂的泥丸宮，順著任脈直衝往心。

韓柏大叫不妙，若給這絲寒氣攻入心脈，保證立時一命嗚呼，到這時他才知道花解語的內功別走蹊徑，陰柔之極，而長達三丈柔韌非常的彩雲帶，將這種陰勁發揮得恰到好處，不過這時知道已太遲了。

他已顧不得驚動附近好夢正酣的人，大叫一聲，激起全身功力，護著心脈。

「蓬！」

心頭一陣巨震，體內兩氣相交，到第三波眞氣，才勉強止住了那絲陰寒。

韓柏立足不穩，翻倒地上。

想順勢纏身的彩雲帶捲了個空，收了回去。

柳搖枝見狀重組攻勢，又撲了回來。

這時韓柏全身冰冷，一口眞氣怎樣也提不起來，散而不聚，幸好他不須顧及面子，就地翻滾，避往一旁，那情景有多狼狽便多狼狽。

柳搖枝的迎風簫呼嘯中水銀瀉地般往他攻去，招招奪命。

韓柏藉著那點緩衝，眞氣回順，彈了起來，慌忙下連擋蓄勢而來的柳搖枝十多擊。

柳搖枝見他在如此劣勢下，仍能不露敗象，心中暗驚，不過他眼力高明，看出花解語那一拂傷了韓柏經脈，刻下對方已是強弩之末。

柳搖枝身經百戰，毫不急躁冒進，將迎風簫的威力發揮至極限，若長江大河，綿綿不絕地攻向韓柏，務求不給對方任何喘息的機會，只要韓柏一個錯失，便是落敗身亡之局。

最奇怪的是花解語，她將彩雲帶收回後，竟靜立一旁，再沒有出招，一對俏目盯著韓柏雄偉魁梧、充滿男性魅力的虎軀，眼神忽晴忽暗，忽憂忽喜，也不知她想到甚麼難以解決的問題。

韓柏的三八戟忽地窒了一窒。

此消彼長下，柳搖枝的迎風簫寒光暴漲，狂風掃落葉般向韓柏捲去。

韓柏連聲怒吼，可是這種高手過招，敗勢一成，便非常難以逆轉，更何況他經脈的傷勢，說輕不輕，說重不重，若有半炷香光景調息，便可復元，偏是沒有那個機會。

「噹啷！」

韓柏一聲慘哼，三八戟離手墜地，踉蹌跌退，左臂給迎風簫劃出一道血痕，衣袖破碎，鮮血激濺。

柳搖枝哈哈一笑，簫勢一變，轉爲大開大闔，迫得空手招架的韓柏連連後退，眼看落敗身亡，便在眼前。

遠處的花解語一跺腳，像是下了某種決心，彩雲帶脫手而出，筆直前伸兩丈半，纖手輕迴，轉了個小圈，繞往韓柏後方，再兜了回來，點向韓柏腦後。

韓柏剛劈開了柳搖枝點往咽喉的一簫，腦後風聲響起，連忙矮身避過。

彩雲帶在頭上拂過，變成往柳搖枝掃去，柳搖枝一呆下，連忙後退。

彩雲帶又兜轉過來，拂往韓柏胸口。

韓柏也是一呆，就在這一剎那，他感到柳搖枝一直緊壓著他的氣勢，被花解語這一拂拂得冰消瓦解，全身一鬆，而後方首次露出逃走的大空隙。

韓柏尖嘯一聲，倒躍而起，避過花解語的彩雲帶，乘勢一個倒翻，投往後方漆黑的房舍，轉瞬不見。

柳搖枝想追去，可是彩雲帶在前方轉了個圈，才再被花解語收回去，硬生生阻止了他的追路。

花解語垂頭不語，像個犯了錯的孩子。

柳搖枝臉色陰沉之極，靜立了一會兒，忽然嘆了一口氣道：「解語！你可知若讓少主知道你蓄意放走這小子，會有何結果？」

花解語道：「我不想這麼快殺死他！」

柳搖枝苦笑道：「你知否自己正在玩火，一個不好便會給火燒傷，這小子潛力驚人，若給他體內的魔種壯大成長，將來恐怕要主人才有能力殺死他，天下這麼多俊俏男兒，爲何你偏要揀上他？」

花解語跺腳道：「我不管！」飄飛而起，像隻美麗的彩蝶，投往韓柏消失的方向。

柳搖枝靜立一會兒，將迎風簫插回背上，拾起地上的三八戟，揣了一揣，心中想到的卻是三十年前，與花解語結成夫婦後，本是非常恩愛，花解語對他也千依百順，可恨自己見不得漂亮女人，在外拈花惹草，激得花解語以牙還牙，四處勾引男人，這三十年來，夫妻關係名實俱亡，但說到底，自己對花解語仍有一份深厚的感情。

他可以對任何人施展心狠手辣的手段，但在花解語身上卻全用不上來。

他再嘆一口氣，收拾情懷，朝韓柏和花解語消失的相反方向，緩步而去。

快三更了。

浪翻雲坐在怒蛟島西南那小石灘的一塊大石上，靜待朝日的來臨，伴著他的只有一個空酒壺。

以他這等練氣之士，等閒可以連續七、八天不睡，只要間中坐上一刻鐘，精神便可飽滿如熟睡一夜的人。

浪翻雲自愛妻惜惜死後，便養成了夜眠早起的習慣，從不睡多過一個時辰，騰出來的時間，便用來懷念、思索、喝酒。

今午聽到厲若海敗亡的消息後，直到此刻，他一直都斷斷續續地想起這英雄蓋世的一代武學宗匠，憶起七年前和他有緣一會的情景。

初時他還以爲厲若海是來找他試槍，看看丈二紅槍是否比他的覆雨劍更好？

那天天氣極佳，陽光普照，大地春回，他正趕回怒蛟島的途中，厲若海背上裝載著分成了三截的丈二紅槍的革囊，一身白衣，筆直地立在路心，負手望著由遠而近的浪翻雲，冷冷道：「浪翻雲！」

浪翻雲來到他身前丈許處立定，眼中精光爆起，訝道：「『邪靈』厲若海？」

厲若海稜角分明，予人驕傲孤獨的唇角露出一絲罕有的笑意，道：「只是看浪兄龍行虎步之姿，縱使不知浪兄乃天下第一好劍手，也該知浪兄乃風流之士。」

浪翻雲有點難以置信地看著厲若海俊偉無匹的容顏，無懈可擊的體型姿態，嘆道：「厲兄過獎了，但你亦可知我直至今天此刻，見到厲兄後，才相信世間有厲兄這等人物的存在。」

厲若海面容回復無浪無波，淡淡道：「浪兄好說了，厲某人今天到此相候，是想看看浪兄的覆雨劍。」

浪翻雲一愕道：「厲兄此話，若聽進別人耳裡，定以爲是向我挑戰，但我卻知道厲兄全無戰意，難道只是眞想看看小弟的爛劍嗎？」

厲若海哈哈一笑道：「這又有何不可，浪兄若不介意，我們可否並肩走上一程？」

浪翻雲啞然失笑，道：「想不到厲兄竟有如此興致，浪翻雲怎敢不奉陪！」跨步上前，和扭身前行的厲若海並肩而進。

厲若海眼光定在前方，道：「浪兄成名時，龐斑早已退隱不出，想來仍未見過此人。」

浪翻雲悠閒地跟著厲若海寬闊的腳步，感受著春日溫暖的陽光，望往對方有若白色大理石雕成的完美側臉問道：「難道厲兄竟見過龐斑，這可是從未見傳於江湖的秘聞了。」要知江湖上黑白兩道的高手，除非迫不得已，又或龐斑找上門來，否則誰肯主動去見龐斑，故此假設厲若海眞的見過龐斑，江湖上早應傳得無人不知。

厲若海平靜地道：「我只見過他一眼。」

浪翻雲奇道：「一眼？」

厲若海停了下來，側身望著浪翻雲道：「那是龐斑退隱前的事了，我摸上魔師宮，蒙他接見，和他對望一眼後，立即便走，他也沒有攔阻我，事後兩方面也沒有人說出來，所以江湖上無人知道。」

浪翻雲失笑道：「厲兄是眼力夠，龐斑則是心胸闊。」

厲若海微微一笑，繼續和浪翻雲並肩漫步，道：「只一眼，我便知道自己還要等，當時本來我想挑戰的人還有乾羅、赤尊信、言靜庵、了盡禪主、『鬼王』虛若無等人，但在見過龐斑之後，餘子已引不起我絲毫興趣。」

浪翻雲默然不語，咀嚼著厲若海傲然說出的壯語。厲若海續道：「到浪兄的覆雨劍一出，藝驚天下，我才再考慮這個問題，終於忍不住來找浪兄，希望能作出決定。」

浪翻雲微笑道：「看來厲兄已決定仍揀龐斑爲對手，可是覺得浪翻雲比不起龐斑？」

厲若海淡然自若道：「可以這麼說，也可以不是這麼說。適才我見浪兄由遠而近，忽然心中生出一股惺惺相惜之心，使我戰意全消，至於浪兄是否比得上龐斑，則連我也難以說得上來。因爲龐斑這次退隱，據我秘密得來的消息，乃是要修煉一種古往今來從沒有人練得成的魔門大法，再出世時厲害到何等程度，的是無從猜估，故亦難以將你和他加以比較。」

浪翻雲哈哈一笑道：「厲兄這麼說，已點明了眼下的浪翻雲至少仍比不上當年你所見的龐斑，龐斑呵！你究竟是如何超卓的人物，使厲兄這樣的人，也要對你念念不忘。」

厲若海停下腳步，俊偉無匹的面容掠過一絲艷紅，聲調轉冷道：「浪兄家有嬌妻，生有所戀，劍雖好，卻仍是入世之劍，浪兄可知此乃致敗的因由？」

這番厲若海七年前說的話，就像在昨天才說，但現在惜惜已死了，厲若海也死了。

一個是他最心愛的人兒。

一個是他最敬重的武學天才。

湖浪溫柔地打上岸邊，浪花湧上岸旁的石岩間隙，發出「啪啪」的響聲。微響傳來。

第十七章　殺出重圍

乾羅大喝一聲，長矛連閃，將左右攻來的一斧、一棍、一刀挑開，才破中而入，和方夜羽的三八戟絞擊在一起，發出傳往老遠的一下清響。

方夜羽悶哼一聲，往後連退三步，始能化去乾羅藉長矛送過來可斷經脈的先天氣勁，他知道若非乾羅要分出眞勁去應付其他的攻擊，自己能否全無損傷，實屬未知之數。

乾羅矛影暴漲，兩名高手仰天飛跌，命喪當場。

方夜羽的一眾高手駭然大驚，攻勢登時一挫。

沒有人想到受了重傷的乾羅，仍可發揮如此可怕的殺傷力。

乾羅再挑開絕天滅地的兵器，回矛挑斷另一從後攻來那人的咽喉後，仰天一聲悲嘯，叫道：「方夜羽！看矛。」

長矛在空中轉了一個大圈。

強勁的氣旋，龍捲風般捲起，使人口鼻難以呼吸，心跳加速，氣浮身顫。

方夜羽眼光落到乾羅的小腹處，見到匕首旁已有血水滲出，大喜喝道：「小心他臨死前的反擊。」往後疾退，以免成爲乾羅死前反撲的目標。

豈知其他人亦無不打著同樣心思，往後退去，一時間合圍之勢鬆緩下來。

乾羅哈哈一笑道：「乾某失陪了。」一改沉凝緩慢，閃電般往後退去。

守在他後方的高手猝不及防下一斧劈出。

「颼！」

乾羅矛尾由脅下飛出，破入斧勢裡，戳在那人眉心處。

方夜羽喝道：「小心他逃走！」

這句話還未說完，乾羅一聲長笑，快無可快的身法驀地增速，再「颼」一聲已掠上近處一棵樹的橫枝上，一閃，消失在黑夜裡。

眾人呆在當場。

在這種傷勢下，乾羅竟仍能突圍而逃，確是說出去也沒有人相信。

方夜羽俊秀的面容露出一絲冷笑，沉聲道：「好一個『毒手』乾羅，我看他能夠走多遠。」

谷倩蓮一手拿著風行烈，一手提著他的丈二紅槍，穿過一個茂密的樹林後，來到流水滾滾的長江旁，再也支持不住，和風行烈一齊滾倒草地上。

風行烈在地上滾了兩滾，仰天躺著，若非胸口還有些微起伏，眞會教人以爲他已死了。

谷倩蓮伏在地上，喘息了一會兒，才勉力往風行烈爬過去，她透支體力得非常厲害，全身筋骨像要散開來那樣，不要說再帶風行烈逃亡，連自己一個人獨自逃走也成問題。

她來到閉目仰臥的風行烈旁邊，伸出纖手，愛憐地輕撫風行烈英俊的臉龐，嬌喘道：「冤家呵冤家，你可聽到我的說話嗎？你還說要保護我，豈知現在卻是我保護你。」

風行烈的眼簾動了一動，像是聽到了她的說話。

谷倩蓮大喜，忘了男女之嫌，撐起嬌軀，伏在他身上，將香唇湊到他耳邊叫道：「求求你，風少爺風大爺風公子，快醒來，卜敵那瘟神正追著我們呢！」

風行烈全身一震，竟緩緩張開眼來。

谷倩蓮便像在一個孤苦無依的世界裡，發覺自己仍有親人那樣，也不知哪裡來的力氣，將風行烈扶起來坐著。

風行烈睜開眼來，起始時目光渙散，不一會兒已凝聚起來。

谷倩蓮摟著他的肩頭，關切問道：「你覺得怎樣了？」

風行烈徐徐吐出一口氣，眼睛四處搜索，當看到丈二紅槍就在左側不遠處時，才鬆弛下來，道：「好多了！但若此刻再與人動手，極可能會走火入魔，成爲終身癱瘓的廢人。」

谷倩蓮道：「只要你能自己走路，我便喜出望外，謝天謝地了。」

風行烈深深看了她一眼，站了起來，向谷倩蓮伸出手。

兩人的手握在一起。

谷倩蓮嬌軀輕震，俏臉飛過紅雲，借風行烈手拉之力，站了起來。

風行烈心中一陣感動，谷倩蓮的姿容或者稍遜於靳冰雲，但她對自己的情意和關切，卻是無可置疑的。

谷倩蓮最引人的地方，就是無論在多麼惡劣的環境裡，仍能保持不屈不撓的鬥志，充滿著對生命的渴望和熱情。

風行烈問道：「你把我帶到長江之旁，難道你有辦法利用水路逃走嗎？」

谷倩蓮垂頭道：「爲了應付危急的情況，我們雙修府在長江沿岸不同地點，布下了特製快艇，好讓我府中人能迅速由水路回到雙修府，由我們這處往下游再走上三里許，便有一個這種藏舟點。」

風行烈對谷倩蓮的狡猾多智始終不放心，警覺地道：「你原來是趁我受傷，想弄我回雙修府去。」

谷倩蓮出奇地沒有大發嬌嗔，委婉地道：「相信我吧！我谷倩蓮現在最不想做的事，就是弄你到雙修府去。」雙眼一紅，幽幽道：「你總要錯怪倩蓮。」

風行烈一愕望向谷倩蓮，爲何早先谷倩蓮千方百計想誘他到雙修府去？現在卻剛剛相反？

谷倩蓮美目深情地往他望來，輕輕道：「我早知命運會作弄人，但總想不到會至如此地步，天下間只有雙修心法，又或『毒醫』烈震北，才可以使你完全復元，可恨這兩樣東西，現都全在雙修府內，你說我們還可以去別處地方嗎？」

風行烈剛想說話，忽地啞口無言。

難道命運眞的注定了他要往雙修府去嗎？

韓柏亡命飛逃，奔過了三條小巷，一段大街，跨過了十多間屋，來到一堵高牆前，牆後就是剛才仍有燈火透出的華宅。

韓柏鬆了一口氣，定下神來，才發覺整隻右手痛得麻痺起來，顯示柳搖枝那一劃，暗藏傷人眞氣，嚴重地傷了他右手的經脈，自己剛才顧著逃命，忘了運功療傷，現在情況轉壞，若再不找個地方調養，可能連手臂也要廢掉。

想到這裡，哪敢遲疑，躍入牆裡，揀了主樓後的糧倉模樣的建築物掠去。

到了糧倉正門，他運功一躍，撲上瓦面，滑往屋脊後的另一邊，找到了個氣窗，輕易打開，往漆黑的倉底跳下去，心中苦笑，前一陣子自己才躲在韓家的糧倉，現在又要再捱糧倉，不知是否前世是個躲了懶的糧倉守衛，想到這裡，忽覺不妥，爲何絲毫沒有糧食的氣味，雙腳已踏在一幅軟綿而有彈力的布帛類東西上，滑溜溜的，令得他一個倒翻，順著那脹鼓鼓的東西滑開去。

「蓬！」

韓柏掉在地上，壓著傷處，痛得他呻吟出來。

他躍了起來，功聚雙目，漆黑的室內立時明亮起來，只見倉心豎起了一個華麗的大帳幕，佔了倉內幾乎三分二的空間，情景怪異得無以復加。

究竟是誰將一個帳幕藏在這裡？

秦夢瑤在寂靜無人的長街盈盈而行，看似緩慢，但刹那間已跨過了三個街口，忽然停了下來，道：「請問是何方高人跟著秦夢瑤？」

一把低沉悅耳的聲音在後方響起道：「貧僧少林不捨，向秦姑娘請罪。」

秦夢瑤轉過身來，平靜地打量著眼前這深具出塵之姿的高秀白衣僧，淡淡道：「大師之名，夢瑤聞之久矣，可惜夢瑤有約在身，不能和大師深談了。」

不捨微微一笑道：「長話短說，秦姑娘來自慈航靜齋，應知道我們八派聯盟有一個『淺水行動』。」

「淺水行動」是八派聯盟一個專用來對付龐斑的計劃，他們相信蛟龍也有落難的時刻，龐斑也有游上淺水的時候，只要這機會一出現，他們便會出動十八種子高手，不擇手段將龐斑除掉。

秦夢瑤面容轉冷道：「秦夢瑤對這類仇殺並不感興趣。」

不捨仰天一笑道：「秦姑娘乃慈航靜齋的代表，我們對著姑娘，便如見著言齋主，所謂正邪不兩立，怎只是一般仇殺？」

他這番話語氣極重，將秦夢瑤和慈航靜齋綁在一起，使秦夢瑤在任何行動前，先要爲慈航靜齋的榮辱想上一想。

秦夢瑤這時更明白言靜庵在送別她時，要她放手而爲所說的一番鼓勵說話，更感到言靜庵對人間險惡那超然的洞悉力和智慧。

秦夢瑤嘆道：「龐斑每次和人動手決戰，從來都是明刀明槍，光明正大，八派以此手段對付龐斑，不怕被天下人恥笑嗎？」

不捨面容一正道：「成大事者，豈能被束於區區小節，爲了除魔衛道，不捨早放開了個人的榮辱得失了。龐斑六十年來首次負傷，若我們不利用此機會，放過了便永不會回來，秦姑娘請以大局爲重。」

秦夢瑤面容回復平靜，背轉了身，淡然自若道：「快三更了！我沒有時間和大師說話了，也沒有興趣知道水深水淺。」舉步去了。

不捨望著她遠去的美麗背影，眼中閃過茫然之色，卻沒有出言留人，也沒有追去。

「噹噹噹！」

報更聲在遠處響起。

三更了！

第十八章　芳魂何處

響聲傳入浪翻雲耳內時，已非常微弱，但浪翻雲仍可認出那是一下兵刃交擊的聲音，來自沒有房舍的南岸，若非剛巧他正在下風處，儘管是他浪翻雲的靈耳，也休想在浪濤拍岸的巨響裡，捕捉到這麼微弱的聲音。

他心中一懍，暗忖南岸觀潮石處，只有一座望樓哨崗，地勢險要，誰可在哨崗示警前闖了上岸，並和己方的人動起手來。

再沒有半點聲音傳來。

浪翻雲心知不妙，騰身而起，往南岸掠去。

不費片刻工夫，浪翻雲來到南岸，高達三丈的望樓靜悄孤獨，不聞半點聲息，四周也不覺有任何動靜。

浪翻雲提氣躍起，大鳥般落在望樓裡。

入目的情景，令他平靜的心也不由湧起怒火。

守樓的三名怒蛟幫徒，東歪西跌地倒在地上，鮮血染紅了望台，遭了敵人辣手。

在望台中的桌上，四平八穩放了一封信，其中一角給一條雕鑄著精細風雲紋的銅鎮壓著。

信封面以硃砂寫著「上官幫主大鑒」幾個字，左一旁角下另有一行小字，寫的是「大明御封大統領楞嚴謹具」。

浪翻雲目光掃往漆黑的洞庭湖面。

浪潮更急了。

「嗦嗦！」

風帆顫動的聲音在水平線的盡處傳來。

這是起帆開航的聲音。

浪翻雲神色回復平靜，眼光回到橫死地上的三位怒蛟幫弟兄，閃過哀痛。

「鏘！」

覆雨劍離鞘而出。

化出一朵朵劍花，回鞘時，信旁的石桌面已多了一行字，寫著「敵人要的是浪翻雲，我便讓他們如願以償」。

「噹！」

浪翻雲伸指彈響了示警的銅鐘，怒鷹般沖天飛起，投往觀潮石旁一艘泊在岸旁的怒蛟幫特製快艇裡。

腳下用力，將快艇綁緊岸旁的粗繩立時綳斷。

快艇往外駛去。

便像有十多名力士在艇下托艇急行般。

轉眼融入了漆黑的洞庭湖裡。

韓柏見到豎在倉內的大帳幕，帳身繡滿紋飾，又綴著各式各樣模仿動植物形態的飾物，不是鑲嵌著寶石，便是以眞金打製而成，眞是華麗非常，但亦頗爲艷俗。心中暗懍，這怪帳透著一股邪氣，其主人恐亦非善類，應是不宜久留。

正欲離去，腦際間一陣暈眩，幾乎倒在地上。

韓柏苦苦支撐。

要知練武之士，最重心志毅力，若他「任由」自己暈倒，異日即管復元過來，功力也將大爲減退。

好一會兒後，神智才回復過來。

只覺身體一陣虛弱無力。

想不到柳搖枝的簫輕輕一劃，竟能造成這麼大的傷害，現時半邊身的經脈痛楚不堪不在話下，最令他擔憂的是痛楚有擴展的趨向，倘若不立即運功療傷，讓眞氣再次暢流經脈無阻，可能半邊身子要就此作廢。

環目四顧。

心中嘆了一口氣。

這倉足有六、七百尺見方，但這超巨型帳幕足足佔去了三分之一的位置，其他地方乾乾淨淨，空空如也，連一隻糧倉常客的小老鼠也藏不了。

輕微細碎的足音在倉外響起。

韓柏大吃一驚，欲要提氣躍起，豈知體內眞氣虛飄無力，散而不聚。

「咿呀！」

門關拉開。

韓柏再無選擇，繞著帳幕轉了個圈，來到入口處，不顧一切，鑽了入去。

即使他目下陷於水盡山窮的地步，也不由心中讚嘆。

闊落的帳內，鋪滿了柔厚溫軟的羊毛地氈，圖案華麗，帳心放了一張長几，幾盤新鮮果點，發出誘人的香氣，帳的四角整齊地疊著重重被褥，方形和圓形的軟枕像士兵般排列著，予人既溫暖又舒適的感覺。

門開。

燈火的光芒透帳而入。

韓柏下意識地俯伏厚軟的地氈上，回頭望去，只見燈火映照下，兩個提著燈籠、玲瓏修長的女子身影，投在帳上。

兩女正要入帳。

韓柏嚇得找了堆在一角的被子，鑽了進去。

背枕著軟柔的地氈，上面壓著厚厚的被子，鼻嗅著被鋪香潔的氣味，那種舒服的感覺，令韓柏也要自誇揀對了避難療傷的地方，只不過可要祈禱這兩名身材惹火之極的女子，不要揀中他這一角藏身的被子，來作今夜的睡鋪，那就好了！

秦夢瑤步進星光覆蓋下的柳林。

在她獻與劍道的生命裡，能令她心動的事物並不多。

生和死對她來說只是不同的站頭，生死之間只是一次短促的旅程，任何事物也會過去，任何事物也終會雲散煙消，了無痕跡。

只有劍道才是永恆的。

但「劍」並非目的，而只是一種手段，一種達致勘破生死和存在之謎的手段。

她知道每一代的武林頂尖人物，無論走了多遠和多麼迂迴曲折的生命旅途，最終都無可避免回歸到這條追尋永恆的路上。

否則何能超越眾生，成爲千古流傳的超卓人物？

那是武道的涅盤。

沒有一個人知道那會在何時發生？是否會發生？和發生了之後會怎樣？

百年前的蒙古絕代大家八師巴，在布達拉宮的禪室內一指觸地，含笑而去；無上宗師令東來，十絕關密室內飄然不見；天縱之才的大俠傳鷹，於孤懸百丈之上的高崖躍空而去。

哲人已渺！

她多麼希望他們能重回塵世，告訴她究竟發生了甚麼事。

可是「無知」正是生命的鐵律。

不知生，不知死！

龐斑也在這條路上摸索著。

二十年前的龐斑，早看破了人世的虛幻，否則也不會退隱二十年，潛修道心種魔大法，甚至放棄了言靜庵，放棄了使人顛倒迷醉的愛和恨，誰能眞的明白他在做甚麼？

或者只有浪翻雲才可以了解他。

這世間只有這兩位超卓的人，才可以使她心動。

她的速度逐漸加快，柳林在兩旁倒退。

林路已盡，柳林旁最著名的「柳心湖」，展現眼前。

一艘小艇，由遠處緩緩駛至。

一個雄偉如山的男子，穩如磐石地坐在船尾，兩手有節奏地划著艇子，木槳打入水裡時，發出輕柔的響聲。

星空小湖，是那樣平和寧靜。

秦夢瑤心靈澄明如鏡，不帶半絲塵念，看著這六十年來高踞天下第一高手寶座的魔師，逐漸接近。

龐斑看著靜立岸旁的美女，衣袂飄飛，秀髮輕拂，似欲仙去，想起了初會言靜庵時的情景，心中掠過一陣惘然。

秦夢瑤微微一福，道：「夢瑤謹代家師向魔師問好！」

龐斑深深望著秦夢瑤，柔聲道：「深夜遊湖，不亦樂乎，夢瑤，請！」

秦夢瑤微微一笑，身形微動，已穩穩坐在船頭。

龐斑欣然一笑，也不見他如何用力運槳，小艇速度驀增，箭般射往湖心。

秦夢瑤側靠一旁，將手伸入湖水裡，一陣清涼柔軟的感覺，傳入手裡。

不知如何，她忽地想起了洞庭湖。

當浪翻雲伸手入湖水裡時，是否也有著她同樣的感受。

龐斑收回雙槳，任由小艇在湖心隨水漂蕩，仰首望往嵌在漆黑夜空裡的點點星光，嘆道：「靜庵是否仍那麼愛聽雨？」

秦夢瑤嬌軀輕顫，將手從水裡抽出來，看著順著指尖滴下的水珠，由密變疏，輕輕道：「每逢山中夜雨，夢瑤都陪著師父一夜不睡，在後山的『賞雨亭』聽雨。」

龐斑一愕，收回目光，望向垂首望著自己指尖的秦夢瑤，擔憂地道：「夜雨濕寒，兼之後山風大，沾濕了衣襟，靜庵不怕染了寒氣嗎？」接著又啞然失笑，道：「我看自己眞是糊塗透頂了，靜庵乃天下有數的高手，些微寒氣，對她又哪會有影響……」頓了一頓，皺起眉頭訝道：「但爲何我總揮不掉她體弱多病的印象？」

秦夢瑤將手舉起，移到唇邊，伸出舌尖，嚐了剩下的一小滴水珠，眼中掠過一絲緬懷的神色，淡淡道：「我很明白魔師的想法，因爲我也有這種感覺，現在想來，當是因師父的天生麗質，多愁善感、溫柔婉約，以致分外惹人愛憐，而對她產生弱質纖纖的感覺，其實她比任何人也要健康，從沒有半點病痛。」

龐斑閉上眼睛，默然不語，像是已沉醉迷失在另一世界裡。

秦夢瑤打量著龐斑英偉的面容，充滿了男性魅力的輪廓，心湖湧起一陣強烈的漣漪。

她終於見到了龐斑。

龐斑緩緩張開眼睛，電芒四射，閃過懾人心魄的精光後，目光離開了秦夢瑤靈氣迫人的俏臉，掃往左邊岸旁的柳林，悶哼了一聲。

秦夢瑤心內暗嘆一聲，問道：「魔師今天為何來了又去？」

溫柔之色再閃耀於龐斑看破了世情的雙目內，他微微一笑，露出回憶的神情，淡然道：「二十三年前，我與靜庵在慈航靜齋朝夕相對十日之後，回宮再苦思了兩年另一百七十二天，終於向靜庵開出了退隱二十年的條件……唉！」說到這裡，停了下來，仰望星空，眼中掠過痛苦莫名的神色，使人感到當時他下那決定時，曾付出了很大的代價，欠下了一筆對言靜庵的心債。

秦夢瑤平靜的心翻起了洶湧的波浪，言靜庵雖從不隱瞞心中之事，但在與龐斑這場退隱二十年的「交易」上，卻始終守口如瓶，其中自有難言之隱，現在龐斑似要透露出內裡的玄虛，怎教她不心弦顫動？

龐斑回復平靜，以使人戰慄的平靜語氣道：「靜庵回信給我，只說了兩句話，就是『我會送你一個徒兒，但也會培養一個徒兒來剋制你』，所以當夜羽告知我你出現在附近時，我雖著他約你三更柳林之會，但最後仍忍不住想提早看看靜庵一手栽培出來的秦夢瑤，究竟是怎麼一號人物？」接著搖頭苦笑道：「天下間，怕亦只有靜庵能使我失去了耐性。」

秦夢瑤訝道：「原來師父竟有這樣的心意，可是我卻從不知道。」

龐斑讚嘆道：「這正是靜庵高明的地方，如此才無跡可尋，事實上慈航靜齋的最高心法，就在一個『靜』字上，假若心有障礙，還如何能盡『靜的極致』？」眼中精光閃起，深深地望進秦夢瑤的眼內道：「今天我抵達時，本以為韓柏應是第一個感應到我來到的人，因為他身具赤尊信的魔種，對我特別敏感，豈知夢瑤竟是第一個知道我到達的人，可見夢瑤的劍道已臻《慈航劍典》上『劍心通明』

的境界，靜庵呵靜庵！龐斑眞是佩服得五體投地了。」

秦夢瑤藉低頭的動作，掩飾自己難以遮蓋的震駭。

她並不是爲龐斑看破了她的深淺而震驚，令她駭然的是龐斑能故意放出某一超乎常人理解的心靈訊息，來使他們三人生出感應，而更使人驚心的是，他竟能純以一種精神遙感的方式，便測知他們心內反應，這才是最足駭人的功力。

由此可見龐斑的道心種魔大法，實是深不可測，秘異難明，超乎了一般常規，也使人感到無從應付。

照龐斑所言，言靜庵收她爲徒那一天，便早決定了培養她出來對付龐斑。

龐斑哈哈一笑，眼中露出欣賞的神色，道：「想不到范良極這廝居然也如此靈銳，眞不愧盜中之王。」

秦夢瑤莞爾笑道：「若他不是生有靈敏的賊根，早給人捉去坐牢了。」

龐斑淡淡望她一眼，輕描淡寫地道：「夢瑤當不會不知『獨行盜』范良極的師尊乃百年前與傳鷹共闖『驚雁宮』的『氣王』凌渡虛，當時重傷他的思漢飛還以爲他命不久矣，豈知凌渡虛的先天氣功已臻化境，竟能使破裂了的五臟六腑重新癒合，只是從此失去了說話的能力。」

秦夢瑤俏臉平靜無波，但心中卻再次翻起了驚濤巨浪。

在此之前，她以爲自己是有限幾個知道范良極師門淵源的人之一，而她和言靜庵能知道這秘密，卻是全因著她們和淨念禪宗的親密關係。

凌渡虛的晚年就是在淨念禪宗內度過，他的屍骨破例地被供奉在從不供奉外人的淨念禪宗「先賢閣」內。

龐斑隨口便說出了這樣一個大秘密，可知龐斑勢力確是無孔不入，連淨念禪宗這樣與世隔絕的武林淨土也不能倖免。

更使她心神顫動的是，他竟知道她也曾與聞此事。

在她十六歲那年，言靜庵著她獨赴遠在青海的淨念禪宗，往見了盡禪主，遞上言靜庵的親筆信，自那天起後的三年，了盡禪主不但親身指點她的武功，還讓她盡閱禪宗內的武學藏書和歷代祖師的筆記心得，所以她雖名爲慈航靜齋的傳人，卻身具這兩個武林聖地的最超然武學之長，豈知龐斑聊聊數句話，便點破了她和淨念禪宗的關係。

由此亦可知他對言靜庵絕不掉以輕心。

秦夢瑤迎上龐斑灼灼的目光，淡淡一笑，卻沒有說話。

龐斑一呆道：「天！爲何你們兩人都和靜庵的氣質這麼近似？一動一靜，假若將你們合起上來，便活脫脫是一個言靜庵。」

秦夢瑤美目亮了起來，道：「我的師姊究竟在哪裡？」

靳冰雲赤著的纖足，踏在通往帝踏峰的蜿蜒山路上，剛經過了左右石柱雕著「家在此山中，雲深不知處」的石牌匾，慈航靜齋內最高「藏典塔」的尖頂，在山峰盡處的叢林裡，冒了出來。

家已在望。

星夜下的慈航靜齋，更具出塵仙姿。

家在此山中，雲深不知處。

她離開了這裡足有十年，但卻一點也沒有對這闊別多年的「家」，有任何陌生的感覺。

慈航靜齋一如往昔。

就像夢裡常見到那樣子。

靳冰雲腳下加速，轉眼已來到慈航靜齋的大門前。

兩個掛在大門上的燈籠，閃耀著顫震的金黃色燭光，像在歡迎她的歸來。

靳冰雲舉起雪白纖美的手，正要拉起鑄上蓮花紋飾的門環，扣響山門，忽地一震，停了下來，眼中閃過複雜至難以形容的神色，悲叫道：「究竟發生了甚麼事？爲甚麼這麼多人在這裡？師父！你的小冰雲回來了！」

慈航靜齋名聞天下的「七重門」第一重最外的門打了開來，接著是第二重、第三重……節節深進的山門一重一重地在靳冰雲俏目前張開來，好像是爲她打開了通往另世之門，又若避開這冷酷現實的桃源的秘徑終於顯露出來。

當最後第七重門打開時，靳冰雲看到平時只偶有鳥兒盤桓的大廣場上，站滿了慈航靜齋內靜修的女尼。

她們每個人都持著一個燈籠，神情肅穆，照得門裡門外一片通紅，情景詭異莫名。

靳冰雲曾設想過千百種回到靜齋會遇見的情景，但卻從未想過眼前這種可能性。

一團火熱在靳冰雲胸臆間凝聚，她大聲喚道：「師父！小冰雲回來了！」赤足急奔，箭般射進七重門裡。

當她仙女般飄飛過第七門時，眾尼分向兩旁退去，露出一條人牆築成的道路，直伸往慈航靜齋的主殿「慈航殿」的大門去。

大門緊緊閉著。

門旁有位貌似中年、面容清癯的女尼。

她就是慈航靜齋內地位身分僅次於言靜庵的「問天尼」，在靳冰雲十二歲時便閉關修道，想不到到了今天仍是入關時那樣子，十六年的歲月並沒有在她臉孔留下任何痕跡。

靳冰雲嬌軀一震，卻沒有停留，邁開腳步，赤足踏上以麻石鋪成的廣場上，冰冷的感覺透足而上。

問天尼神情平淡地看著她，無喜亦無悲。

靳冰雲在問天尼前停了下來，口唇顫動，卻說不出話來。

問天尼低喧一聲佛號，道：「小冰雲你進去吧！不要讓你師父久等了。」

靳冰雲美目升起一層雲霧，茫然望往緊閉的門，輕輕道：「師父……」伸手推門。

「咿呀！」

門開了一線縫隙。

蠟蠋跳動的溫暖色光透出來。

靳冰雲俏臉貼上木門，熟悉的氣味湧入鼻裡，記得當年有一次和言靜庵捉迷藏時，她便曾躲在這門後，嗅著同樣熟悉的木材氣味。

她嬌軀輕輕前挨，用身體的力量再將大木門頂開了少許，擠了進去。

寬廣的長方大殿延展眼前，殿盡處是個盤膝而坐，手作蓮花法印，高達兩丈的大石佛。

殿心處放了一張石床，言靜庵白衣如雪，寂靜默然地躺在石床上，頭向著石佛。

靳冰雲全身一陣劇烈的抖顫，好一會兒才能重新控制自己，兩眼射出不能置信的神色，一步一步往躺在石床上的言靜庵走過去。

不！

師父你竟已死了。

爲何你不多等你的小冰雲一會兒？

她終於來到石床旁。

言靜庵鳳目悠然緊閉，面容平靜清麗如昔。

但生命已離開了她。

靳冰雲一陣軟弱，兩腿一軟，跪倒地上。

言靜庵竟已死了。

師父！

你可知道，冰雲並沒有半點怪責你。

只有你的小冰雲才明白你的偉大，明白你爲武林和天下眾生所作出的犧牲，只有你才可將大禍推遲了二十年，現在至少有了個浪翻雲。

問天尼的聲音在背後響起道：「言齋主在七天前過世，死前她堅信你會在十天內回來，所以下令等你回來，見她最後一面，才火化撒灰於後山『賞雨亭』的四周，現在你終於到了。」

靳冰雲神情出奇地平靜，眼神絲毫不亂，緩緩抬頭，望向問天尼了無塵痕的臉孔。

問天尼在懷裡掏出一封信，道：「言齋主有三封遺書，一封給你，一封給你從未見過的師妹，最後一封是給龐斑的。」

信遞過去。

靳冰雲接過信，按在胸前，眼淚終於奪眶而出。

問天尼向後退三步，躬身道：「靳齋主，請受問天代齋內各人一禮。」

靳冰雲像完全聽不到她的話，完全不知自己已成了武林兩大聖地之一的領袖，幽靈般從地上移動起來，移到言靜庵只像安睡了的遺體前，細審言靜庵清白的遺容。

言靜庵出奇地從容安詳，唇角猶似掛著一絲笑意。

她怎會死了！

但這卻是眼前殘酷的現實。

問天尼的聲音再次響起道：「齋主你爲何不拆信一看，難道不想知道先齋主臨終的遺言嗎？」

靳冰雲望向問天尼，猶掛淚珠的俏臉綻出一個淒美至使人心碎的笑容，輕輕道：「甚麼信？」

第十九章　八派第一

龐斑平靜地答道：「家在此山中，雲深不知處。」

秦夢瑤皺眉道：「師姊回到了慈航靜齋？」

龐斑眼內掠過一陣莫名的痛苦，沉聲道：「是的！她回家了，自她到達魔師宮後，從沒有一天不在想家。」

秦夢瑤輕輕道：「你當年為何要她來，現在為何又讓她走？」

龐斑回復平靜，淡淡看了她一眼，別過頭去，緩緩掃視著星夜下兩岸旁黑沉沉的柳林，並不回答她的問話。

秦夢瑤沒有再問，仰首望往夜空。

星空無有盡極地在頭上延展著。

龐斑搖頭一嘆道：「我為何讓她走？」頓了一頓喟然道：「因為我以為自己可忘掉她，就像我可以忘記靜庵那樣，豈知前天黃昏，厲若海一槍攻來時，我才知道自己以為早在二十年前忘掉了的事物，其實仍在心內，只不過藏得更深罷了。」接著雙眼爆閃出使人心寒戰慄的精芒，傲然道：「否則厲若海何能傷我，惹得宵小之輩，也敢到來徒惹人笑。」語罷，眼睛神光再掃往左岸遠處的柳林。

秦夢瑤嘆了一口氣。

「阿彌陀佛！」

一聲佛號在龐斑眼光到處的柳林內響起，平和地送過來，雖不高亢，但卻有種深沉的力量，使人生出一股願意遵從的感覺。

要來的，終於來了。

一道人影升上柳林之頂。

秦夢瑤功聚雙目，望往遠在十多丈的柳林頂，一個高大的灰衣僧人像片大葉子般隨著柳浪起伏著，一對長長的白眉下，雙目似開似閉，心下也不由暗讚這白眉僧只是輕功此項，已可使他躋身一流高手境界，可惜他的敵人卻是龐斑。

那灰衣僧祥和地道：「貧僧『菩提園』筏可，拜見龐老。」接著冷冷道：「夢瑤小姐，令師可好？」

八派聯盟依次是少林、武當、長白、西寧、入雲道觀、古劍池、書香世家和菩提園，以佛道兩家的門派爲骨幹，其中少林和菩提園都屬佛門一系，論聲名當然以少林爲高，但這筏可和尚一現身便聲勢非凡，使人感到世人可能對八派聯盟排名最末的菩提園，是有點低估了。

秦夢瑤聽出筏可對自己的不滿，心中再嘆了一口氣，道：「夢瑤離齋久矣，倒希望有人能代答大師此問，好讓我也在旁聽聽。」

龐斑微微一笑道：「小和尚！我看你年紀不過五十，竟練得眉毛也白了長了，可知已達『菩提心功』第十七重天，假若我放你離去，你能否在一百天內練到白眉復黑、長眉復短，達到第十八重心功的極限境界？」

筏可和尚身形一沉，才再彈起，使識者知道龐斑幾句話，便能使他胸中一口眞氣變濁，重量驟增，若非第二口眞氣運轉得快，早便掉到大柳樹下，當場出醜。

不過卻沒有人知道筏可爲何如此震撼。

筏可當然心知肚明，他震撼的是龐斑只一眼便看穿了他功力的深淺，而且判斷出只要他多坐百日枯禪，便可達到菩提心功第十八重的大圓滿境界。

這也是他今夜的矛盾，當他接到八派聯盟最高指揮部十二元老會的急訊，要他趕來此地與其他種子高手會合時，他曾想過違命不從，好再努力百天，以竟全功，不過最後還是爲大局著想，遵令而行。

但心中總像有條刺。

這樣複雜的心事，竟給龐斑一下子便隨意點破了，敵手這種幾近乎神的眼光，哪能不教他差點掉下樹去。

本來定下了一上來他便要向龐斑搦戰，但話到了喉頭，忽然間竟說不出來。

秦夢瑤望往龐斑，輕輕道：「魔師！你可否放過他們？」

龐斑雙目一寒道：「夢瑤！對不起，我忽然想殺幾個人來看看，讓他們知道本人的厲害。」

秦夢瑤芳心一震，曉得八派聯盟十八種子高手這一乘人之危的不義之舉，已使這一向重英雄輕小人的蓋代魔師動了眞怒。

筏可無由地心中一寒，想到若自己一旦戰死，便無法修得差了百天即能練成的數百年來「菩提心功」從沒有人曾達到過的第十八重天境界，自己能甘心嗎？十八重天究竟是甚麼滋味？

想到這裡，筏可全身一震，望向龐斑。

秦夢瑤嘆了一口氣，秀麗的面容掠過一絲惋惜，道：「大師你輸了，還是回園去吧！」筏可志氣已被奪，能有平時一半的水準已算不錯了，若是一般人，就算膽怯了也可拚死一搏，偏偏筏可練的是「心功」，顧名思義，一身功夫就在心志的鍛鍊上，志氣被奪就是連魂魄也給人取了，動起手來，不是與送死無異嗎？

龐斑的確高明之極，寥寥數語，便擊中其中一個超卓的種子高手的弱點，漂漂亮亮毫不含糊地「收拾」了他。

筏可忽地仰天大笑起來，道：「家師降象眞人曾有言曰：『你永遠不會知道龐斑用甚麼方法擊敗你，但事後你回想起來，總要口服心服。』那時我心中極不同意，動手比武，自然是招式、功力和鬥志的較量，豈知到了此刻，才知家師所言非虛，貧僧確是輸得口服心服。」

龐斑淡淡一笑，說不出的從容自若，向秦夢瑤道：「我原本有放過這小和尚之意，但現在卻因事情的進展，改變了這想法，夢瑤知道是甚麼原因嗎？」

躲在柳林內其他種子高手，本要立即現身，可是龐斑這兩句話，內含玄機，加上又想聽聽這靜齋三百年來首次出世的高手，能否說出令龐斑滿意的答案，竟使他們打消了原意。

筏可胸中那口眞氣終於轉濁，沉入林內，消失不見。

不知不覺間，十八種子高手的主動出擊，已變得被動非常，完全給龐斑控制了氣氛和節奏，於此亦可見這魔師的非凡手段。

秦夢瑤或者是場內唯一知道龐斑是擁有遙感他人心靈的超卓力量的人，因爲她的「劍心通明」，也是這類超越人類理解的「禪功道境」，踏上了武道至高的層次。

她的美目又再閃過一絲惋惜的神色，向龐斑微微一笑道：「若我答不了魔師此問，魔師會否從此再不把夢瑤放在心上。」

龐斑哈哈一笑道：「當然不會，因爲我知道你是知而不答。」

秦夢瑤美目投往筏可剛才立於其上的柳林，平靜地道：「早先魔師有放筏可大師回園之意，是因他若再修百天，便能臻菩提心功的至境第十八重天。可是後來筏可心志被奪，功力大幅減退，可能終身再無望修成心功，魔師遂對大師興趣全消，故打消初意。」

一把清朗的聲音響自筏可所處柳林的右側處，道：「秦姑娘不愧靜齋三百年來最得意的弟子，只是這幾句話已使小道佩服得五體投地。」一個笑嘻嘻的，年紀看來也不小，足有四、五十歲，但神情舉止卻總帶點天眞單純味道，一見便惹人好感的胖道人，由林內鑽了出來。

這胖道人收起笑臉，但其實板著的臉孔更惹人笑，向著泛舟湖心的龐斑和秦夢瑤遙遙躬身，畢恭畢敬地道：「武當小半道人，參見魔師和秦姑娘。」比起其他人，他對秦夢瑤的語氣是最尊敬的了。

這邊話尾餘音猶在，另一邊湖岸一排走出三個人來，由左至右，依次是早先曾現身酒家的古劍池高手「蕉雨劍」冷鐵心；范良極「竭力追求」的入雲觀高手，「翠袖雙光」雲清；和剛才在小花溪惶然退走的西寧高手「陽手」沙千里。

龐斑看也不看他們四人，嘴角抹過一陣冷笑，左手槳伸，探入水裡輕輕一划，小艇像被人在水裡托著般硬往旁移丈許，同時右手一揮，另一枝船槳脫手飛出，疾若電光石火般，刺往十丈多外的湖面。

「颼！」

一枝勁箭由小艇剛才所處的湖面破水而出，鳥兒升空般離水斜射往半空，同一時間，船槳飛往的方向，水聲微響中，一身穿黑色水靠的男子，背著大弓，離水躍出。

船槳無聲無息射至他前胸。

那人大驚之下，雙掌全力劈出，正中船槳。

槳頭化成一天碎粉。

眾人剛舒了一口氣，忽又目瞪口呆，連驚叫也來不及。

原來木槳前半截雖化成碎粉，但後半截卻堅實如故，毫不受影響地繼續向那人射去，龐斑隨手一擲，用功之妙，確是匪夷所思。

那人全身功力，全用在剛才那一擊上，豈知槳頭毫不費力化成碎粉，已使他因用盡了力道而難受非常，連湧上的一口鮮血還未及吐出，剩下的一截船槳，已貫胸而入，帶起一蓬血雨，再穿胸而出。

那人連慘叫的聲音也沒有發出，跌回湖裡，就此一命嗚呼。

在岸旁裡明明暗暗的人，均想不到在水裡施放冷箭的少林高手「穿雲箭」程望，一照面便給龐斑了結，任他們心志如何堅定，也不禁頭皮發麻。

當初這水中施冷箭之計，乃由程望本人提出，至不濟，也可從容逸走，估不到龐斑竟能完全把握到他逃走的路向，又能計算出他氣盡躍起的準確點，再以巧招斃敵。

他們也想到圍攻龐斑乃凶險萬分的任務，可是亦絕想不到凶險到如此地步。

湖水已被染紅。

秦夢瑤心中再嘆，矛盾的是她既不能趁龐斑受傷之時，和十八種子高手聯攻他，可是又怎能坐視十八種子高手被他逐一殺死。

這十八種子高手，已是八派聯盟新一代的精華，是八派捐棄成見後，齊心合力栽培出來的人才，若被全數消滅，八派聯盟休想在數十年內能回復元氣。在這情況下，方夜羽更能放手大幹。

想到這裡，心中不由一寒。

以方夜羽情報之精，怎會不知道這針對龐斑的「淺水行動」？

所以今夜擺下的是一個陷阱，讓十八種子高手自己投入羅網之內。

一聲冷哼起自另一邊岸旁，另三條人影閃了出來，其中一個高瘦清癯的中年人離岸躍起，飛到程望沉屍之處，一探手抓起程望屍身，再點水面，飛返岸旁，動作若流水行雲，非常好看。

龐斑眼中閃過讚賞的神色，微笑道：「長白的『雲行雨飄』，縱使不老神仙親來，也不過如此，謝峰兄你好。」

中年人竟是韓府凶案死者謝青聯的父親「無刃刀」謝峰。

謝峰放下程望，和其餘兩人傲然而立，也不施禮，只是冷冷看著龐斑，予人既倨傲又莫測高深的感覺。

他身旁兩人，一男一女，男的比謝峰年紀略小，一臉正氣，兩眼精光閃閃，身材健碩，背負雙斧，顯是豪勇之士。

女的年在三十五、六間，容貌頗爲娟美，可惜左面有塊巴掌大的紅胎印，使她看來陰森可怖，一對眼隱含怒火，令人很不舒服。當她眼光落在秦夢瑤身上時，明顯地透露出不滿之色。

「謝兄好輕功，魔師好眼力，今夜這麼高興，讓小弟也來湊湊熱鬧，『書香世家』向清秋偕妻雲裳，拜見各位高人。」一對有若神仙中人的中年男女，悠悠自林內小路步出，男子一身儒服，可是意態軒昂，一點也沒有文弱之態，女的嬌小柔弱，但眉目如花，氣質高貴，神態雍容，予人既富且貴的氣派。

十八種子高手現身的，至此已有十一人，一敗一死，但實力卻仍是非同小可，他們看似隨便站在湖的岸旁，其實已隱隱封死了龐斑的所有逃路，龐斑若要走，便非動手見過眞章不可。

秦夢瑤輕吸一口氣，微有波盪的心情刹那間平復下來，達至止水通明的境界。

因爲她已作出決定，決意不惜一切，挽救這群還不知道已將半隻腳踏進鬼門關裡的白道高手。

劍僧的聲音在武當那笑容滿面的小半道人身後響起道：「少林不捨，見過魔師，請魔師出手指教，貧僧保證沒有任何其他人再插手，若魔師勝了，餘下的人亦不敢再打擾魔師清興，立即退走。」

白道眾高手齊感愕然，因爲一直以來他們的計劃都是一齊猛施殺手，務要龐斑喘不過氣來，致傷勢加重，使他們有可乘之機。現在「劍僧」不捨卻聲明單打獨鬥，以決勝負，確是令人費解。

那邊的謝峰卻是神色不悅，心想不捨你如此一說，立時將自己的身分突出於其他種子高手之上，居心叵測，極可能是藉此以製造聲勢，蓋過我長白，俾可以在韓府凶案一事上爭佔上風。不過謝峰對不捨確有幾分忌憚，更想到不捨要硬撼龐斑，勝敗對他均是有利無害，於是強忍不言。

只有秦夢瑤才知道不捨是受自己言語所激，惹起了心中豪氣，她敏銳的觸覺，隱隱感到不捨口氣中除了有著赴死的決心外，還有一種心灰意冷的味道。

誰令他如此呢？

龐斑首次色動，望往小半道人身旁那仙風道骨、高而有勢、僧袍如雪的不捨，肅然道：「來人可是絕戒和尚的徒弟不捨大師？」

不捨來到小半道人身旁，秀美的臉龐出奇地平靜，合十道：「家師命喪於前輩手下，至今已有三十年五個月另六天，小僧不敢須臾或忘！」

龐斑點點頭，神色凝重地望向不捨道：「我一向不把你們十八種子高手放在眼內，現在看來我是錯了。」停了下來，忽地啞然失笑，自言自語地道：「不過這也難怪，少林心法和雙修絕學交媾而成的新品種，確是從未曾有過的事！」

小半道人「咭」一聲笑了起來，板著的臉孔又回復了笑嘻嘻的樣子道：「前輩錯得有理！錯得有理！」

龐斑理也不理那小半道人，眼中爆起懾人精芒，射向這秀氣孤高的白衣僧，哼道：「想不到你已超越了不老神仙和無想僧，成爲了八派的第一人。」

不捨微微一笑，說不出的從容瀟灑，使人感到他對著龐斑，竟是半點驚懼也沒有，淡然道：「前輩爲何會一向看輕小僧？」

龐斑眼中閃過讚嘆欣賞的神色，以微笑回報道：「只是這一問，便可看出你確已臻第一流高手的境界。」他的眼光掃過現了身的種子高手，其中謝峰的神情最不自然，顯是不忿龐斑如此推許不捨，至於其他的人震驚有之，興奮有之，情態雖異，但眼中都閃過不解的神色，不明白不捨和龐斑話鋒間的玄機。

龐斑眼光最後落在安坐船上，優美無瑕的秦夢瑤臉上，哈哈一笑道：「今天我有兩個驚喜，一個是夢瑤！」轉頭往不捨望去，道：「另一個就是大師了。」

不捨默然不語，像在靜待龐斑說出爲何一向會低估了他的原因。

龐斑長嘆一聲道：「我之所以小覷了大師，有三個原因。」

眾人一聽大奇，龐斑能說出一個使人信服的原因，眾人便已佩服之極，現在竟然有三個之多，怎不教人感到路轉峰迴，大出意外。

不捨平靜地道：「小僧只能想到兩個原因，還望前輩賜告第三個。」

這次連謝峰也對不捨的智慧感到驚異不已，因爲不捨此說，明顯是在給龐斑出難題，要求龐斑不但須猜到不捨已知道的兩個原因，還要說出不捨想不到的那一個原因。

兩人由一見面開始，便展開了玄妙的交鋒。

龐斑淡然一笑道：「第一個原因，就是少林心法一向著重無念無慾；而雙修心法卻是剛好相反，講求極盡男女之歡……豈知……」搖頭再笑。

書香世家的雲裳以甜美之極的聲音溫柔地道：「魔師是否認爲兩種截然不同的練功法門，是不可以融渾爲一，產生出極好的效果呢？」

眾人暗暗點頭，雲裳這個推論極爲合理。只有不捨和秦夢瑤，才看出雲裳其實是才智高絕，暗中爲不捨助攻，因爲只要龐斑的答案就是如此，龐斑語出必驚人的壓倒性優勢，便會一挫，於此亦可見雲裳的武學修養必然非常不錯，竟能悉破其中玄妙之處。

龐斑淡淡地看了這美麗成熟、風韻極佳的美婦一眼，道：「我只是想不到不捨竟成功把握到『兩極歸一』的法門。」

「兩極歸一」說的是一種練功的蹊徑，就是若能將兩樣截然相反的力量，例如陰和柔、陽和剛，合而爲一，威力一定比純陽和純剛、純陰或純柔更大。可是理論歸理論，卻鮮有人練成此類奇功，龐斑將少林和雙修兩派心法喻爲兩極歸一，確是妙到毫巓，因爲他同時點出了不捨爲何能將這兩種極端相反的心法路子融渾爲一的理論根據，亦就此推斷出不捨的功力深淺。

龐斑不待眾人有喘息之機，續道：「第二個原因，就是不捨既存有復仇之念，如此有爲而作，怎能達先天無爲之境，豈知不捨竟已看穿了世間無一事非『佛』、無一物非『佛』之理，確使本人刮目相看。」

眾人至此眞是口服心服，龐斑這兩個看法，不但顯出他的眼力，已到了看破了人世虛幻的境界，還顯出寬闊至不可測度的胸襟和氣概，絲毫不向能匹配他的敵人掩飾自己心中的推崇和讚賞，無懼助敵之威。

不捨謙卑一笑，道：「請前輩說出第三個原因。」

龐斑眼中掠過複雜之極的神色，仰望夜空，吁出一口長氣，又低頭搖首，望向秦夢瑤道：「這第三個原因，可以瞞過任何人，但卻絕瞞不過你，是嗎？」

眾人只覺奇峰突出，秦夢瑤爲何是龐斑外唯一知道那原因的人？

秦夢瑤避開龐斑的目光，望往岸旁彎彎地橫伸出來的柳枝，淡淡道：「看到魔師這種神態，夢瑤就算不能想個十足，也已猜到了三分。」忽爾裡，她想起了早先感應到不捨的意冷心灰。

龐斑緩緩望向不捨，神光閃過，暴喝道：「情關難過呵！朋友。」

由出現到此刻一直有若不波古井的不捨，渾身一震，眼中精芒貫盈，回擊龐斑鋒利若削鐵如泥的寶刃般的眼神，道：「只是這句話，小僧今夜無論是生是死，也會覺得不虛此行，前輩請！」

眾人的目光都移到他背上負著的長劍上。

八派聯盟第一高手的劍，能勝過受了傷的龐斑嗎？水是深還是淺？

沒有人想到白道和龐斑的鬥爭，忽然間竟到了決定性的時刻。

怒蛟島。

發生了三條人命被奪一事的望樓旁，怒蛟幫幾個最重要人物，聚到一旁，顯有要事商量。

幫主上官鷹眼光由在望樓四周搜索敵人任何遺痕的數十個怒蛟幫好手身上收回來，望往一直沉默不語的翟雨時，沉聲道：「楞嚴難道想強攻怒蛟島？」舉起手中的信，疑惑地道：「這封沒有內函的信，代表了甚麼意思？」

翟雨時不答上官鷹的問題，轉向怒蛟幫除浪翻雲外，最有地位的元老凌戰天道：「二叔對此事有何看法？」

凌戰天眼光掃過龐過之和梁秋末兩人，悶哼道：「楞嚴除非是患了失心瘋，否則怎會有膽子在覆雨劍的眼前，挑惹怒蛟島。」接著頓了一頓道：「這當然也不能排除，那些在京城內不知天高地厚、目空一切的人，會低估了大哥的智慧和劍術，而做出了這盲目的行動。」

翟雨時道：「不過這要假設楞嚴不是龐斑的弟子才可以成立。」

凌戰天眼中閃過讚許的神色，因爲若楞嚴是龐斑的弟子，自應知道浪翻雲是連魔師也不敢輕視的不世人物。

梁秋末道：「爲何首座會留下『敵人要的是浪翻雲』之語？」

上官鷹道：「我本也被這句話困擾著，現在忽然想到浪大叔看出敵人是蓄意挑引他，才有此語。」

龐過之愕然道：「這是否代表了楞嚴並非龐斑的嫡傳，因爲像龐斑和浪大叔這種級數的高手，就算任何陷阱也不管用。」他跟隨浪翻雲多年，自然深悉浪翻雲的厲害。

翟雨時臉色凝重，緩緩道：「問題實比想像中嚴重，若對方是蓄意引走浪大叔，現在便是露了一手，起碼使我們對內部的安全，產生了疑問。」

眾人齊齊點頭。

要知怒蛟幫一向以來的優勢，就是建在對島內形勢的保密工作上，現在敵人不但可以從容摸上島來，殺人而去，還巧妙地使浪翻雲成爲第一個發現的人，這顯示了怒蛟島內有暗中通敵的內奸，而且地位不應是太低。

凌戰天皺眉道：「這就眞是奇哉怪也，若楞嚴的主要目標是怒蛟島，自不應在這時機未成熟的時刻，便先揭開了自己的底牌，讓我們有所防範，因爲若要引你們的浪大叔離島，方法可多著呢！」望向翟雨時，道：「雨時你對這又有何看法？」

翟雨時望著凌戰天英俊成熟的臉龐，心中正想假若凌戰天確是名登黑榜，將是繼厲若海之後，黑榜裡最英俊的高手了。他聞言微一沉吟道：「二叔的推斷非常精到，無論楞嚴是否龐斑之徒，均沒有理由不靜待龐斑和浪大叔分出勝負後才動手，所以楞嚴今次的挑釁行動，必是懷有某一目的而來，浪大叔亦因看破了這點，才應計而去。唯今之計，最佳者莫如安內攘外，同時進行，這樣才不會被迫進入守勢裡。」

上官鷹道：「我看雨時你成竹在胸，不知有何安內攘外的妙策？」

翟雨時仰望夜空，長長吁出一口氣，暗忖希望上天保佑戚長征安然無恙就好了，否則他縱有滿腹妙計，也將難以施展。

第二十章　潰不成軍

韓柏藏在厚厚的被褥裡，開始進入魔胎獨有的「胎息」境界，口鼻雖停止了呼吸，卻沒有絲毫氣悶的感覺，心靈快將晉至平靜無波的寂境，體內眞氣亦在丹田逐漸凝聚起來。

「窸窸窣窣！」

外面帳裡傳來換衣的聲音。

韓柏的腦中自然地升起兩個身材動人的女子寬衣解帶的旖旎情景，小腹下一熱，眞氣忽地若萬馬奔騰，經脈像要脹裂，大吃一驚下，連忙收攝心神，險險避過走火入魔的厄運。

被外一把柔膩得像蜜糖的女聲響起，以近乎耳語的音量道：「碧夢姊，你說我們還有沒有命待到天明？」

躲在被褥內的韓柏嚇了一跳，這華麗的帳幕雖是荒誕古怪，但卻有種溫暖綺麗的氣氛，怎樣也使人聯想不到謀殺和死亡，豈知外面此女一開口便是擔心能否活到明天。

那叫碧夢的女子嘆道：「柔柔，我們都是苦命的人，門主恩寵我們時，我們便享盡榮華富貴，一旦心情不好，便拿我們出氣……」

那柔柔聲音提高了少許，激動地道：「出氣？我們八姊妹已給他殺了六個，最慘是春花，給他活生生鞭死，我眞希望春花那杯毒茶可以結果了他，最多我們陪他一齊死。」

碧夢顯然膽怯多了，顫聲道：「不要再說了，給他聽到可不得了，還是快點燃起香爐吧，否則又不知他會用甚麼殘忍手段對付我們。」

外面傳來金屬輕碰的聲音，不一會兒香氣瀰漫，連被褥內的韓柏，也感覺到絲絲香氣。

她們又再次喁喁細語，韓柏心中雖同情這兩個命運全被那甚麼門主控制在手上的女子，但自身難保，唯有先集中精神全力療傷，待傷勢好了，或者能幫助這兩個女人也說不定。

被褥外的聲音逐漸消沉，這並不是外面兩女停止了說話，而是韓柏的精神逐漸內收，進入胎息無念無想的奇異境界。

這種境界乃練武人士和修仙道者所夢寐以求的，由後天踏入先天的必經法門，韓柏雖身具魔種，仍未臻先天的境界，想不到在療傷的需求下，於溫暖的被褥內，加上香氣的薰陶，無意間竟進入了先天結氣的境候。而其中最關鍵處實在於他的「無意」，若換了一般人，「有意」爲之，早落了下乘。

也不知過了多少時候，一聲冷哼由被褥外傳來，韓柏悠然醒轉，只覺體內眞氣充盈，說不出的舒服，默察傷況，除了經脈仍有點不暢外，幾乎就像從未受傷那樣，心中大喜。

微響傳來，接著那碧夢道：「門主！饒了我們吧。」

那門主默然不語。

碧夢驚得沙啞了的聲音叫道：「柔柔！還不快向門主求恕。」

那柔柔顯是骨頭硬得多，死不作聲。

那門主再冷哼一聲。

韓柏心中一驚，此人聲音含蘊著強大的氣勁，顯是高手裡的高手，自己全無受傷時，或者仍未是他的對手，何況自己的傷勢仍差一點工夫才完全痊癒，此消彼長下，交起手來，實是有敗無勝。

外面是令人難堪的沉默，只有那碧夢偶爾牙關打戰的聲音不住響起。

韓柏心中暗嘆，假若那門主真要殺人，自己只好挺身而出，否則這一生也休想良心能安樂下來。

豈知那門主一聲長嘆道：「我怎會怪你們，要怪便怪我自己，要恨便恨我自己，若是那晚我能全心全意和談應手合擊浪翻雲，勝敗仍是未知之數，至不濟也不過是戰死當場，哪會弄至今天英名盡喪，連孤竹也帶著十二逍遙遊士叛我而去，使我心情大壞，糊裡糊塗下連你們八姊妹也給我殺掉了六人，怎還能怪你們。」

碧夢想不到有如此轉機，叫道：「門主！」

韓柏此時已知外面那人乃黑榜十大高手之一的「逍遙門主」莫意閒，暗慶自己沒有魯莽出手，現在對方能良心發現，自是最好，又見對方自責如此之深，心中亦不禁對他有點同情。

莫意閒再嘆道：「你們不用說了，剛才我偷偷跟在你們身後，你們說的每一句話我也聽得很清楚。」

碧夢顫聲道：「門主！我們……」

莫意閒陰聲細氣道：「不要擔心，我早說過不會怪你們的，唉！逍遙八姬中以你兩人姿色最佳，亦最得我寵愛，所以即管我飲醉了時惱恨填膺，也沒有錯手找你們來洩憤。」

碧夢囁嚅道：「門……主，如果……如果你像以前那樣，我和柔柔定會和以前那樣伺候你，也不會在背後說你長短，是嗎？柔柔！」最後兩句當然是和那柔柔說的。

柔柔隔了好一會兒，才低聲道：「是……是的！」

莫意閒喜道：「眞的嗎？」接著又長長一嘆道：「但我再也不忍心要你們將大好青春，浪費在我身上，何況我和浪翻雲已結下不能冰釋的深仇，所以我決定了讓你們走。」

躲在被褥下的韓柏聽得暗暗點頭，這實在是個最好的解決方法。

碧夢喜出望外，跪下叫道：「多謝門主！」

那柔柔卻沒有任何反應。

殺氣忽起。

韓柏立時生出感應，但已來不及反應。

「啪！」

手掌拍在頭上的聲音響起，接著是頭骨爆裂的聲音，也不知是兩女中哪一個，連慘叫也來不及，便玉殞香消。

韓柏怒火狂燒，發夢也想不到這莫意閒如此反覆無常，正要不顧一切撲出，又突覺殺氣已消，知道莫意閒暫不會殺人，連忙克制著魯莽撲出的衝動，靜待偷襲的好時機，若非知道外面的人是莫意閒，他早撲了出去。

莫意閒冷笑道：「一試便試出你想離開我，哈哈哈！其實我是剛剛來到，哪知你們說過我的甚麼壞話。」接著語聲轉柔，道：「還是你最好。」

柔柔狠聲道：「你殺了我吧！」

莫意閒一愕道：「你不怕死嗎？」

柔柔淡淡道：「與其日夜提心吊膽，不如早點一死了之。」

莫意閒奇道：「但你不知我有很多令你生不如死的方法嗎？」

柔柔平靜地道：「你動手吧！」

這回連韓柏也大爲奇怪，在柔柔這種處境裡，痛快一死絕不可怕，但誰也可想到莫意閒有的是使人生不如死的手段，柔柔憑甚麼全無所懼。想到這裡，心中一動，猜到柔柔必是有一種自殺的方法，保證能在莫意閒動手前身亡，那自然可不懼莫意閒的任何手段。而柔柔自殺之心亦非是那麼堅決，否則應把握時機及早行動，不用像現在那樣要等到最後關頭了。

想到這裡，又大感頭痛，自己若貿然撲出，必會引起莫意閒的反應，倘因此惹起柔柔的誤會，立即自殺，豈非弄巧反拙。

莫意閒的嘆息響起，道：「我可以狠心殺她們，但又怎狠得起心殺你，你不是不知我一向最疼愛你。」

韓柏大叫不妙，自己想到的，這老狐狸怎會想不到，目下自是籌謀妙法，阻止柔柔自殺。

柔柔喝道：「不要過來！」

莫意閒道：「好！好！我不過來，我不但不過來，還走遠一點，你滿意嗎？」

柔柔的呼吸忽地急促起來。

韓柏心叫不好，知道這柔柔非常聰明，已看穿了莫意閒的詭計，所以決定立時自殺。

當他正要不顧一切翻被而起，一股勁力突由莫意閒站處順著地氈擴散，猝不及防下，背脊登時受了一記，半邊身一麻。

嬌呼傳來，柔柔軟倒氈上的聲音響起，比起韓柏，她當然更不濟事。

莫意閒得意大笑說：「小賤人竟想玩我，也不想想我莫意閒是何等樣人，咦！原來是袖內暗藏毒針，哼！這針原本是想來行刺我的吧！是不是？」

韓柏默運玄功，麻痺的身子立時回復了大半，沒有先前的癱軟無力，心中既暗驚莫意閒借物傳力的奇功，又暗責自己疏忽大意，若莫意閒的對象是自己，今晚便要一敗塗地了。

下定決心，只要再回復先前狀態，便立即出手。

莫意閒怪聲怪氣道：「爲甚麼不作聲了，呵……定是全身麻痺了，讓我給你揉揉吧。」手掌摩擦身體的聲音響起。

不一會兒，柔柔呻吟起來，哭叫道：「不要！不要碰我，殺了我吧！」

莫意閒淫笑道：「任你三貞九烈，也受不住我逍遙手法的挑逗，何況你只是個騷貨，你哪處地方歡喜被男人摸弄，有誰比我更清楚。」

柔柔令人心搖魄蕩的呻吟聲更大了，不住喘息著。

韓柏勃然大怒，這莫意閒確是不堪之極，但同時心情也平定了點，想來莫意閒在大大羞辱柔柔一番前，是不會下毒手的，自己只要覷準一個機會，出手偷襲，便大有勝望。

柳搖枝那一簫確是非同小可，直到這刻，半邊身的經脈仍感不大暢順。其實韓柏不知道的是，若柳搖枝得悉他這麼快便復元了大半，一定更驚得目瞪口呆，要對他魔種的潛力重新評估呢！

「啪勒！」

衣衫碎裂的聲音響起。

嬌呼傳至。

「砰！」

柔軟的女體跌在韓柏躲藏的被褥上。

柔柔驚叫起來，顯是感到被褥下有人。

韓柏心中一動，伸掌輕推，柔柔又從被褥上滾下，落到地氈上，躺在他身側。

韓柏在被褥的黑暗裡，當然看不到柔柔的裸體，但想想仍感到非常刺激。他自小至大，從未見過任何女人的身體，花解語已使他大開眼界，這時對只隔了一堆繡被的柔柔充滿了遐想，實乃最自然的事。

莫意閒獰笑道：「小騷貨，讓我先將你弄至半生不死，才想想如何折磨你，哈哈哈！」

柔柔驚叫。

風聲響起。

韓柏心中大喜，哪敢再遲疑，探手出外，貼上柔柔滑嫩堅實的裸背，收攝心神，低喝道：「出掌！」

柔柔雖早知有人藏在被內，但忽然間背上給人按上，仍嚇了一跳，接著內勁透體脈而入，直傳上右手，又見莫意閒醜惡之極的肥軀一座山般向她壓來，豁了出去，一掌擊出，正中莫意閒胸口。

「呀！」

一聲慘叫下，莫意閒像片樹葉般往外拋飛，臉上的肥肉扭曲出難以相信的驚容。

同一時間，原本摺疊整齊的被褥一齊飛起，像朵厚雲般往莫意閒罩去，當他背脊觸地時，幾張繡被剛好將他罩個正著。

韓柏彈了起來，凌空飛起，柔柔清楚看到他正飛臨隆起被內的莫意閒上，雙掌全力下擊，一時間勁風滿帳，點著了的燈火一齊熄滅。

韓柏擊實被上，可惜卻非莫意閒的肥體，而是他破被而出的肥掌。

「蓬！」

韓柏慘叫一聲，反拋而起，受傷未癒的經脈立時劇痛痲痺，不過幸好他早有和范良極交手的經驗，知道莫意閒這個級數的高手都有護體眞氣，更何況自己是借柔柔發掌，勁力大打折扣，又擊不中對方穴位要害。但仍想不到莫意閒如此快能做出反擊。

黑暗中勁風呼呼，躺在帳邊的柔柔也不知兩人過了多少招。

兩聲悶哼，幾乎同時響起。

「砰！」

韓柏跌回柔柔的裸體旁，不住深吸長呼，顯在積聚內力。

那邊廂的莫意閒卻是無聲無息，令人完全不知他下一步要做何行動。

柔柔心中升起一股暖意，這年輕男子生死血戰間仍不忘滾回她身旁保護她，怎能不使她心生感激。

勁風再起。

柔柔只覺自己赤裸的身體，被那男子反身摟著，跟著在黑暗中往前飆竄，到了帳幕另一角裡。

其間掌擊聲爆竹般連串響起。

血戰忽又停下。

黑暗裡交戰的兩人都默不作聲。

柔柔自少便給莫意閒收做姬妾，從未接觸過其他男人，這一刻給這體魄健碩充滿男性氣息的男子緊摟懷裡，眞是別有一番滋味。情不自禁下反手將對方摟著。

反而韓柏全神貫注著莫意閒的動靜，一點也感不到懷內女人的反應。這時他心中又驚又喜，驚的是自己半邊身在與莫意閒的硬拚下，差點連感覺也失去了，兼之又要保護懷內之女，實在落在下風；喜的是莫意閒的內力始終不及范良極精純，雖及時勉力反擊，仍然傷上加傷，否則也無須每一輪攻擊後，都要調息後再出手了。

「嗦！」

柔柔大吃一驚，湊在韓柏耳邊叫道：「他的扇！」

莫意閒怒哼道：「吃裡扒外的賤人！」

韓柏故作驚奇地道：「甚麼！他氣得要用扇來搧掉怒火？」

「咿呀！」

帳內三人同時一震。

帳外的倉門打了開來。

究竟是誰在這等時刻，闖進倉來？

洞庭湖熟悉的氣味迎風拂來。

浪翻雲撐著小艇，不徐不疾地在湖面上滑行，神態從容自若，不知內情的人看到，定以爲他是想深夜遊湖。

洞庭乃天下第一名湖，面積跨數省之地，南接湘、資、沅、澧四水，北向吐長江，水天相連，碧波浩淼，氣象萬千，可要在這樣的大湖裡找一條船，便若在沙漠裡要找一個人。

但浪翻雲知道自己一定能找到對方。

因爲敵人是蓄意引他出來的。

無論在時間上、安排上，敵人針對的目標都是他。

這代表了對方對他的一舉一動，都把握得非常之好，只有深悉怒蛟幫內部情形的人，才能如此。

可是他們憑甚麼惹他浪翻雲？

想到這裡，心中一動，將自己放在敵人的立場，來思索自己的弱點。

他並不擔心這是調虎離山之計，因爲除非是龐斑親自出手，上官鷹、翟雨時等在凌戰天的支持下，是足可應付任何危險的。

想到這裡，心中一震。

他想到了自己的一個弱點。

浪翻雲眼中精芒一閃，望往星夜和洞庭湖交接的水天遠處。

一艘三桅大船正迅速逸走。

浪翻雲輕嘆一口氣，站了起來。

他多麼喜歡怒蛟島上平靜的日子，但他知道現實並不容許他再作眷戀，這楞嚴是個絕不可輕視的人物，一上來便顯出了驚人的手段。

腳下用力。

「劈啪！」

小艇硬生生裂開。

浪翻雲腳下踏著小艇碎開後的一條長木，速度驀地增加，水浪翻往兩旁，箭般往敵船追去。

秦夢瑤望向挑戰龐斑的「劍僧」不捨大師，淡淡道：「大師若要挑戰魔師，先要過得夢瑤手中之劍。」

白道眾種子高手們一齊愕然。

在他們心中，縱使秦夢瑤保持中立，已使他們大大不滿；何況刻下竟要代龐斑應付不捨的挑戰。

只有三個人反應比較不同。

第一個是書香世家的雲裳，美目射出深思的表情，纖手按在丈夫向清秋的肩頭，制止了自己的男人表示心中的不滿。

第二個是小半道人，他先是驚訝，接著眼中射出尊敬的神色，顯是把握到秦夢瑤不顧自身清譽，誓要維護十八種子高手的心意。

第三個是不捨大師。

要知此次召來十八種子高手，以不捨主張最力，其中一個原因，是希望在外侮之前，激起同仇敵愾，以沖淡因韓府凶案引起的分裂危機，豈知一上來，十八種子高手便一敗一死，使他們完全陷入被動的劣境裡。

所以他一現身即向龐斑單獨挑戰，固然是希望挽回如江河下瀉的頹勢，更重要的是希望以自己的一死，換回各人的安然離去，保全實力。

龐斑的道心種魔大法確是深不可測，已超脫了一般的武學常規和爭戰之道，若群戰不免，激起龐斑的殺機，拚著內傷加深，也不會留下任何活口，如那情況發生，白道將沉淪不起，休想在數十年內回復元氣。

可惜直到他面對龐斑時，才體察到龐斑的眞正實力；完全摸不到底的實力。

龐斑已非昔日的龐斑，他已晉入另一層次，另一種境界，使他們針對他而定下的策略、構想全派不上用場。

在眾人喝罵前，龐斑長笑而起，移到船頭，傲然卓立，仰首望天道：「夢瑤你是靜庵外唯一可使我感到束手縛腳的人，假若我還不賣你一個情面，靜庵會笑我有欠風度；可是假若我大開殺戒，夢瑤會否對我以劍相向？」

除了不捨等有限幾人外，眾人都大惑不解，因爲夢瑤越俎代庖，接下了不捨的挑戰，明明對龐斑有利無害，爲何龐斑反隱有不滿之意？又硬要迫秦夢瑤表態？

這些種子高手，均是八派聯盟千錘百鍊下精挑出來的俊彥，在龐斑退隱這二十年來，得八派捐棄門戶之見，史無前例的讓他們在本門武功之外，得窺他派秘傳心法，又得各派宗師親自訓練指點，名符其實地身兼各派之長，對於殲滅龐斑可謂信心十足，豈知眞正碰上龐斑，才感受到上乘爭戰之術，竟是如此地使人有力難施，才使他們明白到龐斑的可怕處。難怪二十年前與龐斑的鬥爭裡，白道雖人才輩出，仍然一直屈處下風。

秦夢瑤輕嘆道：「魔師不要迫夢瑤了！」

龐斑偉岸的軀體微微一震，轉身俯首，愛憐地細審秦夢瑤清麗的俏臉，愕然道：「天！我還以爲是靜庵在向我嬌嗔！」微一頓足，道：「罷了！今夜我便衝著你夢瑤情面，放過他們。」

語罷，衣衫霍霍，倏地升起。

謝峰怒哼一聲，他身旁男女立時亮出雙斧和塵拂。

龐斑哈哈一笑，也不見如何作勢，已飛臨他們頭頂前的上空。

這時連久未作聲的冷鐵心、雲清和沙千里三人也禁不住要佩服龐斑的氣勢，因爲若他避開表示有意攔截的謝峰等三名長白派高手，便難免予人有「逃走」的感覺。

其實這包圍網最弱的一環，亦是這三個人，這並非說他們的武技最低微，而是雲清曾和韓柏交手師老無功，早挫了銳氣；冷鐵心則在范良極手下吃了暗虧，信心大幅減削；沙千里早前在小花溪受龐斑壓力下黯然而退，鬥志已失。所以假若龐斑揀他們這一方向離去，可說是輕而易舉，他們亦是心知肚明，故此特別對龐斑的捨弱取強深有所感。

反之首當其衝，騎虎難下的謝峰卻微有悔意，他之所以表示攔截之意，純是想趁機撿個便宜，因爲不捨對龐斑的挑戰和受到的推許，已使不捨隱然凌駕於其他種子高手之上，故此希望趁龐斑要走時，擺出攔截的姿態，爭回些許面子地位，這全基於他以己心度龐斑之腹，想到對方既想走，自不應揀他這一方，豈知事實卻大出他所料。

龐斑已在他頭頂前上空三丈許處。

他也是第一流的好手，立時收攝心神，飛身而起，截擊龐斑。

兩旁的同門「十字斧」鴻達才和「鐵柔拂」鄭卿嬌亦同時騰身而起，位置卻稍墜後方，作第二道的關防。

在配合上，可說是無懈可擊。

龐斑一聲長笑，迅速無比的身子去勢，忽地放緩下來，似要定在半空。

謝峰心頭一寒。

這應是絕無可能的事，完全違反了物理上的常規，也使他全失去了原本精確無比的預算。

變招已來不及了。

謝峰狂喝一聲，雲行雨飄身法展至極限，硬往下急墜，希望能觸地再起，迎擊龐斑。

他身後的鴻達才和鄭卿嬌便沒有他的功夫，沖天而起，剎那間便到了三丈高處的頂點，開始回落。

謝峰腳尖觸地，正要彈高。

龐斑哈哈一笑，慢下來的身形驀地加速，掠過鴻達才和鄭卿嬌，同時左右腳尖分點在兩人頭上。

兩人暗叫吾命休矣，胸中一口氣立時變濁，直跌下去。

「颼」一聲，龐斑雄偉如山的身影，消失在柳林上的黑暗裡。

「砰砰！」

鴻達才、鄭卿嬌兩人滾跌地上，坐起來時臉無人色，想起剛才若龐斑腳尖稍用點力道，他們的頭骨怕沒有一塊是完整的了。

眾種子高手除不捨外，均臉色一變，心中都泛起無力與抗的窩囊感覺，這次圍攻龐斑，可說是一敗塗地，丟臉之極，若非龐斑腳下留情，死的就不是一個人而是三個人。

眾人目光回到小艇上，秦夢瑤早不知所終。

不捨平靜地道：「夢瑤姑娘剛才趁各位注意力集中在魔師身上時走了。」

謝峰呆在當地，臉上一陣紅一陣白，一跺腳，轉身便去，鴻達才和鄭卿嬌兩人呆了一呆，亦彈起身追著去了。

不捨緩緩來到少林俗家高手「穿雲箭」程望旁邊，彎身探手抱起屍身，神情落寞，無喜無悲。

雲裳伸手過去捉著夫君微顫的手，心中暗嘆，知道慣對春風秋月、琴棋書畫與自己魚水之樂的向清秋，正深爲眼前冷酷的死亡而顫慄，嘆了一口氣，向不捨道：「大師若無指示，愚夫婦便返回書香世家了。」

不捨怎聽不出她語氣中有退出之意，今次應召而來的各派高手共十八人，一人已死，一人雖生猶死，若再少了書香世家這兩名高手，便只剩下十四人，假若這些人中再因韓府凶案而分裂，便更七零八落了，還如何能和以龐斑爲首的力量對抗？

小半道人忽地哈哈一笑。

眾人眼光不由落在他的胖臉上。

只見這看來一臉樂天的道人寬容道：「各位實在不用心灰意冷，否則便落在龐斑算中，我們雖有戰友不幸身死，但比起二十年前先輩的遭遇，可算是戰績輝煌，由此可見二十年後的今天，和龐斑的鬥爭，已大有轉機。」

眾人心中一動，立時把握到這小半道人話中的玄機。

要知二十年前，龐斑曾先後多次被白道高手聯手圍攻，除了少林的無想僧外，手下從沒活口留下，這已成了龐斑的招牌手段，今次十八種子高手圍攻龐斑，只死一人，這在以前是絕難想像的事。

「我佛慈悲！」

一聲佛號下，隱在柳林內的筏可大師緩步走出，面容寶相莊嚴，合十道：「小半道兄說得好，貧僧失去爭雄之念後，心無罣礙，反而旁觀者清，看出龐魔起始時殺氣大盛，直至不捨大師現身時，才驀地斂去殺機，可見不捨大師的成就，竟硬迫得龐魔也要改變了主意。」

不捨微微一笑道：「不捨怎敢居功，我看龐斑眞正忌憚的乃秦夢瑤，才如此破例離去。」

冷鐵心冷冷道：「大師不用謙虛，今次若無秦夢瑤從中作梗，非是沒有留下龐魔的可能，哼！我古劍池要看看言靜庵如何交代此事？」

雲清和沙千里齊齊點頭，表示他們同意冷鐵心對秦夢瑤的立場。

雲裳輕輕一嘆，蹙起黛眉，柔聲道：「冷兄對夢瑤小姐可能有點誤會了。」

沙千里也冷哼道：「怎會是誤會，依我看是言靜庵和龐斑間實有不可告人之關係，所以秦夢瑤才處處站在龐斑的一方。」

雲裳心中暗嘆，這些一向自尊自大的高手，將失敗歸咎到秦夢瑤身上，實是一件補贖自己失落感的心態，有理也說不清，轉向不捨道：「大師若再無他話，愚夫婦要告退了。」

向清秋一向對自己這美慧過人的妻子言聽計從，對不捨施禮道：「經此一役，大師已名震天下，若能再解開韓府凶案死結，八派振興，非是無望，愚夫婦先返世家，只要大師號召，必附驥尾，請了！」緩緩後退。

筏可一聲佛號，亦趁機退走不見。

不捨抱著程望的屍身，默然不語。

雲清緩緩來到他的身邊，關切地道：「大師剛來此地，還未有機會往韓府去，不如趁現在到韓府落腳稍息吧！」

不捨知道她想自己及早見到馬峻聲，好作出應付長白由謝峰所率領那問罪之師的對策，禁不住心中苦笑，目光掃過小半道人、冷鐵心和沙千里，淡然道：「我們還要找一個人，向他討回一份文件。」

雲清不知如何粉臉一紅，咬牙道：「范良極這死鬼，甚麼東西不好偷，偏要偷這麼重要的一份文件！」接著向不捨道：「這事交由我負責，我一定能把他掘出來。」說到最後，粉臉一紅再紅。

第二十一章 矛鏟雙飛

浪翻雲內勁源源不絕，通過雙腳，注入滑水破浪而行，由小艇裂開來的長板上，速度隨著每一個浪頭，不斷增加。

這並非內力高的人便可做到，還須對水性熟悉無比。浪翻雲可說是在洞庭湖泡大的，少年時便時常和淩戰天以此爲樂。

只有以這個辦法，才有希望在短時間內追上敵船。

三桅大船逐漸在眼前擴大。

船上燈火通明。

浪翻雲心中一笑，敵人顯是擺開了公然迎戰的格局，如此有恃無恐，希望是高估了自己，低估了他浪翻雲，否則定是他早先想到的卑鄙手段。

他腳下再用力，木板斜斜衝上一個浪頭，在浪鋒的尖脊「沙沙」飆行，速度提升至極限。

浪翻雲一聲長嘯，大鳥般騰空而起，飛臨大船之上。

「噗！」

穩踏甲板之上。

一聲長笑響起道：「好一個浪翻雲，京城白望楓恭候多時了。」

只見甲板近艙處一列排開了七張太師椅，坐了五男兩女，七人背後挺立了高矮不一的三十名武服大漢，都是神態慓悍的勇士。

居中而坐就是那自稱白望楓的華服中年漢子，頭頂高冠，身穿官服，氣態不凡，只是眼睛生得長而細，給人奸猾多智的感覺。

左旁是位老道士，面容醜陋，不但沒有半點道骨仙風，還神情高傲，像天下人都不屑他一顧。

那自稱白望楓的人見浪翻雲目光落在老道身上，傲然笑道：「無心道人威震粵東，浪兄不會沒聽過吧？」

浪翻雲淡淡一笑，卻沒有答話，他實在懶得說話。

原來這無心道人並非眞是甚麼道士，只是愛作道裝打扮，其行爲更是和道士沒有半點相似。十一年前粵東發生的一宗七女連環被姦殺的大案，很多人便懷疑是他做的，可是因沒有確鑿證據，兼且他武技強橫，沒有多少人惹得起他，終於不了了之。於此可見此人聲譽之壞。他不但爲白道人士不齒，連黑道中稍有頭臉的人也不願和他沾上關係，不知爲何今天搖身一變，成了京城方面的人。

白望楓等見浪翻雲連客氣的場面話也不說上兩句，齊齊露出不悅之色，尤其那無心道人，更是兩眼凶光閃閃。

坐在白望楓右邊最遠那張椅子，一位皮膚黝黑、略呈肥胖的中年男子悶哼一聲道：「見面不如聞名，我還道『覆雨劍』浪翻雲是甚麼三頭六臂的大魔頭，想不到只是個一身酒味的醜漢，還裝出個不可一世的樣子。」

一陣嬌笑響起，坐在他身旁那風騷入骨，若非左眼下有粒惡黑大痣，也算得上是個美女的艷婦花枝亂顫般笑道：「三哥你眞是膽大包天，惹得我們黑榜第一高手不高興，小心你的腦袋。」

黑漢大笑道：「若我黑三有甚麼三長兩短，美痣娘你豈非要守寡。」

美痣娘一陣笑罵。

這些人你一言我一語，旁若無人，竟毫不將浪翻雲看在眼裡。

浪翻雲毫不動氣，這些人均長居京城，自然習染了京師人那高人一等的心態，就似京官看不起地方官；京師的武林人，亦看不起地方上的武林人。若非如此，他們還怎敢大模大樣地「坐」在他面前。

沒有人敢在他面前坐著應戰。

即使龐斑也不例外。

白望楓心中大奇，暗忖你浪翻雲威名雖盛，可是無心道人、「斷腸刀」黑三、「美痣娘」程艷俏這三人，無一不是橫行一時的高手，這下亮出名堂，對方還是冷冷淡淡，全無反應，難道眞是不把我們擺在心上，不禁心中大怒。

坐在無心道人左旁是位年約二十五、六歲的男子，生得風流俊俏，可惜態度輕佻，好好一對腳，卻有一隻屈起搭上扶手處，另一隻搖搖晃晃，放在膝上的手把玩著一把鋒光閃閃的護腕短刃，口內咀嚼著不知甚麼東西，斜著眼兜著浪翻雲來看，似笑非笑道：「好！好！好！」

連說三聲「好」，卻沒有人知道他的「好」指的是甚麼。

坐在他左旁，七人中另一位女性，一個三十出頭的婦人，眉眼輪廓本來也屬不錯，但卻長錯了在一張馬臉上，兼且黑衣黑褲，襯托起髮髻上插的大紅花，使人感覺很不調和，很不舒服。這時她咧嘴一笑，故作嗲聲道：「小侯爺你連連說好，究竟人家好在甚麼地方？」

那小侯爺眉頭大皺，顯然對身旁這馬臉女人語帶雙關的獻媚並不受落，眼光仍留在浪翻雲身上道：「我第一聲『好』，指的是對方比我估計的還要早了半炷香時間趕上了我們；第二聲『好』，讚的是他在群敵環伺下，仍能如此從容無懼，的是大家風範；第三聲『好』，卻是對我自己說的，若我能幹掉浪翻雲，甚麼黑榜十大高手，便可全部變成垃圾。」

眾人一聽原來這三聲「好」的最後一「好」，竟是如此，不禁齊聲大笑起來。

只有坐在白望楓右旁一直默然不語，但眼睛卻沒有片刻離開過浪翻雲的枯瘦漢子，皮肉不動，半點笑意也沒有。

浪翻雲仰首望天。

快天亮了。

本來他有著一上船便立即動手的打算，若樗嚴在，他將是第一個飲恨他覆雨劍下的人。

但樗嚴卻不在。

他雖站在甲板上，面對著這群來自京城狂妄自大的人，但他的注意力卻全放在艙裡。

他只聽到一個人的呼吸聲。

那是一個不懂武功的人的呼吸聲，而且吸氣流量較少，不是小孩，便是女子，嬌巧的女子。

也「感覺」到艙內還有另一個人的存在。

這人才是浪翻雲顧忌的人。

因爲只有這人才算得上是眞正的高手。

難道是「鬼王」虛若無？只有這級數的高手，才可躲在暗處也使他感到對方的壓力和威焰。

但那小孩或女子又是誰？想到這裡答案早呼之欲出，亦只有「鬼王」虛若無那種高手中的高手，才可輕易潛入怒蛟幫，擄人、殺人、留信而去。

白望楓見浪翻雲一聲不作，以爲對方給嚇破了膽，得意地望向其他人，發覺枯瘦漢子臉色陰沉之極，奇道：「高副教軍有何心事，爲何臉色如此難看？」

那高副教軍臉色倏地變得蒼白，忽地張口，「嘩」一聲噴出一口鮮血。

眾人駭然大震。

明明還未交手，這武技在眾人裡可入三甲，身爲大內禁軍次席教軍的「鎖喉槍」高翰風，便已吐血受傷。

只有浪翻雲知道對方由他飛臨甲板上時，便全力聚功想找出手機會，但直至此刻仍出不了手，給欲去不去的內勁逆回經脈，故不得不噴出鮮血，以減輕血脈內的壓力，否則將落得血脈破裂之果，那才眞的糟糕。

浪翻雲微微一笑道：「白兄在京城內應是無人不識，只不知身居何職？」言下之意，自是京城之外無人識荊。

白望楓雖自尊自大，但他既能成爲這批京城高手的頭頭，終是一個人物，這時將高翰風未戰先傷的怪事擱在一旁，沉聲道：「本人白望楓，今次承天之命，特來洞庭將你擒拿，違者斬首當場。」

他這幾句話實是不假，只不過說漏了前因。原來京城派系林立，最紅的當然是「陰風」楞嚴的錦衣衛，西寧「滅情手」葉素冬的御林軍系和「鬼王」虛若無的開國元老系統；其他京官、皇室成員又各自另有派系。他們間的界限並非涇渭分明，例如葉素冬的師弟「遊子傘」簡正明，便是楞嚴手下四將之一，而每一個山頭，又都盡力去爭取皇帝的寵信和重用，以擴大己方的勢力和影響。

楞嚴新近成立的「屠蛟小組」，專責對付怒蛟幫，便惹來其他派系的不滿，尤其對付怒蛟幫一向是「湖南幫」的專責，更視這爲楞嚴插手他們轄下地區事務的第一步，故此大爲忿懣，加上又被楞嚴蓄意挑引，竟在皇帝御前誇下海口，表示若楞嚴能將浪翻雲引出來，他們定能擒人回京，以振天威，致有今夜之事。

這白望楓官居湖南八府巡察使，乃武當俗家高手，他不是不知道浪翻雲的厲害，而是今次和他同來這六人，除了「斷腸刀」黑三是本系之人外，其他五人均爲與楞嚴有嫌隙的其他系統裡借過來的特級高手，可說是楞嚴、葉素冬和虛若無三系以外所有派系精選出來的聯軍，尤其是那小侯爺朱七公子，乃京城年輕一輩中數一數二的人物，心想以這等陣容，加上三十名死士，難道還對付不了一個人嗎？這才如此驕狂。

浪翻雲仰天長笑道：「既是如此，明刀明槍找上我浪翻雲便可，爲何還要幹擄人威脅這種卑鄙行爲，難道這是朱元璋教下的嗎？」

眾人見他如此大逆不道，直呼天子之諱，臉色齊變，兵刃紛紛離鞘。

那黑三最是莽撞，一愕道：「你怎知我們擄了你的女人？」

浪翻雲眼中精光暴閃，面容轉冷。

小侯爺朱七公子哈哈一笑道：「那是引你出來的手段，我朱七對美女是愛憐還來不及，怎會傷害她？」

浪翻雲淡淡道：「這就最好！」

「鏘！」

眾人眼前一花，覆雨劍已落到浪翻雲手裡，待他們想看清楚一點時，點點劍芒，已閃爍在甲板的每一寸空間內。

沒有人可以想像得到覆雨劍出鞘後的眞實情況，竟是如此扣人心弦的美艷不可方物，前一刹那，還是平凡的現世，但這一刹那，整個天地已被提升至幻夢的境界。

細碎若雨點的氣旋，隨著點點似若有生命般晶瑩瑩的劍雨，鮮花般驀地盛放。

這七人外表雖是大模大樣地坐著，其實倒有一半是裝出來給身邊人看的，要知浪翻雲已穩爲天下第一名劍手，即使在京師內，這亦是深入人心，故由浪翻雲出現的那刻開始，無人不是蓄勢待發，但仍估不到覆雨劍出動得如此全無先兆，劍勢擴展得這麼快速。

也想不到浪翻雲招呼也不打一個便動手。

原本各人早擬下策略，以高翰風伺隙出手，黑三和無心道士搶其左右、後側，美痣娘和那馬臉女人封其上空，白望楓和朱七公子做正面攻擊，務求一舉斃敵，豈知浪翻雲劍一出手，不要說聯攻，每一個人連自顧也不暇，至此以多欺少的優勢盡喪。

首當其衝的是白望楓和無心道人。

劍一出，強勁至使人呼吸立止、皮膚割痛的千百個小氣旋，迎頭撲至，使兩人感到唯一之法，便是向後倒退，可是劍來得實在太快了，連從椅上彈起的時間也沒有，唯有向後一仰，連人帶椅往後倒，再翻向後艙。

後面三十名從京中侍衛挑出來的好手，被兩人這樣滾到身前，本來穩若鐵桶的陣形立亂。

反應最快的是那朱七公子，浪翻雲劍勢方展，他手上的飛刀便全力擲出，取的是浪翻雲的大腿，同時刀離背鞘，來到左手裡，彈起側劈浪翻雲的劍網。狠、辣、準、快，已可躋入江湖高手之列，難怪敢口出狂言。

「斷腸刀」黑三是第二個反應最快的人，朱七公子才動，他即俯身撲前，希望由最右端搶入中位，以解白望楓和無心道人首當覆雨劍鋒之危。

其他人亦紛紛躍起，美痣娘的劍，馬臉女的雙短叉，由上往下，強要攻入覆雨劍造成的光雨裡。只有高翰風因剛受了傷最是不濟，俯前倒滾地上，翻往一旁，以免阻了戰友們攻勢的施展。

這七人來時早有共識，知道難憑一己之力戰勝浪翻雲，唯一方法，就是同心合力，不能有半點保留，否則若給對方逐個擊破，便沒有人可生離怒蛟幫勢力籠罩的洞庭湖。

浪翻雲在這等時刻，仍從容不迫，微微一笑，覆雨劍勢一再擴展。

沒有人可以形容那種超越了凡世的美麗。

原本嗤嗤作響的氣旋，驀地轉靜，但細碎的氣勁卻有增無減，擴而不收。

千萬光點，噴泉般由浪翻雲身前爆開，兩團特別濃密的劍雨，不分先後分別迎上朱七公子和黑三。同時一腳踢起，正中朱七擲來的飛刀刀身上。

「叮叮噹噹！」

一連串密集的刀刃交擊聲連珠響起。

「蓬！」

光雨再爆。

沒有一個人除了點點光雨，還可看到其他東西；沒有一個人除了那割體生寒的氣勁外，還能有其他感覺。

第一個撞入覆雨劍的光點裡的是朱七公子，他的刀在京城一向以快著名，暗想縱使你浪翻雲比我更快，但人力總有極限，且又受到其他人的牽制，自己更是年輕力壯，若能一戰功成，那分光榮眞是說也不用說，收攝心神，長刀全力劈出。

「叮！」

無數光點裡，跳了一粒出來，看似毫不迅疾，但偏偏恰好趕上自己的刀鋒。

一股不剛不柔，但卻無可抗禦的力道，由刀鋒直貫入手臂的經脈，再往全身經脈擴散，那種感覺便像一個在海裡無處著力的人，被一個滔天巨浪迎頭蓋過來。

朱七公子魂飛魄散，全力守著心脈，往後飛退，同時腿上一涼，已掛了彩，恰好是自己飛刀所取對方的位置，不多一寸，不少分毫。

這時黑三的斷腸刀側攻至浪翻雲的右翼，豈知朱七擲向浪翻雲的小刀，經浪翻雲一踢下往他迎面飛來，所取時間和角度微妙，加上事先沒有半點徵兆，嚇得他疾忙收刀橫擋。

「噹！」一聲清響，精鐵打造的成名兵器，竟中分折斷，黑三張口噴出鮮血，斷線風箏般倒飛而退，撞斷船緣圍欄，掉往海裡。

覆雨劍芒於盛極之下再作暴漲，驚叫慘嚎聲中各京師高手蹌踉飛跌，不是兵刃離手，便是血肉飛濺，竟無一人得以身免。

剎那間浪翻雲已飛臨滾倒地上，正欲躍起的無心道人和白望楓之上。

那些精選侍衛更是不濟，光點尖嘯不但蒙了他們耳目，狂勁的氣旋，更硬生生將他們迫得東倒西歪，倒地葫蘆般滾跌兩旁，不要說還手出招，連浪翻雲在幹甚麼也不知道。

「蓬！」

關上的船門在劍雨裡爆成碎粉，就若在狂風暴雨中打開窗口，劍芒投進艙內。

白望楓和無心道人這才躍起，還未站定，兩人臉色齊變。

白望楓手摸頭上，頂在頭頂的高冠只剩下了半截；無心道人則手撫小腹，臉上血色退盡，「砰」一聲坐倒地上，竟給浪翻雲點中氣門，破了數十年苦修得來的眞氣。

這時一聲悶雷般的巨響在艙內轟然響起。

「砰！」

在船尾的艙壁木屑彈飛，一條黑影持著長達一丈的奇形兵器破壁而出，飛往洞庭湖面上的高空，長笑道：「覆雨劍果是名不虛傳，京師再見！」

這時船已駛至離岸七、八丈許處，那人再一聲長嘯，在空中換一口氣後，略一下墜，飛往岸上，轉瞬不見。

浪翻雲摟著一個女子，來到船尾，將聲音遠遠送去道：「『矛鏟雙飛』展羽，勝負未分，便如此離去嗎？」

展羽人已不見，但仍回應道：「左詩已服下了鬼王丹，想要解藥便上京來取吧！」

浪翻雲怒哼一聲，挾著左詩，追上岸去。

剩下一船驚魂未定的敗兵傷將。

第二十二章　蒙氏雙魔

帳外花解語嬌軟柔媚的聲音響起道：「莫門主爲何如此大火氣，逍遙帳內也不見逍遙，終日砰砰嘭嘭的亂摔東西。」

莫意閒一聽來人是紅顏花解語，心下大爲篤定，說到底他們也可算是自家人，哈哈大笑道：「花護法深夜到來，是否想陪我在逍遙床上一起摔東西？」

反之韓柏心中大吃一驚，只是莫意閒一人他便深感難以應付，何況還多了個花解語，自己還要保護懷裡這火辣辣的裸女，不過他也是智計百出的人，聽出兩人間缺乏默契，也是哈哈一笑道：「花娘子你來得正好，快助爲夫半臂之力，一齊幹掉這死肥豬！」

帳內的莫意閒和帳外的花解語齊齊一愕。

要知莫意閒最大的疑懼，就是不知韓柏是何方神聖。

這並非單是莫意閒才有的疑惑，而是每一個遇到韓柏的人都有的疑惑。

因爲無論任何高手，均有一段成長的歷程，惟獨韓柏是藉赤尊信移植魔種，名符其實地在一夜裡變成直迫黑榜人物的高手，這種百年難遇、千載難有的奇逢，怎能不教不知情者摸不著頭腦。

而正因韓柏的來歷神秘，即使以莫意閒這類老江湖，疑懼心亦不期然豐富起來。

難道龐斑因自己敗於浪翻雲手下，利用價值已失，所以派了這人和花解語來解決自己，否則自己這巢穴如此隱秘，誰會知道？而花解語又偏來得這麼巧？

花解語聽到韓柏娘子前、娘子後的叫著，不由又怒又喜，怒的自是對方自稱「爲夫」，分明公然在調戲於她；喜則更難以理解，偏卻是情不自禁，不禁脫口罵道：「你這死鬼！我發誓要勾了你的舌頭出來！」跟著俏臉一紅，想起韓柏早先對她的偷吻。

莫意閒心中更驚，因聽出她話裡的含意雖狠，但語氣卻是嗔中帶喜，一副打情罵俏的格局。大喜的是韓柏，每逢危急時，魔種發揮靈力，腦筋分外精明，哪還不乘機混水摸魚，大叫道：「回到家後任娘子懲戒，現在快入帳來，否則爲夫小命不保。」

花解語終究是老江湖，帳內黑沉沉的，怎可貿然便進，當然要和在同一陣線的莫意閒打個商量，柔聲道：「莫門主……」

莫意閒大喝道：「不要進來，否則我……」

韓柏心知要糟，豈容他二人繼續對答下去，以致能「誤會冰釋」，大叫道：「哎呀！娘子，我快死了。」

外面的花解語心中一驚一亂，暗忖若他死了，不是甚麼也沒有了，不如先闖進去再說，嬌笑道：「莫門主！奴家進來了！」閃身便進。

莫意閒勃然大怒，心想你兩人還不是一鼻孔出氣，一扇便往進來的花解語撥去。

花解語知道帳內的是莫意閒和韓柏，哪敢掉以輕心，早蓄勢以待，見勁風撲面而來，嬌叱一聲，彩帶飛出。

韓柏暗叫天助我也，摟著莫意閒的赤裸艷姬，沖天而飛，破帳而出，再「砰」一聲撞破倉頂，帶起一天木屑碎板，倉皇逃去。

天色微明。

來自八派聯盟之一「書香世家」的兩位種子夫婦高手，向清秋和雲裳出城後，往西而行，踏上歸途。

這時城門還未開，但當然難不倒高來高去的武林人物，不知如何，兩人均想急於離城，好盡速返回蘇州的書香世家。

向清秋望向妻子雲裳，欣賞著令他百看不厭的側臉輪廓，淡淡笑道：「裳妹！知道嗎？自從我被選爲種子高手後，心情從未試過似這刻的輕鬆寫意，可是，程望剛剛以身殉難，我應該是悲痛和頹喪才是呵？」

雲裳別過頭來，愛憐地看了夫婿一眼，柔聲道：「清秋哥你的本質實是愛文輕武，兼且你對生命有比常人更火熱的愛戀，所以心底一直抗拒著八派加於你身上的責任，昨夜既已對上了龐斑，雖沒有動手，但總算有了交代，故心情輕鬆，我一點也不覺奇怪。」

向清秋拉起雲裳的手，送到唇邊深深一吻，嘆道：「有一個這樣了解我的賢妻，清秋對上天已再無所求。」

雲裳輕輕一嘆，卻沒有說話。

向清秋大奇道：「爲何離開柳林後，裳妹容顏毫不開展？」

雲裳望往在面前延展的官道，兩旁樹木森森，想來在太陽高掛時，這條路亦必然非常陰涼舒服，低聲道：「我有點擔心，擔心能否回得到蘇州。」

向清秋向來信服妻子的才智，聞言一震，皺眉一想道：「裳妹是否怕龐斑的人會對付我們？」

雲裳步速減緩下來，點頭道：「龐斑這次出山，由攻打尊信門開始，每一個行動，均顯出精心的策劃和部署，現在怎會忽然露出個大空隙，讓我們有機可乘。」

向清秋駭然止步，道：「難道龐斑的傷是假裝出來的？」

他這話確是合情合理，龐斑隨手殺人，說去便去的表現，哪有絲毫像個受傷的人。

雲裳搖頭道：「若龐斑並沒受傷，我們沒有一個人能生離柳林，其中有些關鍵，是我想不透的。」

腳步聲在後方響起。

兩人同時心中一懍。

因為這腳步聲響起時，來人已在身後十丈之內，而之前他們從未感到有人追近，只是這點，他們便不得不心生警惕。

兩人心意相通，鬆手分開，退往兩旁，向後望去。

一看之下，又是大吃一驚。

後面趕來的是兩人而非一人，他們步履一致，故此只發出「一個人」的足音來。

這兩個人生得一模一樣，原來是對雙生兄弟，年紀在六十至七十間，面目陰沉，身材高大，鼻梁高挺彎曲，不類中土人士。

雲裳嬌軀輕顫，「呵」一聲道：「蒙氏雙魔！」

向清秋心底升起一股寒意。原來當年元朝為朱元璋覆滅前，蒙皇座下共有八大高手，充當蒙皇的貼身護衛，這蒙氏雙魔正是其中兩名高手，這兩人容貌體型均極爲相肖，只老大嘴角有小塊胎記，其眞實名字無人得知，只慣稱爲蒙大蒙二。

元順帝至正二十八年，朱元璋手下大將徐達、常遇春兩軍會師通州，大敗元兵，直撲京師，元順帝在這八大高手護送下，北走上都，朱元璋命「鬼王」虛若無親率中原高手二十七人，追殺順帝，八大高手拚死力戰，其中三人血戰而死，剩下的五人，竟仍能保順帝安然逃回蒙古，於此可見這五人武技之強橫，而蒙氏雙魔，正是其中兩人。

是役中原高手死者十一人，餘人除「鬼王」虛若無外，無不負傷。今天說起仍是談虎色變，想不到現在其中二人又在中原出現，怎不教人心膽俱寒。

雲裳和丈夫迅速交換一個眼色，均看到對方心中的懼意，因爲若這二人眞與龐斑有關，便代表此來有滅口之意，以免他兩人將二魔的行蹤洩露出去，致惹起中原武林的警覺。

兩魔並沒有因向清秋夫婦有所警覺而減慢速度，倏忽迫至兩人五尺處。

「鏘！」

向清秋和雲裳亮出了書香世家在江湖上聲名卓著的「銀龍」和「玉鳳」兩把名劍。

蒙大哈哈一笑，雙手十指屈曲如鉤，分往兩劍抓去，同一時間，蒙二躍上蒙大膊上，借力翻上半空，飛往兩人頭頂。

雲裳心中暗暗叫苦，她和向清秋婚後朝夕練劍，最擅雙劍合擊之道，二人同心，功力倍增。哪知敵人來的卻是一對在這方面更屬超專家級的孿生兄弟，六、七十年聯戰經驗，立時將他們的優勢比下去，由此亦可見敵人安排之妙，用計之巧。

「霍霍！」

蒙大的左右手分別拂在向清秋和雲裳的銀龍和玉鳳上。

兩人同時一震，胸口如受重拳轟擊，往後跌退，跟著那式「比翼雙飛」竟使不下去。

兩人交換一個眼色，由分變合，背貼上背。

狂飆由上捲下。

蒙二雙拳由上下擊，道上塵土捲起，聲勢懾人。

蒙大怪笑一聲，叫道：「果然後生可畏，可惜這麼早便要死了！」手一掃，一枝黑黝黝的鐵尺來到了手中，閃電般刺向面朝著他的雲裳，不教敵人有絲毫喘息的機會。

這兩魔突然出現，已是先聲奪人，又仗著比向清秋夫婦深厚得多的內功，以硬碰硬，無論心理和戰略上均顯出他們佔盡上風。

若是向清秋夫婦知道方夜羽竟能在同一時間內，分向乾羅、韓柏、風行烈和他們發動攻擊，心中的驚駭將不止於此。

「鏘！」

「霍！」

雲裳的玉鳳和向清秋的銀龍分別迎上蒙大的玄鐵尺和蒙二的拳。

蒙大全身一顫，往後跌退，蒙二則像毽子般拋起，落在兩人的另一方。

雲裳和向清秋分別噴出一口鮮血。

蒙大移退三步後，擺開架勢，臉帶驚容道：「好！想不到你們年紀輕輕，便練成了『書香世家』

的『連體心法』，難怪少主特別要我兩個來招呼你們。」

向清秋兩人內心的驚駭實不下於他們，原來這「連體心法」乃書香世家不傳之秘，能藉身體的接觸，又或手牽著手，將兩人內勁「連體」起來，所以蒙大蒙二表面上是與其中一人比拚，其實對著的卻是兩人合起的功力。

向清秋夫婦想以此秘法，出其不意下當可重創兩人，扳回劣勢，豈知對方功力深厚之極，退而不傷，反是兩人受了內傷，雖是輕微，但久戰下將產生不良影響。

雲裳嬌叱一聲，手拉著夫君的手。

兩人劍光暴漲，往雙魔攻去，乘兩魔陣腳未穩的空隙，爭取主攻之勢。

蒙二大喝一聲，有若平地起了個焦雷，亮出長若五尺的短矛，不刺反劈，當頭轟擊，若鞭之抽下。

蒙大配合衝前，玄鐵尺搶入中位，竟是要貼身血戰的姿態。

一連串金鐵交鳴的激響，震徹晨早的官道，瞬眼間四人交換了凶險萬分的十多招。

向清秋一聲悶哼，身形踉蹌，肩頭鮮血飛濺。

雲裳一咬牙，將向清秋拉往身後，滿天劍影收了回來，平平實實劈了幾劍，一時間劍勁貫空。佔了上風的蒙氏雙魔，狀若瘋虎的攻勢忽地收斂，老老實實地分別擋了雲裳三劍。

雲裳張口噴出第二口鮮血，護著向清秋退到一棵大樹旁，劍尖顫震，遙指兩魔。

蒙二怪笑道：「看不出你斯文秀氣的樣子，竟能施出最消耗內力的少林『初祖劍法』，倒要看看你還有甚麼絕學？」

蒙大陰陰笑道：「你現在連劍也拿不穩了！是嗎？」

雲裳面容平靜，心中卻在擔心身後的向清秋，剛才向清秋給蒙二短矛挑中時，若非她及時藉連體心法，將內力輸入向清秋體內，向清秋恐已立斃當場，不過仍難逃經脈受傷的厄運，一時三刻恐難再動手。

向清秋搭在她肩頭的手輕輕顫動著，不住深深吸氣，正在全力運功療傷。

蒙大眼中精光暴閃，玄鐵尺彈起，挽了個花式，封著雲裳劍鋒的所有進路。

蒙二短矛往下稍挫，矛尖顫震，欲出不出，教人全然無法捉摸其來勢。

這二魔的武功確是非同小可，一出手，身爲八派聯盟苦心栽培出來的兩名種子高手，便全陷於捱打的劣勢。

雲裳心中暗嘆，清秋！我們雖不能同年同月同日出生，卻能同年同月同日死去，也算是緣分。劍動，但氣勢、勁道已大不如前。

驀地蒙氏雙魔齊露驚容。

雲裳和向清秋亦同時聽到身後一下尖銳的聲音響起，初時僅可耳聞，但剎那間後耳鼓內已貫滿了嘯叫。

就像一陣狂風捲至。

這卻是劍氣的嘯叫。

蒙氏雙魔臉色齊變，一尺一矛全力擊出，務求在這從隱處攻出的敵人來到前，殺死眼前這對陷於絕境的種子高手。

狂烈的氣勁，直迫雲裳而去。

劍光一閃。

「鏘鏗！」

來人劍鋒分點上玄鐵尺和短矛。

蒙氏雙魔往後飄退，倏又轉回，尺、矛幻起千百道光影，鋪天蓋地再殺將過來。

此時來人已插入這對峙的兩對人中間，劍芒大盛，卻看不到人。

這並非誇大的說法，而是雲裳的美目只看到身前整個空間幻起閃爍的劍芒，其中可見一優美纖長的身形，隱約其中，但總有種霧裡看花，覷不眞切，如虛如幻的感覺。

不聞半點兵刃交觸的聲音，蒙大蒙二分往兩旁急退。

劍芒收止。

來自天下兩大聖地之一的秦夢瑤亭亭而立，一手持劍，另一手輕揑劍訣，清麗的俏臉靜若淵海。

蒙氏雙魔又再攻至。

秦夢瑤嘴角掠過一絲柔柔的笑意，緩緩一劍直劈在兩魔排山倒海而來的攻勢正中處。

在這樣凶險的形勢裡，變成了旁觀者的雲裳，不知如何，心中忽地升起了一種沒法解釋的寧靜感覺，這並非因秦夢瑤代她接了敵人的全部攻勢，而是因爲秦夢瑤這一劍有種虛極靜極的意境。

尺、矛攻至。

秦夢瑤玉手輕搖，長劍像鐘擺般搖往兩邊，似緩又似快，分擊在尺、矛之上。

雙魔驚人的攻勢忽地冰消瓦解。

劍芒暴漲。

雙魔齊聲怒吼，蹌踉往後跌退。

直退入路另一邊的密林裡，接著是枝斷葉落，劈啪聲起，由大轉小，終不可聞。

雲裳舒了一口氣。

這兩個可怕的人竟給秦夢瑤輕描淡寫便擊退了。

向清秋這時也回過氣來，到了雲裳身旁。

兩人的手緊握在一起，感受著劫後餘生的歡娛。

秦夢瑤嘆了一口氣，轉過身來。

兩人正要多謝，秦夢瑤擺手阻止，回劍入鞘，微笑道：「都是我不好，來遲了一步。」

雲裳訝道：「夢瑤姑娘難道早知我們會受到襲擊嗎？」

秦夢瑤目光先移到向清秋受傷後蒼白的臉上，道：「向兄雖傷及經脈，但有貴夫人連體心法之助，當可迅速復元，夢瑤也稍減心中之疚。」

向清秋眼中射出感激的神色，點頭道：「夢瑤姑娘毋庸操心，這點傷清秋還受得起。姑娘一劍退雙魔，壓下魔道凶焰，使人振奮莫名。」

秦夢瑤幽幽一嘆道：「假設你知道我剛才施出上古秘傳下來廣成子的『劍笑軒轅』，卻僅能輕創兩人，你便不會那麼樂觀了。」

雲裳像想起甚麼似的「呵」一聲輕呼道：「昔日元朝覆滅時，除蒙氏雙魔外，蒙古八大高手還有『人妖』里赤媚、『萬里橫行』強望生和『禿鷹』由蚩敵三人倖存不死，現在雙魔在世，這三人武功更勝雙魔，若是伏擊其他的種子高手，形勢定非常危殆。」

秦夢瑤道：「這正是我遲來的原因，照我估計，謝峰等長白高手和不捨大師的一組人，都不是方夜羽的攻擊目標，一來由於他們聚眾則力強，更重要的原因是韓府凶案一日未解決，留他們下來對方夜羽是有利無害的，所以我擔心的只是筏可大師和你們。」

向清秋關心道：「筏可大師功力大減，確是非常危險。」

秦夢瑤道：「不用擔心，我暗中綴著筏可大師，直至他與本門之人會合，才再來追你們。方夜羽一代雄才，看出留下筏可亦屬有利無害，確是高瞻遠矚。」

雲裳略一錯愕，旋即點頭，顯示體會了秦夢瑤的想法，向清秋才智略遜乃妻，皺眉問道：「爲何留下筏可大師，反對方夜羽有利無害？」

秦夢瑤道：「十八種子高手，均爲八派新一代的繼承人，筏可大師是被內定爲新的菩提園主，現在他功力減退，武功雖已不招敵人之忌，但表面看去卻和以前並無兩樣，究竟是否仍應讓他繼承園主之位，正是個非常頭痛的問題，後果可大可小。」

向清秋恍然大悟，不禁對秦夢瑤細緻精到的觀察升起由衷的佩服，因爲繼承之權，一個弄不好，往往引起一派內不同系統的鬥爭，甚至乎分裂，此種情形在八派內早有先例，非是無的放矢，由此亦可知方夜羽的眼光和手段。

雲裳緊握夫君的手，嘆了一口氣道：「我們原本打算返回世家，便從此不問世事，再不理江湖上的風風雨雨，但照現在的情形來看，恐難獨善其身了。」

秦夢瑤道：「龐斑此次出山，牽連之廣，前所未有，恐怕有很多數代從不介入江湖紛爭的門派也難以倖免，何況是八派聯盟之一的書香世家。賢伉儷當前急務，是先治好傷勢，然後再作打算。」

向清秋誠懇地道：「夢瑤姑娘請提點愚夫婦一二。」

這句話確是非同小可，表達了他兩人願意聽取秦夢瑤的指示。要知向清秋和雲裳乃書香世家新一代的繼承者，身分非同小可，誰可使得動他們。若非眞的心悅誠服，這樣的話絕不會輕易出口。

秦夢瑤露出欣慰的笑容，道：「夢瑤希望書香世家能在解開韓府凶案一事上，盡盡心力。」

雲裳目射奇光，沉聲道：「夢瑤姑娘是否想我們將這事壓下去，大事化小，小事化無。」

雲裳這幾句話正代表了長白以外各門派的想法，就是無論如何，爲了大局著想，這事唯一的方法就是不了了之，否則牽纏下去，對八派聯盟的團結絕無半點好處。

秦夢瑤美目緩緩掃過兩人，淡淡道：「不！我們要把眞凶找出來，作出公正的判決。」

第二十三章　我為卿狂

一道影子在曙光微明的街道掠過，轉入一條窄巷裡，到了巷子的中段處，輕輕躍起，翻過牆頭，落在一座土地廟旁的空地上，站定，原來是八派聯盟之一入雲觀的種子高手雲清。

她娟秀的臉龐略見嫣紅，呼吸微呈急速，當然不是因爲急行的關係，只不知何事會令她如此緊張。

雲清深吸了一口氣，輕叱道：「范良極！你還不出來？」

四周靜悄無聲。

雲清跺腳道：「我知你一直跟著我，你當我不知道嗎？快滾出來！」

一聲嘆息，來自身後。

雲清絲毫不以爲異，霍地轉身。

只見范良極坐在土地廟正門前石階的最頂處，蹺起二郎腿，剛從懷中掏出旱煙管，放上菸絲，準備燃點。

雲清被范良極糾纏多年，直到今天才和對方面面相對，心中湧起一股奇怪之極的感覺，似是非常熟悉親切，又像是陌生非常。

無論是怒是恨，她腦海中想像出來的印象和眼下眞實活生生的范良極，驀然合二爲一。

忽然間，她一句話也說不出來。

范良極深深望了她一眼，布滿皺紋卻又不脫頑童調皮神氣的老臉綻出一絲苦澀的笑容，打著火石，點燃菸草，深深地吸了兩口。

雲清正想著范良極那抹苦笑包含的意思，范良極吐出一串煙圈，乾咳數聲後，嘆道：「雲清婆……噢……噢……雲清小姐，你知否墜進了敵人的陷阱裡？」他叫慣「雲清婆娘」又或「雲清那婆娘」，幾乎順口溜出，幸好立時改口，不過早抹了一把冷汗。

雲清乃馬峻聲的姑母，馬峻聲生父馬任名的妹妹，但卻是庶母所出，父親對她兩母女並不大理會，所以雲清之母四十未到便憂鬱而終，剩下雲清更是孤苦，後來在一個機會下，為過訪的入雲觀第一高手百慈師太看中，帶回入雲觀，成為該觀出類拔萃的高手。

她和馬峻聲之父馬任名的關係一向不太好，但對馬峻聲兄妹卻極為疼愛，所以知道了韓府之事後，連忙趕來助陣。此刻聽到這苦苦糾纏自己的死老頭溫柔柔地稱自己為小姐，本要糾正他應稱她帶髮修行的道號「雲清」才對，不知如何，卻說不出口來，微怒道：「不要東牽西扯，還不把你偷了的東西交出來？」

范良極灼灼的目光貪婪地直視著她的臉龐，緩緩道：「我們有命離開這裡再說吧。」

雲清一愣，忘記了范良極可惡的「賊眼」，奇道：「你不是在說笑吧？」

范良極乃黑榜高手，她雲清亦是白道裡高手中的高手，除了龐斑外，誰能取他們性命，不知不覺裡，她將自己和范良極放在同一陣線上。

這並非說她這便愛上了范良極，而是她女性的銳覺，使她知道范良極不會傷害她，縱使他非常「可厭」。

范良極再吸一口菸，悠悠閒閒地道：「打一開始，由韓府凶案起，到你們種子高手圍攻龐斑，八派聯盟便一直給方夜羽牽著鼻子走，可惜你們還懵然不知。」

雲清被范良極奇峰突出的說話吸引住，渾忘了此次迫范良極出來的目的，微嗔道：「不要盡是聳人聽聞，若你不交代個道理出來，我便……我便……」她本想說我便以後不和你說話，因為這是她能想出來對這老頭最大的懲罰，但回心一想，如此一說，豈非變成和對方打情罵俏，臨時將到了喉嚨的話兒吞回去，不過粉臉早燒得通紅。

范良極精靈的賊眼大放光芒，歡嘯一聲，彈起打了個觔斗，又原姿勢坐回石階上，興奮地道：「我說我說，不要不理睬我。」

雲清氣得跺腳轉身，背對著他道：「你不要想歪了，快說出來！」這次連耳根也紅透了，自出生以來，范良極還是第一個讓她嚐到被追求的滋味，其他男人，怎敢對她有半句逾越的話。

范良極道：「我很想和清妹你仔細詳談，但人家等了這麼久，早不耐煩了。」此老頭臉皮之厚，確是天下無雙，竟然打蛇隨棍上，喚起人家「清妹」來了。

雲清先是勃然大怒，但接著聽到他話中有話，連忙收攝心神，耳聽八方。

風聲響起。

一高一矮兩人越牆而入，落在她身前丈許開外。

雲清一見這兩人，立時想起兩個離開了中原武林多年的人物，心中一懍，不由往後疾退，直來到范良極身旁，心中才稍定了點，這並非表示她膽怯，而是身為八派聯盟的十八種子高手之一，都曾接受最嚴格的戰鬥訓練，最懂利用形勢，使自己能盡情發揮所長，而眼前的環境下，她唯一求勝的法門，就是和范良極聯手抗敵，捨此再無他途。

高的那個人面如鐵鑄，兩眼大若銅鈴，左臉頰有一道深長的刀疤，由左耳斜伸至嘴角，模樣嚇人之極，右手提著一個獨腳銅人，看去最少有三、四百斤重，但他提著卻像輕若羽毛，沒有半點吃力的感覺。

矮的那人是個禿子，腰纏連環扣帶，肩頭寬横，方臉厚唇，使他整個人看來像塊四方的石頭，但一對眼卻細而窄，裡面凶光閃爍，一看便知是凶殘狠毒之輩。

范良極吐出一個煙圈，用眼上上下下打量著兩人，笑咪咪道：「『萬里横行』強望生、『禿鷹』由蚩敵，你們做了這麼多年縮頭烏龜，定是悶壞了，所以現在要伸出脖子來透透氣了吧！」

禿頭矮子由蚩敵長笑起來道：「我還道『獨行盜』范良極是個甚麼不可一世的人物，原來只是隻又乾又瘦的老猴，如此推之，所謂黑榜十大高手，都是中原小孩兒們的遊戲。」

雲清叱道：「我明白了，你們是龐斑的走狗！」

強望生全無表情的刀疤鐵臉轉向雲清，巨眼盯著雲清，道：「不要抬捧自己，你還未足以令我們兩人出手，我們只是利用你引這老猴從他猴洞跳出來。」他樣子可怕，但偏是聲音厚而雄渾，悅耳異常，使人感到分外不調諧。

雲清恍然，難怪剛才自己迫范良極現身時，對方如此不情願，原來早悉破了這兩個魔頭的陰謀。沒有人可以捉到這盜中之王，可是這個大盜卻爲了她，犧牲了最大的優勢，被迫要和這兩大魔頭動手硬撼。

她心中一陣感動，不由看了范良極一眼，這老頭雖是滿臉皺紋，但卻有著無與倫比的生氣、活力、鬥志，一種遊戲人間的特異吸引力。

自己會愛上他嗎？

不！

那是沒有可能的，他不但年紀可做自己父親有餘，連身材也比自己矮上一截，毫不相配，何況自己也可算半個修真的人，眞是想也不應該朝這方向想下去。

可是心中總有一點怪怪的感覺。

范良極的大笑將她驚醒過來。

這名懾天下、獨來獨往的大盜眼中閃起精光，盯著強望生和由蚩敵道：「方夜羽確是了得，我和清妹的事天下間能有多少人知道，竟也給他查探出來，佩服佩服！」

雲清來不及計較范良極再喚她作清妹，心底一寒，這大盜說得沒錯，她從沒有將范良極暗中糾纏她的事告訴任何人，誰會知道？難道是……心中升起一個人來。

由蚩敵手落到腰間一抹，兩手往兩邊一拉，多了一條金光閃閃的連環扣索，嘿然道：「這個問題你留到黃泉路上見閻皇時再想吧！」

就在此時，范良極張口一噴，一道煙箭緩緩往兩人射去，到了兩人身前七、八尺許處，「蓬」一聲爆開來，變成一天煙霧，聚而不散，完全封擋了對方的視線。

那范良極一閃身來到雲清跟前，低喝道：「走！」

雲清心下猶豫。

敵人的目標是范良極，自己要走，對方歡喜還來不及，絕不會攔阻，可是自己怎可捨他而去？

勁風壓體而來。

范良極見她失去了逃走的良機，豪情湧起，大笑道：「清妹！讓我們聯手抗敵吧。」手微揚，旱煙桿彈起滿天火星熱屑，往凌空撲來的由蚩敵彈去。

接著旱煙桿敲出，正擊中由煙霧裡橫掃而來的強望生重型武器——獨腳銅人的頭頂處。

「禿鷹」由蚩敵之所以被稱為鷹，全因他輕功高絕，見火星迎面由下而上罩至，知道每粒火屑都含有范良極的氣勁，不敢貿進，提氣輕身，竟腳不觸地再來一個盤旋，手中連環扣轉了個小圓，火星立時激濺開去。

「噹！」

旱煙桿頭敲在銅人頭上。

強望生悶哼一聲，蹌踉退回煙霧裡。

范良極也好不了多少，觸電般往後疾退，幸好在他背後的雲清剛剛躍起，衣袖上拂，迎向由蚩敵掃來的連環扣。

在碰上雲清的流雲袖前，原本挺得筆直的連環扣忽地軟下來，水蛇般纏上雲清的流雲袖，由剛轉柔，妙至毫巔。

「叮！」

雲清一聲嬌叱，衣袖滑下，雙光短刃挑出，挑在連環扣上。

由蚩敵放聲大笑，借力彈上半空，兩腳踢擊刃尖，變招之快，令人咋舌。

雲清避無可避，流雲袖飛出，蓋過雙刃，拂在敵腳之上。

「霍霍！」

強烈的氣流，激盪空中。

雲清悶哼一聲，往後飛跌。

她雖是十八種子高手之一，但比起這蒙古的特級高手，無論招式、功力均遜一籌，尤其在經驗上，更是差了一大截，兩個照面便立時落在下風。

一隻手托上她的蠻腰，接著響起范良極的大喝道：「走！」一股巨力送來，雲清兩耳生風，騰雲駕霧般給送上土地廟的屋脊。

雲清扭頭回望，只見下面的空地上勁風旋飛激盪裡，三條人影兔起鶻落，迅快地移動著，在那團愈來愈濃、不住擴大籠罩範圍的奇怪煙霧裡穿插著，金鐵交鳴之聲不停響起，戰況激烈之極。

雲清至此對范良極不禁由衷佩服，這強望生和由蚩敵任何一人，站到江湖上也是一方霸主的身分，現在兩人聯攻一人，仍是平分秋色之局，可見范良極的真正功夫，是如何的深不可測。

這個念頭還未想完，下面的戰鬥已生變化。

范良極悶哼一聲，往後踉蹌而退。

此消彼長，強望生和由蚩敵兩人的攻勢倏地攀上巔峰，風捲殘雲般向仍在疾退的范良極狂追而去。

雲清嬌叱一聲，躍了下去，雙光刃全力下擊，以她的武功，這下無疑是以卵擊石，不過危急間，她早無暇想到自身的安危了。

豈知看似失去頑抗能力的范良極炮彈般由地上彈起，迎上撲下的雲清，雙手緊摟著她的纖腰，帶著她沖天直上，越過了土地廟屋脊達兩丈外的高空，升速之快，高度之驚人，直使她瞪目結舌。

雲清想不到范良極來此一著，又勢不能給他來上兩刀，嚶嚀一聲，已給他抱個結實，渾體一軟，早來到高空之處。

由蚩敵兩大凶人怒喝連聲，齊齊躍起追來。

同一時間，鄰近土地廟的屋頂上百多名武裝大漢冒出，形成一個廣闊的包圍網。

范良極摟著雲清在高空中突地橫移兩丈，沒有絲毫下墜之勢，輕功的精純，令敵人也嘆爲觀止。

追來的強望生輕功較遜，一口氣已盡，惟有往下落去。禿鷹則顯出其「鷹」的本色，雙臂振起，一個盤旋，往兩人繼續追去。

范良極這時和雲清來到了離包圍網三丈許的高空，去勢已盡。

敵人的好手們無不伸頸待望，只要范良極落下來，立時圍殺，以他們的實力，加上強望生和由蚩敵，可說有十成把握將兩人留在此地。

范良極怪笑一聲，大叫道：「清妹合作！」一甩手將雲清送出。

眾人齊聲驚喝，不過回心一想，只要留著你范良極，雲清走了也沒有甚麼大礙。

雲清果然非常合作，提氣輕身，任由范良極將她像一塊石子般投往十多丈外的遠處。

禿鷹這時離范良極只有丈許之遙，卻剛剛低了丈許，若范良極掉下來，剛好給他撲個正著，時間、角度和速度的拿捏，均精采絕倫。禿鷹面容森冷，心中卻是狂喜，因爲他知道范良極氣濁下墜的一刻，也就是這黑榜高手喪命的一刻。

他眞不明白爲何范良極竟肯爲一個女人將自己陷進死局裡去，換了他，這種蠢事絕對不幹。

就在此千鈞一髮的緊張時刻，范良極扭頭向由腳底下側「飛」來的由蚩敵俏皮地眨了眨左眼。

由蚩敵大感不妥。

「颼！」

絕沒有可能發生的事情發生了。

范良極竟向著雲清的方向，追著雲清遠距四丈開外的背影，箭般飛過去，剎那間高高逾過己方最外層的包圍網。

由蚩敵怪叫一聲，氣濁下墜。

當他踏足實地時，剛想彈起再追，忽然停了下來，愕然向站在丈許外，神情肅穆，凝立不動的「萬里橫行」強望生道：「你幹嘛不追？」

強望生沉聲道：「我中了毒！」

由蚩敵臉色一變，望向強望生身後二丈許處那團正開始逐漸消散的煙霧，道：「你也太大意了，范良極噴出來的東西，怎可吸進……噢！不！我也中了毒，明明是閉了氣……」

雲清閃入路旁的疏林裡，范良極如影隨形，貼背而來，雲清怕他再摟摟抱抱，忙閃往一旁。

豈知范良極腳才觸地，一個踉蹌，正要變作滾地葫蘆時，雲清忘了女性的矜持，一探手抓著他的肩頭，將他扶著，靠在一棵大樹坐了下來。

雲清的焦慮實在難以形容，八派的人應早離開黃州府往武昌的韓府去了，現在范良極又受了傷，自己孤身一人，如何應付強大的追兵。

范良極乾咳數聲，喘著氣道：「給我取藥瓶出來……」

雲清道：「在哪裡？」看看范良極眼光落下處，臉一紅道：「在你懷裡？」

范良極面容誇張地扭曲，顯示出他正忍受著很大的痛苦，勉強點點頭。

雲清猶豫片晌，一咬牙，終探手到范良極懷裡，只覺觸手處大大小小無數東西，其中有一卷狀之物，心中一動，知道這是自己要找的東西。一個念頭升起，假設先取去這卷東西，不是達到了此行的目的嗎？

范良極發出的一聲呻吟，使她驚醒過來，一陣慚愧，姑不論自己是否歡喜對方，但人家如此不顧性命保護自己，還受了傷，她怎還能有此「乘人之危」的想法。忙放開那文件，摸往其他物品，最後摸到一個比姆指大上少許的瓶子，拿了出來，一看下愕然道：「這不是少林的『復禪膏』嗎？」

范良極再呻吟一聲，啞聲道：「是偷來的！快！」張開了口，急不及待地要雲清給他餵服這少林的鎮山名藥。

雲清沒有選擇下，低下頭，研究怎樣才可把瓶蓋弄開。

范良極閉起的兩隻眼睛張開了一隻，偷偷得意地看了雲清一眼，剛好雲清又抬起頭來，嚇得他連忙閉上，否則便會給雲清看破了他的傷勢，實沒有表面看起來那麼嚴重。

「卜！」

瓶塞彈了開來。

雲清將瓶嘴湊到范良極像待哺雛鳥般張開的口邊。

一滴、兩滴、三滴，碧綠色的液體落進他口腔內，清香盈鼻，連嗅上兩下的雲清也覺精神一爽，氣定神清。

瓶內裝的只是三滴介乎液體和固體間的復禪膏。

范良極閉上眼睛，全力運功，讓珍貴的療傷聖藥，擴散體內，這次倒不是假裝，強望生搗在他背心的那一下，若非化解得法，兼之他護體氣功深厚無匹，早要了他的命。

半盞熱茶的工夫後，范良極長長吁出一口氣，望向半蹲半跪在身前近處，臉帶憂容的雲清道：「不用怕，我包保沒有兩炷半香的時間，他們也不能追來，這兩隻老鬼眞是厲害，不過他們須要求上天保祐，不要給我找到他們任何一人落單的時候，否則我定叫他吃不完兜著走，哼！此仇不報，我以後便在黑榜上除名。」

雲清剛才全神關切范良極的傷勢，又爲了方便餵藥，所以貼得范良極頗近，范良極閉目療傷時還沒覺得有甚麼問題，但現在范良極復元了大半，灼灼的目光又死盯著自己，互相鼻息可聞，哪會不感到尷尬和不自然，但若立刻移開，又著跡非常，慌亂中問道：「爲甚麼他們兩炷半香內不會追來？」

范良極見心上人肯和自己一對一答，眉飛色舞地道：「你聽過『醉夢煙』沒有？」

雲清皺眉思索，心裡將醉夢煙唸了數遍，猛然驚醒道：「那不是鬼王府的東西嗎？但那只會使人靜心安慮，聽說『鬼王』虛若無招待朋友時，總會點起一爐這樣的醉夢草，不過那可是沒有毒的。」

跟著瞪著范良極，語帶責備道：「又是偷來的吧？」

范良極搔頭道：「當然是偷來的，我老范是幹哪一行的。」旋又興奮起來道：「就因爲這種菸草是無毒的，才能使那兩隻鬼東西中計，這種草燒起來妙不可言，不但遇風不散，還能經毛孔侵入人體內，使人的氣血放緩，武功愈高，感覺愈強，會令人誤以爲中了毒，運功驅毒又無毒可驅，到他們發現眞相時，我們早走遠了，哈！」

雲清不禁心中佩服，這老頭看來雖半瘋半癲，其實謀定後動，極有分寸，想起另一事，臉色一沉問道：「那繫在我腰間的細線又是從哪裡偷來的？」

范良極略微猶豫，有些不好意思地道：「你認不得那是你們上代觀主的『天蠶拂』嗎？那次我到入雲觀探你，見到這樣的寶貝放在靈位旁，不拿實在可惜，但我又不用塵拂，便拆了開來，結成天蠶線，今次靠它救了一命，可見貴先觀主並不介懷，所以才如此庇祐。」此人最懂自圓其行之術，隨手拈來，便有若天成。

雲清心忖他的話也不無道理，與其陪死人，不如拿來用了，也虧他危急時竟想出把天蠶線綁在自己腰間，拋出她時借力逃離敵人的包圍網，心手之靈快，令人嘆服，不過想歸想，表面上可不要給這「可惡」的大賊看出來。

兩眼一瞪，冷冷道：「那次除了天蠶拂外，我們還不見了三顆『小還陽』，你……」

話還未完，范良極老老實實探手入懷，一輪摸索，最後掏出一個蠟封的小木盒，遞了過去。

雲清緊繃著臉，毫不客氣一手接過，道：「還有……」

范良極苦著臉，再探手入懷，掏出那被捲成一小球的天蠶絲，另一手舉起，做了個投降的姿勢。

雲清看到他的模樣，差點忍不住要笑了出來，幸好仍能忍著，沉聲道：「不是這個！是那份文件，剛才……剛才我……」想起探手入他懷裡那種暖溫溫，令人心跳的感覺，忽地俏臉一紅，說不下去。

范良極一拍額頭，恍然大悟道：「噢！我差點忘記了，我原本便打算偷來送給你的。」從懷裡掏出一卷文件，乖乖地遞到雲清面前。

雲清取過，看也不看，納入懷裡，文件還是溫暖的，充盈著范良極未散的體熱，兼之如此容易便得回這事關重大的文件，心裡也不知是甚麼滋味。

忽然間，她感到和這年紀足可當自己父親有餘的男人不但實質的距離非常接近，連「心」的距離也很接近。

可是自己怎可以接受他？

別的人又會怎樣去看？

何況自己雖沒有正式落髮修道，但那只因師父認爲自己仍對武林負有責任罷了！

范良極正容道：「韓府凶案已成了八派聯盟合作或分裂的一個關鍵，我想知道清妹你以大局爲重，還是以私情爲重？」

雲清心裡湧起一陣煩躁，怒道：「不要叫我作清妹。」

范良極有點手足無措，期期艾艾道：「那喚你作甚麼？」

雲清知道自己並非因對方喚清妹而煩躁，而是爲了馬峻聲這姪兒，爲了韓府凶案那難以解開的死結，嘆了一口氣，站起來道：「我要走了！」

范良極慌忙起立，想伸手來拉她又不敢，只好急道：「你這樣走出去，保證會撞上方夜羽的人。」

雲清知他所言非虛，柔聲道：「難道我們要在這林內躲一世嗎？」

范良極心想那也不錯，口中卻說：「清……噢！不……隨我來！」

第二十四章　護花纏情

韓柏摟著柔柔，慌不擇路下，也不知走了多久，到了哪裡。

當他來到一所客棧的樓頂上時，見到後院處泊了幾輛馬車，不過馬都給牽走了，只剩下空車廂，心中一喜，連忙揀了其中最大的一輛，躲了進去。

到了廂內坐下，向懷內玉人輕喚道：「可以放開手了！」

那女子纏著他的肢體緊了一緊，仰起臉龐，望向韓柏。

韓柏正奇怪她不肯落地，自然而然低頭望去，剛才他忙於逃命，兼之她又把俏臉藏在他的胸膛裡，這時才首次看清她的樣子。

腦海轟然一震。

只見那一絲不掛，手腳似八爪魚般纏著自己的女人，竟是國色天香，艷麗無倫，尤其是一對剪水清瞳似幽似怨、如泣如訴，這就立時感到她豐滿胴體的誘惑力，生出男性對女性不須任何其他理由的原始衝動。

逍遙八艷姬內的首席美女柔柔和他在這種親熱的接觸裡，哪會感覺不到這英偉青年男子的身體變化，口中微微呻吟，玉臉紅若火炭，但水汪汪的眼光卻毫不躲避對方，她自懂人事以來，便在逍遙帳的情慾場內打滾，最懂討好男人，何況是眼前這充滿男性魅力的救命恩人。

韓柏想起剛才躲在被裡，莫意鬧惡意挑逗她時所發出來的呻吟，更是把持不住，顫聲道：「你快下來，否則我便要對不起你了！」

柔柔櫻唇呵氣如蘭，柔聲道：「柔柔無親無靠，大俠救了我，若不嫌棄，由今夜起，柔柔便跟著大俠為奴為妾，大俠要怎樣便怎樣，柔柔都是那麼甘心情願。」

韓柏一聽柔柔此後要跟著他，暗叫乖乖不得了，從熊熊慾火裡醒了醒，手足無措道：「我不是甚麼大俠小俠老俠少俠，你先站起來，我找衣服讓你穿上，再作商量。」

柔柔心中一動，在這樣的情形下，這氣質特別、貌相奇偉的男子仍能那麼有克制力，可見乃真正天生俠義的正人君子，幽幽道：「若你不答應讓我以後服侍你，我便不下來或者你乾脆賜柔柔一死吧！」

韓柏體內的慾火愈燒愈旺，知道若持續下去，必然做了會偷吃的窩囊大俠，慌亂間衝口道：「甚麼也沒有問題，只要你先下來！」話才出口，便覺不妥之極，這豈非是答應了她。

柔柔臉上現出強烈真摯的笑容，滑了開來，就那樣赤條條地立在車廂中心，盈盈一福道：「多謝公子寵愛！」

韓柏目瞪口呆看著她驕人的玉體，嚥了一口饞涎，心叫道：我的媽呀！女人的胴體竟是這麼好看，難怪能傾國傾城了。竟忘了出口反悔。

柔柔甜甜一笑道：「公子在想甚麼？」

韓柏心頭一震，又醒了一醒，壓著慾火道：「柔柔！我……」

柔柔一副「我全是你的」的樣子，毫不避忌，來到他身旁坐下，雪藕般的纖手挽著他強壯的臂彎，將小嘴湊在他耳邊道：「大俠若覺得行走江湖時帶著柔柔不便，可將柔柔找個地方安置下來，有空便回來讓柔柔服侍你，又或帶大夫人、二夫人回來，我也會伺候得她們舒服妥貼。」

韓柏一聽大爲意動，若能金屋藏嬌，這能令曾閱美女無數的莫意閒也最寵愛的尤物，必是首選無疑，而且只是這提議，便可看出柔柔善解人意之極，對比起剛才在帳內時她面對莫意閒表現出的不畏死的勇氣，分外使人印象深刻。

由此再幻想下去，假設秦夢瑤肯做他的大夫人，靳冰雲肯做他的二夫人，朝霞、柔柔兩女爲妾，他一定是天地間最幸福的男人了。

但又想起自己身無分文，不要說買屋來藏嬌，連下一頓吃的也成問題，想到這裡，立時記起老朋友范良極，這人一生做賊必是非常富有，或可試試向他借貸，不過自己可又成了接收賊贓的大俠了。

胡思亂想間，柔柔站了起來，在他身後東尋西找中，從座位下找出了一個衣箱，打開取了套男服出來。

柔柔又出現在他眼光下，將素白襯黃邊的衣服遮著胸腹比了比，嫣然一笑道：「這衣服美不美？」

柔衣內光，尤其是一對豐滿修長的美腿，看得韓柏完全沒法挪開目光，與魔種結合後的韓柏，受了赤尊信元神的感染，早拋開了一般道學禮法的約束，要看便看，絲毫不感到有何不妥。

柔柔道：「公子！我可以穿衣嗎？快天亮了！」

韓柏艱難地點點頭，心想以後有的是機會，現在確非佔有這尤物的時刻，更重要的是他是全沒有這方面的經驗的。

窸窸窣窣！

柔柔穿起衣服，她身材高若男子，除了寬一點外，這衣服便像爲她縫製那樣，不過她衣內空無一物，若在街上走著，以她的容色身材，必是使人驚心動魄之極。

柔柔歡喜地望向韓柏，愕然道：「公子！爲何你一臉苦惱？」

韓柏嘆了一口氣。

柔柔來到他身前，盈盈跪下，纖手環抱著他的腿，仰起俏臉道：「公子是否因開罪了莫意閒而苦惱，若是那樣，便讓柔柔回去，大不了一死了之。」

韓柏慌忙伸出一對大手，抓著她柔若無骨的香肩，柔聲安慰道：「不要胡思亂想，我還沒有空去想這胖壞蛋，我擔心的只是自己的事，怕誤了你。」

原來他色心一收，立時記起了與方夜羽的死約。只是紅顏白髮兩人，他便萬萬抵敵不了，天曉得方夜羽還有甚麼手段？顧自己還顧不了，又怎樣去保護這個全心向著自己的美女，護花無力，心中的苦惱，自是不在話下。

柔柔將俏臉埋入他寬闊的胸膛裡，輕輕道：「只要我知道公子寵我疼我，就算將來柔柔有甚麼悽慘的下場，也絕不會有絲毫怨懟。」

韓柏心底湧起一股火熱，暗罵自己，你是怎麼了，居然會沮喪起來，不！我一定要鬥爭到底，否則還如何向龐斑挑戰？如何對得起將全部希望寄託自己身上的赤尊信？如何可使秦夢瑤和靳冰雲不看低自己？

豪情狂湧而起，差點便要長嘯起來。

柔柔驚奇地偷看他，只覺這昨夜才相遇的男子，忽然間充滿了使人心醉的氣魄，攝人心神。

韓柏神色一動，掀起遮窗的布簾，往外望去。

步聲和蹄聲傳來。

一名大漢，牽著四匹馬，筆直向車廂走過來。

韓柏暗叫不好，這時逃出車廂已來不及，他們擅進別人的車廂，又偷了衣服，作賊心虛，只想到如何找個地方躲起來。

大漢來到車旁，伸手便要拉門。

韓柏人急智生，先用腳將衣箱移回原處，摟著柔柔提氣輕身，升上了車頂，兩腳一撐，附在上面。

大漢拉開車門，探頭進來，隨意望望，便關上門，牽著馬走往車頭，將健馬套在拉架上。

韓柏原想趁機逃走，眼光掃處，發覺近車頂處兩側各有一個長形行李架，一邊塞滿了雜物，另一邊卻空空如也，足可容兩個人藏進去，心中一動，想到外面也不知方夜羽布下了多少眼線，光天化日下自己又勢不能摟著柔柔飛簷走壁，若能躲在這馬車離城，實是再理想不過，輕輕旁移，滑入了行李架內。

那大漢坐到御者位上，叱喝一聲，馬鞭揮起，馬車轉了個彎，緩緩開出。

韓柏心情輕鬆下來，才發覺自己過分地緊摟著懷內的美女，觸手處只是薄薄的絲質衣服，不由想起衣服內那無限美好的胴體。

柔柔闔上眼睛，明顯地沉醉在他有力的擁抱裡。

韓柏壓下暴漲的情慾，想道這輛四頭馬車華麗寬敞，其主人必是達官貴人無疑，只看柔柔這身偷來的衣服，質料便非常名貴，不是一般人穿得起的。

馬車停了下來。

韓柏找了處壁板間的縫隙，往外望去，原來停處正是客棧的正門前。

兩個人由客棧大門走出來，步下石階，來到馬車旁。

老的一個五十上下，文士打扮，威嚴貴氣，雖是身穿便服，但卻官派十足，較年輕的脅下挾著把遊子傘，神態悠閒，雙目閃閃有神，一看便知是個高手。

韓柏暗暗叫苦，若讓這手挾遊子傘的人坐進車廂裡，自己或可瞞過對方，但柔柔卻定難過關，先不要說心跳和呼吸的聲響，只是柔柔刻下在自己懷裡的身軀發出比平時高得多的體溫，便會使這人生出感應。

那挾遊子傘的高手壓低聲音，顯是不想駕車的大漢聽到他們的說話，道：「陳老此次上京，務要打入『鬼王』虛若無的圈子裡，將來大事若成，皇上必論功行賞。」

那被喚作陳老的人道：「簡兄請放心，鬼王下面的人中除那林翼廷外，其他各人多多少少也和我有些交情……」

簡正明道：「這林翼廷正是最關鍵的人物，專責招攬人才，擴充勢力，幸好這人有一弱點，就是好色，陳老若能針對此點定計，當收事半功倍之效。」

那陳老自是陳令方，聞言精神一振道：「如此便易辦多了，小弟有一愛妾名朝霞，不但生得貌美如花，琴棋書畫更是無一不精，保證林翼廷一見便著迷。」

躲在行李架上的韓柏轟然一震，朝霞！不就是他答應了范良極要娶之爲妾的美女嗎？心中掠過一陣狂怒，這陳令方竟要將她像貨物般送出，實是可惡之極。

簡正明嘿嘿笑道：「陳老的犧牲豈非很大？」

陳令方嘆道：「我也是非常不捨得，但為了報答簡兄和楞大統領與皇上的看重，個人的得失也不能計較那麼多了。」

簡正明肅容道：「陳老放心，我定會將一切如實報上，好了！時間不早了，陳老請上車。」

兩人再一番客氣，陳令方推門上車，坐入車廂裡，簡正明立在車外。

韓柏見簡正明沒有上來，放下心頭一塊大石，但卻又恨得牙癢癢的，幾乎想立即現身，好好將這陳令方教訓一頓。

馬車開出，沿著逐漸人多的街道行走，走的正是出城的路線。

韓柏雖是軟玉溫香抱滿懷，但腦內想著的卻全是令他煩惱的事。

眼前首要之務，是如何逃過方夜羽的追殺，假設換了他作方夜羽，若非迫不得已，否則絕不願和一個擁有赤尊信魔種元神的人，在黎明前的時分，決鬥於一個兵器庫內，而且兵庫內的兵器還是韓柏所熟悉的，因為他原本便是負責打理兵器庫的。

也可以說，誤打誤撞下，赤尊信找到了繼承他魔種最適合的人選，沒有多少人對各種各樣兵器的感情，及得上自幼摸著兵器長大的韓柏了。

這種形勢方夜羽不會不知，他在答應韓柏決鬥的地點時，便曾猶豫了片晌。

所以方夜羽定會不擇手段幹掉他。

偏偏在這要命的時刻，他遇上了柔柔，又碰巧躲上了陳令方的馬車上，聽到了有關即將降臨於朝霞身上的壞訊息。

最理想是先找個地方將柔柔安頓好，再將朝霞救出來，讓她和柔柔一起，然後看看有甚麼方法可以避過方夜羽手下的追殺。

這些事想想倒容易，實行起來卻非常困難。

首先，找一間秘密的藏嬌屋，便是天大難事。不但需要大量的金錢，還要周詳的策劃，否則如何能避過方夜羽和在此地有權有勢的陳令方的耳目？就算有范良極幫忙，短期內亦極難做到。

其次，若貿貿然將朝霞「救」出來，如何向她解釋，如何取得她信任，如何使她甘心做自己的侍妾，凡此種種，都是一個不好，便會弄巧反拙，將喜事變成了憾事。

這麼多煩惱，而每個煩惱都有害己害人的可怕後果，幾乎使他忍不住仰天長嘆，當然他不能這麼做。

附近人聲、車聲多了起來，原來已到了所有大小路交匯往城外去的大道口。

韓柏收攝心神，耳聽八方，方夜羽一定找人守著城門，防他雜在人群裡混出城外。

馬車的速度明顯放緩下來。

韓柏一邊感覺著柔柔美麗肉體予他的享受，一邊想道，現在時間還早，所以出城的人車不會是那麼多，縱使在最繁忙的午時前，出城的速度也不應如此緩慢，所以定是前頭有人盤查。不過這又奇怪了，爲何卻聽不到被阻遲了的人口出的怨言呢？由此推知，方夜羽必是動用了地方上人人驚懼的幫會組織出頭，所以連官府也要隻眼看隻眼閉，甚至暗裡幫上一把，自古至今，官府和黑勢力都是在對立中保持一種微妙的、互惠互利的奇怪連繫。

陳令方的聲音在下面響起道：「大雄！前頭發生了甚麼事？」

那大雄在車頭應道：「老爺！是飛鷹幫的人在搜車。」

陳令方絲毫不表奇怪，道：「『老鷹』聶平的孩兒們難道連我的車子也認不出來嗎？」

大雄低呼道：「原來聶大爺也在，噢！他看見了，過來了！」

上面的韓柏心中大喜，這次眞是上對了車，這陳令方看來在黑道非常吃得開，在這樣的情況下，聶平勢不能不賣個情面給陳令方，以表敬意，否則將來陳令方懷恨在心，在官府的層次玩他一手，此老鷹便要吃不完兜著走。

一把沙啞的聲音在車門那邊響起道：「車內是否陳老大駕？」

陳令方打開窗簾，往外面高踞馬上的大漢道：「聶兄你好！要不要上來坐坐，伴我一程？」

上面的韓柏暗中叫好，這陳令方眞不愧在官場打滾的人物，自己先退一步，教人不好意思再進一步。

果然聶平喝道：「叫前面的人讓開，讓陳公出城！」

一輪擾攘後，馬車前進。

聶平拍馬和馬車並進，俯往車窗低聲道：「還望陳老包涵，今次因爲是小魔師處來的命令，我們自然要拚盡老命，以報答小魔師的看重。」

陳令方一愕道：「找的是甚麼人？」

聶平以更低的聲音道：「小魔師要的人自然是厲害之極的人物。」頓了一頓快速地道：「是『獨行盜』范良極和入雲觀的女高手。」

陳令方一震道：「甚麼？是這超級大盜！這樣守著城門又有何用？」

聶平道：「聽說他受了傷，行動大打折扣，所以才要守著這出城之路。」

上面的韓柏仿若晴天起了個霹靂，原本已苦惱萬分的他，這時更爲范良極的安危心焦如焚，誰能令范良極也負傷？他爲何又會和雲清那婆娘走在一道？

外面傳來聶平的聲音道：「陳老，不送了！」

馬車終駛出城門。

這聶平的是老江湖，親送陳令方到城門口，如此給足面子，將來陳令方怎能不關照他。

蹄聲啲噠。

城門方向蹄聲驟起。

韓柏和陳令方同時一震。

爲何會有人追來？

陳令方叫道：「大雄停車！」

馬車停下，不一會兒來騎趕上，團團將馬車圍著。

聶平在外喝道：「陳公請下車！」

陳令方老到之極，一言不發，推門下車。

車頭那大雄也躍下座位，退往一旁。

韓柏心中暗罵，爲何一出城門便給敵人悉破了，剛暗罵了這句，便想到了答案，城內是石板地，城外卻是泥路，老江湖一看泥路的軌痕，便知道車上不止陳令方一人。

心中暗嘆。

外面一把冰冷的聲音響起道：「范良極你出來！」

第二十五章　並肩作戰

雲清跟在范良極背後，來到城西一條護城河旁。

范良極縱身便往河裡跳下去。

雲清大吃一驚，探頭往下望，卻看不到范良極，只見一隻手在近河水處伸了出來，向她打著「下來」的手勢，才醒悟到那處是有條暗道。

雲清最愛乾淨整潔，不禁猶豫起來。

范良極探頭反望上來，催促道：「快！」

雲清一咬牙，看準下面一棵橫生出來的小樹，躍了下去，一點樹幹，移入高可容人的大渠裡，半清半濁的水由渠內緩緩流出，注入河裡。

范良極伸手要來扶她。雲清吃了一驚，避往一旁。

范良極眼中閃著異光，好像在說抱也抱過，摟也摟過，這樣用手碰碰，又有甚麼大不了。

雲清不敢看他，望往黑沉沉的渠道裡道：「你若要我走進裡面，我絕不會答應！」

范良極得意笑道：「清……嘿！你不要以爲裡面很難走，只要我們閉氣走上半盞熱茶的工夫，便會到達一個八渠匯集的方洞，往南是一條廢棄了的下水道，雖然小了一些，但卻乾淨得多，可直通往城門旁的一個出口，保證神不知鬼不覺。」

雲清奇道：「你怎會知道？」

范良極眉飛色舞道：「這只是我老范無數絕活之一，每到一處，我必會先將該地裡裡外外的建築資料偷來看看。不是我誇口，只要給我看上一眼，便不會忘記任何東西，否則如何做盜中之王，偷了東西後又如何能避過追蹤？」

雲清猶豫片晌，衡量輕重，好一會兒才輕聲道：「那條通往城外的下水道，眞的乾淨嗎？有沒有耗子？」

范良極知她意動，大喜道：「耗子都擠到其他有髒水的地方，所以保證暢通易行，快來！」帶頭潛入渠裡。

雲清想起渠內的黑暗世界，朝外深吸一口氣，以她這種高手，等閒閉氣一刻半刻，也不會有大礙，這才追著范良極去了。

范良極的記憶力並沒有出賣他，不一會兒兩人來到一個數渠交匯的地底池。

雲清運功雙目，只見水池裡無數黑黝黝的小東西蠕蠕而動，暗叫我的天呀，幸好范良極鑽進了右邊一條較小的水道，忙跟了進去，水道不但沒有水，還出奇地乾爽，這使雲清提上了半天的心，稍放了點下來。

兩人速度增加，下水道逐漸斜上，不一會兒范良極驀地停下，雲清驚覺時已衝到他背後，無奈下舉起雙手，按在范良極背上，借力止住去勢。

雲清雖立即收手，臉紅過耳不打緊，那顆卜卜亂跳的芳心，在這幽靜的下水道裡，又怎瞞得過范良極那天下無雙的耳朵。

雲清眞是發夢也想不到會和范良極在這樣一條下水道裡走在一起，還如此親熱。

自二十七歲那年開始，直至今天，斷斷續續下她已被這身前的可惡老頭糾纏了七年的長時間，開始時她非常憤怒，但卻拿這神出鬼沒的大盜沒法。她只想憑一己之力對付范良極，但幾年下來，竟習慣了范良極的存在。

范良極不時會失蹤一段時間，當她忽然發覺案頭或練功的院落裡多了一樣珍玩，又或由京城買回來的精美素食，她便知道他又回來了。

不知不覺下，范良極成爲了她生活的一部分。有次當范良極整整半年也沒有現身，她竟不由自主擔心起來。

他是否遇到了意外？

「咿！」

細微卻尖銳的響聲將她驚醒過來。

前面的范良極手上拿著一把匕首，舉手插上下水道的頂部，原來是個被厚木封閉了的圓洞。

這裡已是這廢棄了的下水道盡頭處。

范良極匕首顯然鋒利之極，割入厚木裡只發出極微的響聲，不知又是從哪裡偷回來的東西？

范良極轉過頭來，得意一笑，收回匕首，雙手高舉，用力一托。

隨著瀉下的沙土，強烈的陽光由割開的圓洞透射而下，上面竟是個樹林。

就在此時，外面傳來喝叫聲：「范良極你出來！」

兩人同時一呆。

敵人爲何神通廣大至如此令人難以置信的地步？

韓柏知道避無可避，一聲長笑，摟著柔柔，功聚背上，硬生生撞破車頂，沖天而起。

兵刃呼嘯響起。

韓柏在空中環目四顧，只見四周躍起四男一女，都是身穿白衣，但卻滾上金色、綠色、黑色、紫紅色和黃色的衣邊，非常搶眼好看。

四名男子年紀均在三十至四十間，金衣邊的男人最肥胖，通體渾圓，像個人球，而手持的武器形似主人，竟是兩個直徑達三尺的金色銅鑄大輪。

綠衣邊的男人體型最高，看上去就像塊木板，手持的武器是塊黑黝黝的長方木牌，看上去非常堅實，隱有刀斧劈削的淺痕，可知曾隨它的主人經歷過許多大小戰陣。

紫紅衣邊的男人膚色比一般人紅得多，而他整個面相則給人尖削的感覺，特別是頭和耳都特別尖窄，手中的武器更奇怪，居然是個大火炬，現在雖未點起火來，卻已使人有隨時會著火被炙的危險感覺。

穿黃邊衣的男人體型方塊厚重，左手托著個最少有三、四百斤的鐵塔，一看便知是擅長硬仗的高手。

那個女子衣滾黑邊，年紀遠較那四名男人爲小，最大也不過二十五歲，面目秀美，使人印象最深刻的地方，就是她特別纖長的腰身，柔若無骨，武器是罕有人使用，可剛可柔，外形似劍，其實卻是條可扭曲的軟節棍。

這五人體型各異，武器均與其配合得天衣無縫，有眼力的一看便知道他們是天生可將其手中利器發揮致盡的最適當人選。

換了是第二個人，縱管知道此四男一女是依金赤、木碧、水黑、火紫、土黃五色，各自配套其所屬五行特色的兵器、武功，但也唯有待到眞正動手交鋒時，才能知道其中玄妙，當然，那時可能已太遲了。

但韓柏卻非其他人。

赤尊信移植入韓柏體內的魔種，最精采絕倫之處，並非將韓柏變成了另一個赤尊信，而是將赤尊信精氣神和經驗的精華，種入韓柏體內，與韓柏的元神結合，藉著新主人本身的天分、才情、性格，獲得「再生」的機會。

要知無論怎樣超卓的人，潛力和壽命均有窮盡之時，但種魔大法卻等如一次再生的機會。試想假設一個嬰兒一出世時便像赤尊信那樣厲害，再練多一百年，會是甚麼光景？

種魔大法正是這個原理。

那是武功到了龐斑或赤尊信那等進無可進的層次時，只有一個種魔大法，也許是唯一能再求突破的方法。

當然駕馭魔種並非易事，韓柏便數次險些受魔種所制，那時輕則神經錯亂，重則狂亂胡爲、全身經脈爆裂而亡。

龐斑的道心種魔大法又和韓柏的被動不同，牽涉到天人的交戰，玄異之極，雖然將來何者爲優，何者爲劣，現在仍言之過早。但龐斑本身已是天下最頂尖的人物，在這基礎上再作突破，自然非是目下的韓柏所能望其項背，無論如何，韓柏本身的資質，加上赤尊信的魔種，潛力之大，實是難以估量。

而連韓柏自己也不知道的，就是他和赤尊信的魔種正値「新婚燕爾」的階段，由頑石迅速蛻變爲美玉的過程裡，每一個苦難，每一次激戰，都使他進一步發揮出魔種的潛力，其中最厲害的一次，當然是與龐斑的對峙，事後他便差點駕馭不了魔種，幸好秦夢瑤的出現救了他。

與白髮紅顏和莫意閒的先後交手、受傷和療傷，甚至乎柔柔對他色慾上的刺激，都成爲了魔種與他進一步融合的催化劑。

所以到了此刻，當他一眼望向這五大高手的攻勢時，便差不多等如赤尊信望向敵人。

要知赤尊信以博通天下各類形兵器威震武林，誠如乾羅對他的評語，赤尊信在武學上，已貫通了天下武技的精華，把握了事物的至理。所以連浪翻雲也要在初對上時被迫採取守勢，連龐斑如此冠絕當代的魔功秘技，也不能置他於死。赤尊信的厲害，可見一斑。

金、木、水、火、土謂之五行，代表了天地間五種最本原的力量，正是物理的極致，故韓柏一看眾敵來勢，便立即把握了對方的「特性」。

韓柏一聲長嘯，喝道：「我不是范良極！」

那四男一女齊齊一愕，忽地發現成爲了他們攻擊核心的男女，並不是范良極和雲清。

韓柏正要他們這種合理反應，大笑一聲，將柔柔往上拋去，借那回挫之力，以高速墜下，兩腳分往那屬火和屬木的兩名高手踏下，正踏中火炬和長木牌。

木火相生，火燥而急，所以不動則已，一動必是火先到，而木助攻。

火木兩人齊聲悶哼，被震得幾乎兵器脫手，無奈下往後墜跌。

左側風聲響起，兩個圓輪脫手飛來，一取其腳，另一卻是旋往他的上空，防止他借力再彈往高處，也切斷了他和正翻滾的柔柔的連繫。只是這眼力和判斷，這像圓球的大胖子便可躋入一流高手之列。

哪知韓柏忽地加快，兩腳若蚱蜢地一伸，電光石火間竟升起了丈許，不但避過了劃腳而來的第一個金輪，還來到了第二個金輪的同一高度。

「叮！」

韓柏一指點在金輪上，順勢一旋。

金輪由他身側掠過，差半分才傷著他，卻往後面持著鐵塔攻來屬土的高手切割而去。

「噹！」

塔、輪相撞。

持塔高手往後飛退。

那大胖子剛才運力擲出金輪的一口氣已用盡，不得已亦只有往下落去。

忽然間，只剩下那衣綑黑邊的柔骨女子凌空趕來。

柔柔這時也達到了最高點，開始回墜。

韓柏只感由昨夜遇上白髮紅顏失利以來憋下的悶氣，全部發洩了出來，暢快之極，對自己的信心也忽地加強，縱使碰上白髮紅顏，又或再遇莫意閒，也有一拚之志；長笑聲中，一伸手接著掉下來的柔柔，借力一腳飛向柔骨女的軟節棍。

柔骨女絲毫不因變成了孤軍而稍有驚惶，嬌叱一聲，長達五尺的軟節棍波浪般往後扭曲，她打的如意算盤，就是當韓柏腳到時，扭曲了的軟節棍便會彈直，那力道必可在韓柏的腳底弄個洞出來，想法亦不可謂不毒辣。

豈料韓柏的腿，像忽地長了起來，壓在扭曲了的軟節棍上。

韓柏的腿當然不會變長，而是他的鞋子脫腳飛出，壓在棍鞭頭上。

柔骨女美麗的面容立時一變。

鞋、棍鞭觸處，傳來有若泰山壓頂的內勁，若讓棍鞭彈直，不但傷不到對方，自己貫注於棍鞭裡的眞氣，由於被對方注入鞋裡的勁道硬迫回來，必反撞入她經脈裡，不死也要重傷，大駭下，立時放手急落。

「蓬！」

鞋子反彈，穿回韓柏腳上。

軟節棍箭般往相反方向激飛而去。

韓柏大笑道：「告訴方夜羽，這是第二次襲擊我韓……韓柏大俠，哈哈哈……」抱著柔柔勁箭般橫掠而去，撲往路旁的密林去。

柔骨女落到地上，和其他四人翹首遙望，卻沒有追趕。

正以爲逃出敵人包圍網的韓柏大感不妥，異變已起。

兩側勁風狂起。

強望生的獨腳銅人和由蚩敵的連環扣分左右攻來。

韓柏當然不知道這兩人是誰，但只是由對方所取角度、速度和壓體而至的龐大殺氣和內勁，便知要糟。

更糟的是對方早蓄勢以待，自己卻是氣洩逃命的劣局。

就在這千鈞一髮的時刻。

另一聲大喝在下面響起道：「柏兒！你老哥我來了！」竟是范良極的聲音。

強望生和由蚩敵臨危不亂，交換了一個眼神，心意互通，均知道范良極這刻才剛離地，無論他輕功如何高明，也將慢了一線，只是那一線的延誤，已讓他們有足夠時間先幹掉韓柏，再回頭對付范良極。

豈知范良極大叫道：「清妹助我！」

雲清搶到躍起的范良極身下，雙掌往他鞋底一托，范良極長嘯一聲，沖天而起，刹那間趕到由蚩敵背後，旱煙桿點出。

由蚩敵想不到范良極有此一著，不過他由出世到現在六十七年間，大小戰役以百數計，經驗無可再老到，想也不想，連環扣反打身後，完全是一命搏一命的格局。

韓柏見范良極及時現身，心中大喜，強吸一口眞氣，收勢下墜，一腳往強望生直轟而來的獨腳銅人踏下去，反佔了居高臨下的優勢。

「叮！」

范良極旱煙桿敲在連環扣上。

由蚩敵呆了一呆，原來范良極旱煙桿傳來一股力道，將他帶得由升勢轉回跌勢。范良極爲何不想傷他？這念頭剛起，范良極已借那桿、扣相擊生出的力道，翻過他頭頂，配合著韓柏，一旱煙桿往強望生胸口點去。

這大賊的眞正目標原來是強望生而非他！

才想到這裡，由蚩敵再降下了七尺，雲清的雙光刃，夾在流雲袖，已攻至眼前。

這時形勢最危殆的是強望生。

本來他和由蚩敵定下對策，先以龐斑和方夜羽一手訓練出來的十大煞神其中的金木水火土五煞作爲主攻。

任何老江湖一見此五煞，便知道若讓此五人聯手圍攻，因著五行生剋制化的原理，必然威力倍增，在這樣的形勢下，范良極和雲清必盡力在五煞結成陣勢前逃走，而他兩人則在旁加以突擊，可謂十拿九穩。

哪知破車廂而出的是韓柏而不是范良極，已使他們有點失算，現在范良極又神出鬼沒般由地下冒出來，還造成如此形勢，即管心志堅定如強望生，也心神大震，鬥志全消。

「轟！」

強烈的氣勁在強望生高舉頭上的銅人頂和韓柏的腳底間作傘狀激濺。

范良極的旱煙桿點至。

強望生在這生死關頭，悽叫一聲，猛一扭腰，借那急旋之力，將獨腳銅人硬往上一送，同時肩膀撞在旱煙桿頭處。

韓柏想不到下面的強望生厲害至此，竟尚有餘力，悶哼一聲，借勢彈起。他不敢硬拚的原因，是怕震傷了懷中的柔柔。

范良極嘿嘿一笑，旱煙桿由直刺變橫打，掃在強望生扭撞過來的肩膀上。

強望生慘哼一聲，落葉般往下飛跌，獨腳銅人甩手飛出。

同一時間由蚩敵擋過雲清兩招，凌空向強望生趕來，否則若讓韓柏或范良極有一人追到，強望生將性命不保。

范良極報了一半昨晚結下的仇，心情大快，長嘯道：「柏兒、清妹，快隨我走！」

第二十六章　情場硬漢

凌戰天的客廳裡，小雯雯靜靜坐在椅上。

細碎的腳步聲由內廳響起，一個小孩子氣喘喘奔了出來，直到雯雯面前，才停了下來，兩手不知拿著甚麼，卻收在身後，不讓小雯雯看到，原來是凌戰天和楚秋素的兒子凌令。

雯雯哭腫了的大眼瞅了凌令一眼道：「我不用你來逗我開心！」

凌令大感洩氣，將手大鵬展翅般高高舉起，道：「你看！這是長征哥從濟南買回來給我的布公仔，一男一女，剛好是對恩愛夫妻。」

雯雯硬是搖頭，不肯去看。

楚秋素的腳步和聲音同時響起道：「令兒，你又欺負雯雯了，是不是？」

凌令大為氣苦道：「不！我最疼雯雯了，怎會欺負她，而且我比她大三歲，昨天玩拋米袋時還曾讓她呢！」

雯雯抬頭皺鼻道：「明明是我贏你，還要吹大氣。」接著兩眼一紅，向楚秋素問道：「素姨！我媽媽呢？」

楚秋素坐到雯雯身旁，憐惜地摟著她道：「你娘有事離島，很快便會回來了。」

雯雯道：「素姨不要騙雯雯，娘昨晚說要回舖趕釀『清溪流泉』，以免浪首座沒有酒喝，卻沒有說要離島。」

楚秋素一時語塞。

幸好凌戰天、上官鷹和翟雨時正於此時走進廳內，爲她解了圍。

雯雯跳了起來，奔到上官鷹身前，叫道：「幫主，找到了我娘沒有？」

凌戰天伸手過來，一把抱起了她道：「雯雯，我問你一句話，你要老老實實回答我。」

雯雯肯定地點頭。

凌戰天道：「你說天下間有沒有『覆雨劍』浪翻雲做不來的事？」

雯雯搖頭道：「沒有！」

凌戰天道：「你娘給壞人捉去了，但浪翻雲已追了去救你的娘，他絕不會讓任何人傷害她，你相信我嗎？」

雯雯點頭道：「凌副座不用擔心我，我不會哭，怒蛟幫的人都不會哭的，爹死了，我只哭了兩次，以後便沒有哭。」

凌戰天眼中射出奇光，像是首次認識這個女孩，道：「在你娘回來前，你便住在我這裡，和令兒一齊跟我習武。」

小留驛是黃州府和武昌府間的官道上三個驛站裡最大的一個，聚了幾間小旅館和十多間房舍。天剛亮便離開黃州府的人們，走了三個多時辰的路後，都會到這裡歇歇腳，補充點茶水，又或吃個簡單的午餐，才又趕路。

時值深秋季節，大多數人都趁著天朗氣清，趕在天氣轉寒前多運上兩轉財貨，回家或探親，所以路上商旅行人絡繹不絕，小留驛亦進入它的興旺時月。

有些懂賺錢之道的人更針對匆匆趕路者的心理，在路旁搭起篷帳，擺開熟食檔子，供應又快又便宜的各種美食。

浪翻雲和左詩到來時，只有賣稀飯和菜肉包子的檔口還有一張桌子是空著的，兩人沒有選擇，坐了下來，叫了兩碗稀飯和一客十個的包子。

左詩垂著頭，默不作聲。

浪翻雲從瓷筒內取出了五枝竹筷，在桌上擺出一個特別的圖形來，微微一笑道：「左姑娘是否記掛著雯雯？」

左詩飛快地望了他一眼，垂下頭輕輕道：「自雯雯出世後，我從沒有離她那麼遠的。」

浪翻雲想起了小雯雯，微微一笑道：「雯雯確是個可愛之極的小女孩，而且懂事得很，這麼小的年紀，眞是難得！」

左詩輕輕道：「浪首座爲何不叫酒？」

浪翻雲有興趣地打量著四周那亂哄哄的熱鬧情景，聞言答道：「我從不在早上喝酒，何況我被你的清溪流泉寵壞了，恐怕其他酒喝起來一點味道也沒有。」

這時有個人經過他們桌旁，看到浪翻雲在桌上擺開的竹筷，面容一動，望了浪翻雲和左詩一眼，全身再震，匆匆去了。

左詩直到此刻仍是低著頭，不敢望向浪翻雲。

伙計送上稀飯和包子。

浪翻雲讚道：「眞香！」抓起一個包子送進嘴裡，另一手捧起熱騰騰的稀飯，咕嚕咕嚕一把喝個精光。再抓起第二個包子時，見左詩仍垂頭不動，奇道：「不餓嗎？爲何不吃點東西？」

左詩俏臉微紅，不安地道：「我不餓！」

浪翻雲奇道：「由昨晚到現在，你半點東西也沒有下肚，怎會不餓？」

左詩頭垂得更低了，以蚊蚋般的聲量道：「這麼多人在，我吃不下。」

浪翻雲環目一掃，附近十桌的人倒有八桌的人目光不住落在左詩身上。想起當年和紀惜惜出遊時，每到人多處，都是遇上這等情況，所以早習以爲常，不以爲異。分別只是紀惜惜無論附近有一百人也好，一千人也好，在她眼中天地間便像只有浪翻雲一個人那樣。

靦腆害羞的左詩則是另一番情韻，卻同是那麼動人。

左詩感到浪翻雲在細意審視著她，俏臉由微紅轉爲深潤的嫣紅，頭更是抬不起來，芳心不由自主想起被浪翻雲摟在懷裡，追擊「矛鏟雙飛」展羽時那種羞人感受。

這時一名軒昂的中年大漢來到桌前，低叫道：「浪首座！」

浪翻雲淡淡道：「坐下！」

那大漢畢恭畢敬在其中一張空椅坐了下來，眼中射出熱切和崇慕的神色，道：「小留分支支頭目陳敬參見浪首座。」

浪翻雲望向大漢道：「這位是左詩姑娘……唔……我認得你。」

陳敬受寵若驚道：「七個月前屬下曾回島上，和黃州分舵的人謁見首座，想不到首座竟記得小人。」

浪翻雲望向左詩，柔聲道：「左姑娘，你有甚麼口訊，要帶給雯雯，陳敬可以用千里靈，迅速將消息傳回怒蛟島。」

左詩感激地看了他一眼，浪翻雲給人的印象一向是閒雲野鶴，不將世俗事務放在心上，想不到如此細心體貼，想了想輕輕道：「告訴雯雯，她娘和浪首……首座在一起……很快回來。」

本來她想說的是「和浪首座一起，他會照顧我」，但話到了唇邊，卻說不出來，語音還愈來愈細，聽得那陳敬豎直耳朵。

浪翻雲向陳敬道：「聽到了沒有？」

陳敬將頭搗蒜般點下，以示聽到，恭敬地道：「屬下立即將這消息傳回去給……給雯雯。」

浪翻雲再吩咐了幾句，著他加到信裡去，微微一笑，腦中升起一幅當雯雯收到第一封專誠寄給她的千里靈傳書時的神情模樣。

陳敬見浪翻雲再無吩咐，知機地施禮去了。

左詩道：「謝謝！」

浪翻雲微一錯愕，心中湧起歉意。

左詩現在的苦難，所受的驚嚇，與相依爲命的愛女分離的痛苦，都是因自己而來。假設自己沒有在觀遠樓上出言邀請左詩上來相見，假設他浪翻雲沒有到酒舖找她們母女，在旁虎視眈眈的敵人也不會選上左詩來引他上鉤。

直至此刻，左詩不但沒有半句怨言，心甘情願地接受他所有安排，還要謝他。

白望楓等人的圍攻是不值一哂的愚蠢行爲，眞正厲害的殺著是受楞嚴之命而來的黑榜高手「矛鏟雙飛」展羽。

鬼王丹是「鬼王」虛若無親製的烈毒，藥性奇怪，一進入人體，便會潛伏在血脈內，非經他的解藥，無人可解，所以浪翻雲若要救回左詩之命，便不得不親自上京，找鬼王要解藥。

這一著另一個厲害的地方，就是凡服下鬼王丹的人，視其體質，最多也只有四十九天可活，所以浪翻雲必須盡量爭取時間，攜左詩赴京，如此一來，多了左詩這包袱，浪翻雲便失去他以前獨來獨往、可進可退的優勢，由暗轉明，成爲敵人的明顯攻擊目標。

他浪翻雲乃當今皇上眼中的叛賊，兼之京師高手如雲，他或可全身而退，但左詩呢？解藥呢？

想到這裡，浪翻雲苦笑起來。

在范良極的帶領下，韓柏摟著柔柔，穿過一堆亂石，轉上一條上山的小徑。

范良極忽地停下，愕然後望。

韓柏也是一呆，停下轉身，奇道：「雲清那……那……爲何還沒有來？」

范良極瞪了他一眼，一個閃身，往來路掠去，才出了亂石堆，只見面對著的一棵大樹的樹身上，一枝髮簪將一張紙釘在那裡，寫著：「我回去了！不要找我。」八個字。

范良極悶哼一聲，搖搖頭，伸手拔下髮簪，簪身還有微溫，范良極將髮簪送到鼻端，嗅了嗅，忍不住嘆了一口氣。

這時韓柏放開了柔柔，走到他身邊，伸手將他瘦削的肩頭摟著，安慰他道：「死老鬼不要灰心，情場上的男女便如高手對陣，有進有退，未到最後也不知勝敗結果呢！」

范良極冷笑道：「誰說我灰心了？」

韓柏見他連自己喚他作「死老鬼」也沒有還擊，知他心情不但不是「良極」，而是「劣極」，心中大表同情，但卻找不到說話來安慰他，不由想起了秦夢瑤，登時一顆心也像給鉛塊墜著那樣，沉重起來。

范良極兩眼往後一翻，面無表情地道：「那是誰？」眼光又落在手中的髮簪上。

韓柏鬆開摟著他肩頭的手，搔頭道：「這要怎麼說才好，她是莫……」

「呀！」

一聲怪叫，范良極彈往半空，打了個觔斗，落回地上，上身微仰，雙手高舉，握拳向天振臂大笑道：「差點給這婆娘騙了！」

韓柏和柔柔一前一後看著他，均想到難道他給雲清一句決絕的話便激瘋了？

范良極一個箭步飆前，來到韓柏前，將髮簪遞至韓柏眼前寸許的位置興奮地道：「你看到簪頭的那對小鴛鴦嗎？」

韓柏抓著他的手，移開了點，看了一會兒點頭道：「的確是對鴛鴦，看來……看來或者是雲清那婆娘對你的暗示，對！定是暗示。」說到最後，任何人也可聽出他是勉強在附和。

范良極猛地縮手，將髮簪珍而重之收入懷內，怒道：「去你的暗示，誰要你砌詞來安慰我這堅強的情場硬漢。」再兩眼一瞪，神氣地道：「幸好我沒有忘記，這枝銀簪是我數年前送給她的其中一件小玩意，知道沒有？明白了沒有？」

韓柏恍然大悟，看著像每條皺紋都在發著光的范良極，拍頭道：「當然當然！她隨身帶著你給她的東西，顯是大有情意……」

范良極衝前，兩手搶出，抓著他的衣襟道：「不是『大有情意』，而是極有情意，無底深潭那麼深的情，茫茫大海那麼多的意。」他愈說愈興奮，竟然出口成章來。

韓柏唯有不住點頭，心中卻想，雲清那婆娘將這簪還你，說不定代表的是「還君此簪，以後你我各不相干」也說不定。但口裡當然半個字也不敢說出來。

范良極鬆開手，勉強壓下興奮，板著臉道：「你還未答我的問題。」

韓柏扭頭望向垂首立在身後十多步外的柔柔，忽地湧起對方孤獨無依的感覺，直至回轉頭來，仍沒法揮掉心內憐惜之意，搭著范良極肩頭再走遠兩步，才以最簡略的語句，介紹了柔柔的來歷。

范良極這時才知道這美艷的女子竟如此可憐，歉意大起，點頭道：「原來這樣，不如你就放棄了秦夢瑤，只要了她和朝霞算了。」話一完，同時退開兩步，以防韓柏勃然大怒下，揮拳相向。

豈知韓柏愕了一愕，記起了甚麼似的，臉色一變向他望來，道：「差點忘了告訴你，朝霞有難了！」

范良極全身一震，喝道：「甚麼？」

韓柏連忙舉手制止他的震驚道：「災難只是正要來臨，還未發生。」當下一五一十將偷聽到陳令方和簡正明兩人密斟的話說出來。

范良極臉色數變，眉頭大皺，顯亦想到韓柏早先想到的問題。

目前最直截了當的方法，當然是在陳令方將朝霞帶上京城前，將她劫走，可是朝霞和他們無親無故，這樣做只會將事情弄得一團糟，朝霞怎會相信他們這兩個陌生人。要韓柏娶朝霞，只是范良極一廂情願的事罷了。

韓柏安慰他道：「放心吧！我已成功擋住了方夜羽兩次襲擊，再擋多一次，便可以迫方夜羽決鬥，幹掉了他後我們便齊齊上京，一定還來得及。」

范良極瞪大眼，看怪物般直瞪著他。

韓柏大感不自然，伸手在他一瞬不瞬的眼前揚揚，悶哼道：「死老鬼！有甚麼不妥。」

范良極冷冷道：「我看你是活得不耐煩了。」

韓柏洩氣地道：「我知道，只是白髮紅顏，加上剛才那群人，就算我有你幫助也是死路一條……」攤手嘆道：「可是現在還由得我們作主嗎？而且連你獨行盜這麼懂得鬼行鼠竄，藏頭縮尾，也給他們弄了出來，教我能躲到哪裡去？」

范良極嘿然道：「那只是因爲有心人算無心人，給他們找到清妹這唯一弱點，現在本獨行盜已從無心人變成有心人，不是我誇口……」

韓柏口中發出可惡的「啐啐」之聲，道：「你以前不是說過自己除龐斑外甚麼人也不怕嗎？現在不但給人打傷了，還被趕得四處逃命，仍要說自己不是誇口？」

范良極氣道：「我幾時說過自己除龐斑外便甚麼人都不怕？」

韓柏氣定神閒道：「你或者沒有說出來，不過你卻將這種自大的心態寫了在你不可一世的神氣老臉上，還想騙人自己不是那麼想？」他顯然在報復范良極在秦夢瑤面前公然揭破他對她愛慕那一箭之仇了。

范良極陰陰笑道：「對不起，我差點忘記了你已變成了甚麼媽的韓柏大俠，難怪說起話來那麼有權威性。」

「噗哧！」

在旁的柔柔忍不住笑了出來，這一老一少兩人，竟可在這四面楚歌、危機四伏的時候，談著生死攸關的正事時，忽然鬥起嘴來，眞教人啼笑皆非。

兩人的眼光齊齊落在柔柔身上。

在薄薄的高質絲服的包裹下，這美女玲瓏浮凸、若隱若現的誘人體態，惹人遐思之極。

范良極乾嚥了一口，道：「你這飲奶的小兒倒懂得揀人來救。」

韓柏針鋒相對道：「你這老得沒牙的老鬼不也懂得揀雲清那婆娘來救嗎？」

范良極臉色一沉道：「不是雲清那婆娘，是清妹！」

韓柏學著他先前的語氣道：「噢！對不起，你不也懂得揀清妹來救嗎？」

范良極一手再扯著他衣襟，警告道：「甚麼清妹，你這小孩兒哪來資格這麼叫，以後要叫清妹時，請在前面加上『你的』兩字，明白嗎？韓柏大俠！」

韓柏裝作投降道：「對不起！是你的清妹。」

兩人對望一眼，忽地分了開來，捧腹大笑。

在旁的柔柔心中升起溫暖的感覺，她以往大多數日子都在莫意閒的逍遙帳內度過，每天只能戰戰兢兢地在討莫意閒歡心，八姬間更極盡爭寵之事，從未見過像這兩人那種眞摯之極的感情，心中亦不由想到兩人其實是在敵人可怕的威脅下，在絕望裡苦中作樂，振起鬥志，以保持樂觀開朗的心情。

范良極伸手摟著韓柏的肩頭，正容道：「柏兒！我們來打個商量。」

韓柏警戒地道：「甚麼？又是商量？」

范良極不耐煩地道：「我的商量總是對你有利無害，你究竟要不要聽？」

韓柏無奈屈服道：「老鬼你不妨說來聽聽！」

范良極老氣橫秋地道：「現在事勢擺明，方夜羽不會讓我們活到和他決鬥那一天……」忽地臉色大變，失聲道：「糟了！我們竟然忘了小烈。」

韓柏呆了一呆，心中冒起一股寒意，是的！他們真的忘了風行烈，這個龐斑最想要的人。

范良極懊惱道：「方夜羽這小子真不簡單，只耍了幾招，便弄到我們自顧不暇，陣腳大亂。哼！不過小烈他已得厲若海真傳，打不過也逃得掉吧！」

韓柏聽出他話雖如此，其實卻全無信心，不過現在擔心也擔心不來，唯有期望風行烈和谷倩蓮兩人吉人天相吧。

范良極忽又興奮起來道：「不再聽你的廢話了，來！我帶你們去看一些東西。」

韓柏和柔柔同時一呆，在這樣惡劣的形勢裡，還有甚麼東西好看？

第二十七章　山雨欲來

方夜羽站在一個山頂之巔，艷陽高掛天上，在溫煦的陽光裡，他挺拔的身形，充滿著自信和驕傲。

他低頭審視著手上失而復得的三八戟，看得是那麼情深，那麼貫注。

站在他旁的「禿鷹」由蚩敵、「人狼」卜敵、「白髮」柳搖枝、蒙氏雙魔、十大煞神裡的絕天滅地和金木水火土五煞，均屏息靜氣，靜待他的發話。

眾人都有點沮喪，因爲在昨晚的行動裡，定下的目標均沒有達到。

方夜羽微微一笑，望向「白髮」柳搖枝道：「柳護法可知爲何我將此戟讓韓柏保管至決鬥之時？」

柳搖枝愕了一愕，深思起來。

這亦是當日韓柏大惑不解的事，因爲將自己的趁手武器交與敵人，在武林裡確乃罕有之極的事。

方夜羽淡淡道：「當日我看到他第一次拿起我三八戟時那種感覺，已使我知道這人對武器的特性，有種與生俱來的敏銳觸覺，當然，現在我們知道他這種觸覺，是來自赤尊信的魔種。」略一沉吟，嘴角再露出一絲笑意，眼光由柳搖枝移往山頭外蔥綠的原野，像想起了當日的情景道：「所以我故意將右戟留給他，其實是以此無形中限制了他接觸其他武器，亦迫他只能以右戟和我交手。」

眾人恍然大悟，亦不由打心底佩服方夜羽的眼光和心智，要知即管赤尊信重生，用起三八戟來，也絕及不上方夜羽傳自龐斑對三八戟的得心應手。

「白髮」柳搖枝臉色一變道：「我不知道其中竟有如此玄妙，還以為將三八戟取回有利無害，不過少主請放心，我們必能取韓柏的頭回來向少主交代。」

方夜羽嘆了一口氣道：「假設我以追求武道為人生最高目標，韓柏將是我夢寐難求，使我能更晉一層樓的對手，可是我身負逐鹿中原的大任，唉……」

蒙大蒙二兩人齊躬身道：「少主千萬要珍重自己，在中原重振我大蒙的希望，全繫於少主身上。」

方夜羽環視眾人，哈哈一笑道：「我們今次出山，首要之務，就是打擊中原武林，想當年朱元璋若非得到黑白兩道的支持，何能成其霸業？昨晚我們看似未竟全功，其實已將黑白兩道打擊得七零八落，潰不成軍。」又嘿嘿一笑，哂道：「不可不知昨晚我們對付的人，都是中原武林一等一的厲害角色，若我們能輕易完成任務，才是奇怪。」

眾人因恐懼方夜羽責怪而拉緊的心情，齊齊鬆舒，都湧起下次必須全力以赴、不負方夜羽所望的熱情。

方夜羽見已激勵起眾人士氣，正容道：「現在厲若海、赤尊信已死，江湖三大黑幫其中之二落入了我們手裡。白道十八種子高手心膽俱寒，又因韓府凶案陷於分裂邊緣，只要我們能堅持分而化之、逐個擊破的戰略，中原武林將元氣大傷，那時我大蒙再次東來，朱元璋便再無可用之將，天下還不是我囊中之物。」

眾人紛紛點頭。

要知破壞容易，建設困難，他們的目的並非太難達到，首先拿黑道開刀，將反抗的人剔除，統一黑道，擴展地盤，削弱朝廷的勢力，製造不安。這目標現在已大致達成，若非怒蛟幫有浪翻雲的覆雨劍頂著，則天下黑道，便已盡成爲方夜羽的工具，這種由外至內逐步腐蝕明室天下的手段，確是毒辣之極，而且非常有效。

方夜羽望向「禿鷹」由蚩敵，道：「強老師的傷勢如何？」

由蚩敵悻悻然道：「這范良極確是狡詐之極，老強的傷勢相當嚴重，幸得少主賜以靈藥，不過沒有百日精修，也難以復元。」

一直沒作聲的「人狼」卜敵恭敬問道：「請小魔師指示下一步行動。」

方夜羽沉吟片晌，道：「我們一上來便佔盡了上風優勢，主因是在過去二十年裡，我們默默耕耘下，不但培養了大批可用的人才，還建立了龐大有效的情報網，以暗算明，使敵人措手不及。不過自昨晚之後，我們便由暗轉明，兼且由老師等又現了身，必惹起敵人警覺。」

柳搖枝道：「尤可慮者，乃是朱元璋的反應。」

方夜羽哈哈一笑道：「這我倒不大擔心，朱元璋以黑道起家，得了天下後又反過來對付黑道，開國元老所餘無幾，唯一可懼者只是『鬼王』虛若無，但我們卻有師兄這一著厲害之極的棋子，保證朱元璋自顧不暇，哪還有閒情來理中原武林內發生的事。」

眼光落在由蚩敵身上，道：「不知里老師何時會抵武昌？」

眾人知道他說的是蒙古五大高手裡智計、武功均最超卓的「人妖」里赤媚，都露出注意的神色。

昔日蒙皇能撤回塞外，就是因里赤媚對著了對方武功最高明的虛若無，否則順帝能否全身而退，也是未知之數，於此可見此人武技的強橫。

由蚩敵道：「里老大現在應該也到了。」

方夜羽眼中閃過精芒，道：「既是如此，便由里老師主持追殺范良極和韓柏，若有里老師出手，哪愁兩人飛上天去。」

接著嘴角牽出一絲冷笑，話題一轉道：「雙修府處處與我作對，若我教它有片瓦留下，何能立威於天下？」

眾人精神大振，轟然應是。

卜敵臉上現出一個殘忍的笑容，道：「縱使風行烈逃到天涯海角，也絕逃不出我們的五指關。」

方夜羽略一思索，道：「我們可放出風聲，讓天下人均知我們即將攻打雙修府。」

眾人大感愕然，這豈非使敵人知所防範嗎？

方夜羽傲然一笑道：「八派一向視自己為武林正統，又得朱元璋冊封為八大國派，西寧派更連道場也搬了往京城，近年來更是妄自尊大，崖岸自高，對雙修府此等一向被他們視為邪魔外道的門派，絕不會屑於一顧。現在厲若海已死，邪異門雲散煙消，雙修府少了這大靠山，頓時陷於孤立無援之境，縱使我們宣稱要攻打雙修府，也無人敢施以援手。」

柳搖枝道：「我明白了，少主是想以此殺雞儆猴，樹立聲威。」

方夜羽道：「這只是其中一個原因，更重要的理由，我是想引一個人出來。」

柳搖枝一震道：「少林的『劍僧』不捨大師？」

方夜羽眼中掠過讚賞的神色，蒙氏雙魔和禿鷹三人武功雖和柳搖枝同級，但智計卻要以後者最高，點頭道：「柳護法猜得不錯，此人經師尊鑑定，不但是十八種子之首，武功、才智還是八派第一，若能擊殺此人，八派之勢將大幅削弱，於我們大大有利。」

卜敵問道：「假設惹了浪翻雲出來，我們恐難討好。」

由蚩敵怒喝道：「浪翻雲又如何？若他敢來，便由我和蒙大蒙二應付，保證他有來無去。」

方夜羽淡淡一笑道：「由老師萬勿輕敵，不過卜敵也不須擔心。」臉露出個高深莫測的笑意，續道：「任他浪翻雲智比天高，現在對這事也將有心無力，只希望怒蛟幫會派出精兵，趕往援手，那我們或可得到兩顆人頭。」

眾人精神大振，若沒有浪翻雲在，怒蛟幫又因援救雙修府致分散了實力，實在是覆滅怒蛟幫的最佳良機。眾人至此，不禁對方夜羽佩服得五體投地。

方夜羽眼中精芒再現，道：「我要的是凌戰天和翟雨時兩人項上的頭顱，此二人一除，怒蛟幫便再不足道，而且會對浪翻雲構成最嚴重的心理打擊，讓他知道我的厲害。」

眾人轟然應諾，熱血沸騰，只希望能立即赴戰場殺敵取勝，以成不世功業。

方夜羽向柳搖枝吩咐道：「柳護法可乘機招攬雙修府的死對頭『魅影劍派』，在遊說的過程裡，可多透露點我們的事與他們知道，其派主『魅劍』刁項乃元末四霸之一陳友諒之弟『橫江鐵矛』陳友仁愛將，當年康郎山水道一戰，朱元璋納虛若無之計，利用風勢焚燒陳友諒的巨舟陣，豪勇蓋世的陳友仁爲虛若無所殺，刁項知勢不可爲，避回南粵，但對朱元璋可說恨之刺骨，凡有害朱元璋之事，均會戮力以赴。」

柳搖枝肅然領命。

蒙大道：「少主！對來自慈航靜齋的女高手，我們又應如何處理？」

方夜羽呆了一呆，他不是想不起要對付秦夢瑤，而是潛意識地在迴避這問題，沉吟片晌道：「秦夢瑤和師尊的關係非同小可，待我請示師尊後，再作打算。」

眾人齊聲應是。

方夜羽望向升上中天的艷陽，知道自己的力量亦是如日中天，只是寥寥幾句話，便將黑白兩道全捲進腥風血雨裡。

怒蛟島。

在幫主上官鷹的書房裡，上官鷹、翟雨時和凌戰天三人對坐桌上。

三人均臉色凝重。

翟雨時道：「左詩被擄一事，最大的疑點是對方爲何會揀上她，而不是其他人？要知浪大叔和左詩最爲人所知的一次接觸，便是那晚大叔來觀遠樓與我們聚餐前，在街上扶起將跌倒的雯雯，這種一面之緣的關係，並不足以使左詩成爲敵人威脅大叔的目標。」

上官鷹和凌戰天默然不語，靜待翟雨時繼續他的分析。上官鷹對翟雨時智計的信心自是不在話下，連智勇雙全的凌戰天也是如此，可見翟雨時已確立了他第一謀士的地位。

翟雨時清了清疲倦的聲線，緩緩道：「所以這內奸必須也知道大叔和左詩在事發那晚前的兩次接觸，才有可能作出以左詩爲目標的決定。」

上官鷹皺眉道：「但那兩次接觸只是普通之極的禮貌性交往，大叔邀請左詩上樓一晤時，還被左詩拒絕了，由此可看出兩人間並沒有可供利用的親密關係。」

翟雨時挨往椅背，讓由昨夜勞累至這刻的脊骨稍獲鬆舒的機會，淡淡道：「但事實上就是敵人的奸計成功了，據千里靈傳來的訊息，大叔已被迫要帶著左詩赴京去了，這告訴了我們甚麼？」眼光移向沉思的凌戰天。

凌戰天瞪了他一眼，低罵道：「想考較我嗎？」

翟雨時微笑點頭，心中升起一股溫情，他和凌戰天的關係由對立，至乎疏而不親的信任，以至眼前的毫無隔閡，分外使人感到珍貴。

凌戰天眼光轉向上官鷹，神色凝重了起來，道：「這代表了此內奸不但深悉大哥的性格，還知道大哥和『酒神』左伯顏的關係，知道只以左詩爲左伯顏之女這個身分，大哥便不能不盡力去救她。」

上官鷹動容道：「如此說來，此人必是幫內老一輩的人物。」眼中精光一閃，射向翟雨時道：「此人會是誰？」

翟雨時迅速回應道：「我曾查過當左詩和雯雯送酒至觀遠樓時，當時同在樓內，而又稱得上是元老級人物的，共有三人。」

上官鷹臉色愈見凝重，道：「其中一人當然是方二叔，另外兩人是誰？」

翟雨時冷冷道：「是龐過之和我們的大醫師常瞿白常老。」

凌戰天渾身一震，臉上泛起奇怪之極的神色，喃喃道：「常瞿白……常瞿白……」

上官鷹也呆了一呆道：「這三人全都是自有怒蛟幫在便有他們在的元老，怎會是內奸？」閉上布滿紅絲的眼睛，好一會兒才再睜開道：「會否是我們多疑？根本不存在內奸的問題，而只是由於敵人高明罷了。」說到最後，聲調轉弱，連他也不相信自己的想法。

翟雨時淡淡道：「我還可從另一事上證明怒蛟幫有內奸的存在。」

兩人同時心中懍然，愕然望向翟雨時。

翟雨時道：「我在來此前，收到了長征的千里靈傳書，帶來了重要的消息。」

凌戰天欣然一笑，低嘆道：「眞好！這小子還未死。」

上官鷹和翟雨時交換了個眼色，都聽出了這長輩對戚長征出自眞心的愛護和關懷。

翟雨時道：「信內有兩條重要的消息，就是楞嚴派出了手下西寧派的『遊子傘』簡正明，遊說隱居於洞庭湖岸旁鄉間的『左手刀』封寒，出山對付我們，但爲封寒嚴拒。」

上官鷹臉上掠過不自然的神色，顯是想起封寒受浪翻雲所託帶之離島的乾虹青。這三年來，他雖一直設法忘記這妻子，但他知道自己並沒有成功，尤其在午夜夢迴的時刻。

翟雨時續道：「第二條重要的消息是龐斑與乾羅談判決裂，乾羅昨晚在街上受到方夜羽聚眾圍攻，受了重傷，但奇怪的是龐斑並沒有親自出手。」

凌戰天一愕，然後吁出一口氣道：「看來大哥估計不錯，龐斑決戰厲若海時，果然受了傷，而且看來不輕。」接著一對虎目寒光一閃，嘿然道：「以乾羅的老謀深算，怎會單身赴會？」

翟雨時道：「我另外收到黃州府暗舵傳來的消息，乾羅山城的人在過去數日內曾分批進入黃州府，但在黃州府一戰中顯然沒有參與，其中原因，耐人尋味。」

凌戰天皺眉道：「據大哥說，他那次見到乾羅，發覺乾羅已練成了先天眞氣，假若沒有龐斑出手，誰能將他傷了？」

上官鷹和翟雨時均露出感激的神色，若非得乾羅通知浪翻雲有關他們被莫意閒和談應手追殺的事，使浪翻雲及時援手，他們現在便不能安坐這書房之內了。

凌戰天臉上現出懍然之色，道：「假設龐斑確是昔年蒙古開國時第一高手『魔宗』蒙赤行之徒，這方夜羽便極可能亦是蒙人之後，今次來攪風攪雨，恐有反明復蒙的目的。」嘆了一口氣道：「若是如此，我們要面對的，就不但是歸附於龐斑的黑道高手，還有蒙人剩下來的餘孽了。」

上官鷹和翟雨時臉色齊變。

凌戰天嘆了一口氣道：「當年老幫主爲小明王韓林兒部下時，曾與當時蒙古最強悍的高手『人妖』里赤媚交手，雖能保命逃生，但所受的傷卻一直未曾完全痊癒。後來朱元璋使陰謀將小明王沉死於瓜洲江中，老幫主才與朱元璋決裂，率小明王舊部退來怒蛟島，建立怒蛟幫，若此魔再次出世，經過這二十多年的潛隱，恐怕要大哥的覆雨劍才可制得服他。」

三人沉默下來，都想到事情的嚴重性，實出乎早先料想之外。

上官鷹長長吁出了一口氣，道：「雨時，長征的來書中，還提到甚麼事？」

翟雨時淡淡道：「他正和乾羅在一起。」

兩人齊齊愕然。

翟雨時連忙解釋道：「長征這封千里靈傳書，顯然是在非常匆忙的情況下寫成，照文意看，是他在乾羅受傷後，施以援手，現正護送乾羅到某一秘處去，希望很快可以收到他的第二封信。」

上官鷹皺眉道：「這和你剛才所說，可從此證實怒蛟島內有內奸有何關係？」

翟雨時道：「當初我反對長征往找馬峻聲晦氣，除了怕他和八派聯盟結下不可解的仇怨外，更擔心的是方夜羽方面的人。」

上官鷹、凌戰天兩人了解地點頭，因爲在與莫意閒和談應手的戰鬥裡，戚長征鋒芒畢露，成爲了怒蛟幫繼浪翻雲和凌戰天後最觸目的人物，視怒蛟幫爲眼中釘的方夜羽，怎會不起除之而後快的心？

翟雨時分析道：「但長征大搖大擺進入黃州府，還公然向簡正明挑戰，方夜羽等竟不聞不問，你們不覺得奇怪嗎？」

凌戰天擊檯讚道：「雨時果是心細如髮，這事實說明了方夜羽知道了長征此行的目的，自然不會從中阻撓，最好是長征殺了馬峻聲，那時我幫和八派勢成水火，他們便可坐得漁翁之利了。」

上官鷹動容道：「如此說來，我們幫內眞的存在內奸了。但究竟是方二叔？龐過之？還是常瞿白呢？這三人均知道長征是到了甚麼地方去的。」

凌戰天臉色變得非常陰沉，卻沒有作聲。

翟雨時道：「整個早上，我都在苦思這問題，現在連頭也感到有點痛……」

上官鷹關切地道：「雨時！我常叫你不要過分耗用腦力……」

翟雨時嘆道：「不想行嗎？」再嘆一口氣後道：「照我想，方二叔的可能性最小，因爲他的活動範圍主要是觀遠樓的事務，從沒有眞正參與幫裡的大事，故並非做內奸的適當人選。」

凌戰天冷冷插入道：「是常瞿白！」

兩人眼光立時移到他臉上。

只見凌戰天眼中閃著可怕的寒芒，斬釘截鐵地道：「龐過之我可擔保他沒有問題。」

兩人知道他還沒有說完，靜心等候。

凌戰天望往屋樑，臉上露出回憶的神情，緩緩道：「這些年來，我一直對老幫主的暴死不能釋疑，雖說與里赤媚血戰留下的內傷，一直未能徹底痊癒，但老幫主底子既好，內功又深厚無匹，年紀尚未過四十五，如何會突然一病便死，事後我們雖然詳細檢驗，總找不出原因來，現在我明白了，我們是絕不會查出任何結果的，因爲檢查的人，正是在我們幫裡地位尊崇的大醫師常先生，常瞿白！老幫主！你死得很慘。」

一滴熱淚由他左眼角瀉了下來。

上官鷹渾身一震，顫聲道：「你說甚麼？」他已忘了稱凌戰天爲二叔，可見他的心頭是如何激動。

凌戰天閃著淚影的虎目投向上官鷹，一字一字道：「我說常瞿白不但是內奸，還是他害死了老幫主，只有他才可以在老幫主的藥裡動手腳，而不虞有人知道。」接著一聲長嘆道：「大哥一直不歡喜常瞿白，我還以爲是大哥的偏見，直到這刻，我才知道憑著他超人的直覺，已感到常瞿白有問題。」

翟雨時按著激動的上官鷹，沉聲道：「我心中也是這個人，他還有一個做內奸的方便，就是每到一個時候，便可離島獨自往外採購藥物。其他兩人，方二叔近六、七年連半步也未曾離開過怒蛟島；龐過之雖亦常有離島，但總有其他兄弟在旁。所以若要我說誰是內奸，常瞿白實是最有可能。」

上官鷹狂喝道：「我要將這奸賊碎屍萬段。」

凌戰天以平靜至怕人的語氣道：「我們不但不可以這樣做，還只能裝作若無其事。」

翟雨時接入道：「因爲所有這些推論，都只是憑空想像，全無實據，這些年來常瞿白向以其高明醫術，在島上活人無數，極受幫眾擁戴，若我們殺了他，會惹起幫內非常惡劣的反應。」

上官鷹淚流滿面，直到今天他才第一次被提醒自己敬愛的嚴父可能是被人害死的。連翟雨時也不知應怎樣勸解他。

上官鷹深吸一口氣，勉強壓下心頭的悲憤，暴喝道：「難道我上官鷹便任由殺父仇人在面前走來走去，扮他道貌岸然的大國手？」

凌戰天平靜地道：「假設我猜得不錯，他很快便要離島採藥了，當我們確認他是一去不回，並不是貿然冤枉了他時，我們便可以開始數數他還有多少天可活了。」

第二十八章　盜王寶藏

武昌府。

午後。

陳令方大宅僻靜的後花園裡，人影掠過，閃電般沒入了假石山林立之處。

帶頭的是范良極，他到了其中一座假石山前停了下來，熟練地伸出手來，在假石山近底部處一輪拍打，接著雙掌伸出，運起內勁，用力一吸，一塊重約數百斤的大石，硬生生給他吸拉起來，移放地上，露出一個可容人爬入的進口。

范良極得意地回頭向身後的韓柏和柔柔道：「這是我布於天下三十六個秘藏之一，三個月前才開鑿出來。」接著豎耳一聽，低呼道：「有人來了，快進去！」領先爬了進洞，又回過頭來吩咐道：「記得把門關上。」

韓柏暗忖這開在假石山裡的洞穴，必是范良極偷窺朝霞時，閒著無事開鑿出來的。

柔柔來到他身旁，興趣大生地低聲道：「要不要爬進去？」

韓柏也很想看看這號稱天下盜王的大賊，究竟放了些甚麼東西在裡面，連忙點頭示意。

兩人一先一後往內爬去，韓柏進入時順手拿起大石，將入口塞上。

前面的柔柔爬得頗快，不斷傳來她雙腳觸地的聲音，韓柏大奇，原來這嬌俏的美女，身手實是不弱。

跟著兩腳一空，來到另一空間裡，順勢躍下。

韓柏落在凹凸巖巉的實地上，環目一看，哪裡有甚麼寶藏，只是個十多尺見方的空間，一點也不覺有斧鑿之痕，只像是一個在假石山內的天然洞穴。

陽光由石山的隙縫小孔中透入，絲毫不覺氣悶。

范良極神情奇怪，瞪著柔柔低聲道：「小妮子輕功不錯，爲何總要人摟摟抱抱，不懂自己走路嗎？」

柔柔俏臉一紅，垂頭道：「公子要抱柔柔，柔柔便讓他抱。」

范良極悶哼一聲，瞪向韓柏道：「你這小子倒懂得混水摸魚、趁風使舵之道。」

韓柏搔頭道：「我怎知她會自己走得那麼快？」頓了一頓哂道：「這個鼠洞就是你所謂的三十六秘藏之一嗎？」

范良極不屑地冷笑道：「早說了你是無知小兒，以後在亂說話前，最好動動腦筋，假若我范良極的寶貝就放在這鬼洞裡，有朝一日，陳令方那混賬看這假石山看不順眼，要移到別處，我的東西豈非盡付東流？」一邊說著，一邊伸手抓著洞內地上一塊大石，用力橫移，看他用力的情況，此石顯然比封著入口那石更重。

石頭緩緩移開，露出一條往下延伸的通道。

柔柔驚嘆道：「竟有道石階，眞是令人難以相信！」

范良極大感受用，得意地道：「換了是普通工匠，就算十個人一齊動手，要弄個像這樣的地下室出來，最少也要百日工夫，我老范一個月不到便弄了出來，來！請進！」

韓柏好奇心大起，便要步入，豈知范良極毫不客氣伸手攔在他胸前，冷冷道：「我的『請進』並不是向你說的。」

韓柏和他嬉玩慣了，絲毫不以爲怪，嘻嘻一笑，退往一旁。

柔柔緩步來到入口旁，有點擔心地道：「裡面能否吸到氣？」她沒有像范、韓兩人長期閉氣的功力，自然要大爲猶豫起來。

范良極顯然對「知情識趣」的她改觀了很多，滔滔不絕誇詡道：「柔柔你不用擔心，我的秘藏也是我藏身的地方，通氣的設備好到不得了……」

韓柏心中一動，一把抓著范良極的衣袖，道：「老范！假若我們在你的賊巢躲上九天，儘管方夜羽有通天徹地之能，也休想找到我們。」

范良極兩眼一翻，有好氣沒好氣地道：「那十日後你到不到韓家的兵器庫和方夜羽決鬥？」

韓柏點頭道：「當然去，我韓柏豈會怕他？」

范良極揶揄道：「當然！我們的韓柏大俠若怕了人，就不是大俠了，那就請問一聲，假設在你老人家開赴戰場途中，方夜羽布下人手對你加以攔截，你老人家又怎麼辦？」

韓柏慣性地搔搔頭，期期艾艾道：「這個嘛？這個……」跟著若有所得道：「那我們索性在這裡躲一段時間，不就行了嗎？」

范良極佔得上風，益發要大逞口舌，陰陽怪氣地道：「你要做地洞裡的老鼠，恕我這頂天立地抬起頭來做人的盜王不奉陪了，不過你以後再也不要稱自己作大俠，看來朝霞也不適合嫁你這明知她有難也袖手旁觀的吃奶大俠。」

韓柏見有「崇拜」他的柔柔在旁，卻給范良極這死老鬼如此「嘲弄」，面子上怎掛得住，岔然轉身，怒道：「那我現在便大搖大擺走到街上去，看看方夜羽、莫意閒等能拿我怎麼樣。」

柔柔驚惶叫道：「公子！」

范良極「咕咕」笑了起來，走上來攬著他肩頭，道：「我的小柏兒，為何做了大俠後，連心胸也窄了起來，開開玩笑也不行，便要鑽出去送死。」

韓柏當然不是真的想出去送死，乘機站定道：「躲起來不可以，出去也不可以，你究竟要我怎麼樣？」

范良極陪著笑臉，但口中卻絲毫不讓道：「你的腦筋這麼不靈光，怎能再扮大俠下去。」

韓柏想不到自稱了一句「大俠」，竟給這「大奸賊」抓住了痛腳，惹來這麼嚴重的後果，他也是精靈之極的人，想了一想冷冷道：「我改名沒有問題，不過看來你也難逃改名之運，而問題則更嚴重多了！」

范良極愕然道：「改甚麼名？」

韓柏反手摟著他乾瘦的肩頭，嘻嘻笑道：「你不是叫甚麼媽的『獨行盜』嗎？不過我看你其實最喜歡湊熱鬧，不如改做『雙行盜』，又或『眾行盜』、『多人行盜』又或『熙來攘往盜』，那倒貼切得多。」

范良極一時語塞，回心一想，這小子倒說得不錯，不過錯不在自己，眼前此小子才是罪魁禍首，自從遇上了他後，自己果然怕起了寂寞來。

韓柏見難倒了他，俠懷大慰，更表現出大俠的風範，安慰道：「不過你也不用深責自己，人老了，思想也跟著成熟了，自然會拋棄以前的陋習。」不容范良極有反擊的機會，向在旁掩嘴偷笑的柔柔道：「來！柔柔，我們下去，看看『熙來攘往盜』有甚麼可看得上眼的東西。」走前，推著柔柔步下石階。

地室內果然空氣清爽，但由明處走進暗處，一時間連韓柏的夜眼也看不到任何東西。

「擦！」

火熠燃起，點亮了一盞掛在牆上的油燈。

室內大放光明。

韓柏和柔柔兩人齊齊一呆。

若他們見到的是滿室珍玩，價値連城的珠寶玉石，他們都不會像現在般驚奇，因爲范良極身爲大盜之王，偷的自然不會是不値錢的東西。

室內空空蕩蕩，只有在室底的一角，用石頭架起了一塊木板，放了十多個匣子，還有一紮十多卷羊皮和一個長形的錦盒，也不知裡面寫了或畫上了甚麼東西，較像樣的是木板旁的一個大箱子，看來裡面放的應是較値錢的珍寶吧！

范良極一點也不理兩人失望的表情，來到那木箱旁，洋洋自得地道：「你們猜猜箱內放的是甚麼東西？」不待兩人反應，逕自將箱蓋掀開，原來是一箱衣服雜物。

韓柏和柔柔面面相覷，這算甚麼珍藏寶庫？

范良極見捉弄了他們，心懷大暢，故作神秘地道：「你們若要看甚麼名畫玉馬、巧藝奇珍，我其他秘藏裡多的是，但都不及這室內的東西來得寶貴和有用，至少在眼前這光景是如此。」順手將那錦盒拿了起來，遞給韓柏。

韓柏聽他話中有話，接過錦盒，一看下全身一震，差點連錦盒也掉在地上，愕然望向范良極。

范良極雙手環抱胸前，對韓柏的強烈反應大是滿意。

柔柔和這一老一少兩人相處多了，也感染了他們那無拘無束的氣氛，將頭湊過去，只見錦盒上寫著「大明皇帝致高麗王御筆」，不由也「呵」一聲叫了起來。

竟是大明和高麗兩國皇帝的往來文牒，不知如何竟來到這地室裡。

韓柏賤僕出身，不要說皇帝老子，只是府主便覺高不可攀，現在連皇帝的手書也來到自己手裡，困難地嚥了一口沫涎，戰戰兢兢地道：「我可以看看嗎？」

范良極眼中射出得意之極的神色，陰陰笑道：「我還以為你是目不識丁的傻瓜，這麼久還不打開來看看。」

韓柏信心十足，將錦盒打開，心想幸好我自幼便伴著韓家兩位少爺讀書認字，雖然受盡三少爺韓希武的氣，但偷學來的東西絕不會比這三少爺正式拜師學回來的少。

范良極在旁嘀咕道：「朱元璋甚麼出身，我才不信他寫得這麼一手好字，九成九是由身邊的人代書，還說甚麼御筆，見他祖宗的大頭鬼。」

韓柏見怪不怪，把他對皇帝的輕蔑和大逆不道言語當作耳邊風，探手從錦盒內取出被名貴緞錦包裹得隆隆重重的御書來。

柔柔接過錦盒，又接過他解下的緞錦，讓他騰空雙手，展書細覽。

一看之下，韓柏暗暗叫苦，字他倒認得六、七成，可是明明平時懂得的字，拼在一起，便變成深奧之極的駢儷文章，看了半天仍是參詳不出箇中涵義。

范良極目不轉睛盯著他，嘴角帶著一絲冷笑。

韓柏心道這次糟了，一定被這死老鬼極盡侮辱之能事了，雖然看不懂可能與做不做得成大俠沒有直接關係，但總非光采之事。

范良極陰陰道：「上面寫著甚麼東西？」

韓柏仔細看了范良極一眼，心中一動，將御書遞過去道：「你看得懂嗎？」

范良極呆了一呆，泛起一個尷尬之極的苦笑，攤開雙手道：「和你一樣。」

兩人互瞪半晌，忽地指著對方，齊聲大笑，連眼淚水也笑了出來。

柔柔也笑得彎下了腰，這幾年來，她從未試過這麼開懷，忽爾裡，所有以前的苦難、眼前的危險，全給拋到九霄雲外去了。

她最快恢復過來，從笑得蹲在地上的韓柏手上接過御書，細心地看起來。

地室頓轉寧靜，兩個男人期待地看著這嬌媚的女郎。

在火光掩映下，柔柔專注的神情，分外有種超乎凡俗的嬌態。

柔柔微微一笑，捲起御書，望向兩人，見到兩人期待的呆相，禁不住「噗哧」嬌笑，點了點頭，表示她看得懂。

兩人齊聲歡呼起來。

柔柔道：「這是我們皇帝寫給高麗皇帝的書信，開始時，先恭喜蒙人退回漠北後，高麗能重建家國，信中希望兩國今後能建立宗藩的關係，又提及高麗盛產人參，要求高麗每三年進貢一次……」

范良極拍腿叫道：「這就對了，這是一個高麗皇帝派來的進貢團，謝天謝地，今次朝霞有救了，我們也有救了。」

韓柏和柔柔面面相覷，參不透范良極話裡玄虛。

范良極情緒亢奮之極，一口氣說道：「三個月前，我因事到了建州和山東邊界的塔木魯衛，湊巧碰上了馬賊攔路洗劫一隊馬車隊，這批惡賊手段毒辣，整個馬車隊五十七條人命一個不留，我大怒下追蹤了一日一夜，趕上這群馬賊，也殺他們一個不留，從他們手上搶回來的就是這些東西。」

柔柔惻然道：「這個從高麗來的進貢團眞是不幸。」

韓柏道：「整個五十多人的使節團，就得這麼多東西？」

范良極不耐煩地道：「我只得一雙手，拿回這些東西已算了不得了。」轉向柔柔，恭敬地道：「柔柔姑娘，你比起那些甚麼大俠實在高明得多，煩你瞧瞧這些羊皮地圖和文件，看看有甚麼用。高麗文大部分都是漢文，你既然能將那比少林寺藏經閣內的秘笈更深奧的御書也看得懂，這些定難不倒你。」

柔柔惶恐地看了韓柏一眼，見他對自己比他「高明」毫不介懷，心中定了點，輕輕點頭，那順從的模樣，可教任何男人心花怒放。

范良極看得呆了一呆，喃喃道：「假若有一天我的清妹能像你那麼乖就好了。」

韓柏皺眉道：「死老鬼，你弄甚麼鬼？」

范良極跳了起來，來到他面前，指著他的胸口道：「你就是高麗派來的使節，我就是你的首席男侍從，柔柔是你的首席女侍從。」跟著跳到那十多個匣子前，道：「這些就是進貢給朱元璋的人參，那些就是我們的衣服和不知寫著或畫著甚麼的文件，你明白了沒有？」

韓柏色變道：「甚麼？你要冒充高麗的進貢團，去……去見朱……朱元璋？」

范良極微微一笑，道：「不是我，而是你，我只是從旁協助，不過我的幫助可大了，只要動用一兩個秘藏，便可使你成爲天下最富有的人，包保京裡那批愛財如命的貪官污吏，巴結你都嫌巴結不及呢！」

韓柏道：「那有甚麼作用，何況我對那些甚麼禮節一無所知，扮也扮不來。」

范良極道：「用處可多了，不過現在不便透露你知，哈哈！任方夜羽如何聰明，也絕想不到我們搖身一變，成爲了高麗派來進貢的特使。」

韓柏一顆心卜卜狂跳起來，若要躲開方夜羽，這條確是絕妙的好計，怕只是怕弄假成眞，眞的去了見朱元璋，那才糟糕。同時心中也隱隱猜到范良極這招是專爲朝霞而設計的。

范良極手舞足蹈道：「有錢使得鬼推磨，我包保有方法將你訓練成材。」

韓柏道：「那你的清妹又怎樣？」

范良極哈哈一笑道：「都說你不懂得對付女人，定要一鬆一緊，欲擒先縱，現在她說明要我不用找她，我便不找她一段時間，到她心癢癢時，我再翩然出現，包保她……哈哈哈……」

韓柏看著他臉上陶然自醉的神色，恨得牙癢癢地道：「你不怕方夜羽的人對付雲清嗎？」

范良極昂然道：「首先，她會回去提醒八派的人，加倍防備。其次，方夜羽一天未完全統一黑道，都不會對八派發動全面攻勢，以免兩方受敵，這我倒滿有信心。」

韓柏心內叫苦連天，暗忖自己似乎是做定了這個從高麗來，卻連一高麗話也不會說的使節了！

第二十九章　彩蝶展翅

龐斑負手立在花園的小亭裡，默默望著亭外小橋下潺潺流過的溪水。

一隻蝴蝶合起翅膀，動也不動停伏在溪旁一塊較高聳起的小石之上，令人無從知道牠翅膀上的彩圖究是何等美麗。

只有等待牠飛起的剎那。

輕若羽毛的步聲傳來。

白僕的聲音在亭外響起道：「主人！憐秀秀小姐使人送了一個竹筒來。」

蝴蝶依然動也不動。

龐斑道：「給我放在石檯上。」

白僕恭恭敬敬將一個製作精美、雕有圖畫的竹筒子放在桌上，退出亭外，垂手靜立。

龐斑收回凝注在蝴蝶身上的目光，轉過身來，望往竹筒。

只見筒身雕著一個古箏，此外還有一句詩文，寫著：

「抛殘歌舞種愁根。」

龐斑臉上的表情全無變化，默默拿起竹筒，拔開活塞，取出藏在其中的一卷宣紙，打開一看，原來寫的是「小花溪」三個字，跟當晚於「小花溪」正門所看到牌匾上的字形神俱肖，清麗飄逸，一看便知是出於同一人手書。

但也和牌匾上那樣，沒有上款，也沒有下款。

龐斑凝神看著憐秀秀送來的這張小橫幅，足有半晌時光，平靜地道：「是誰送來的？」

白僕肅然應道：「是由察知勤親身送來的。」

龐斑淡淡道：「請他進來！」

白僕應命而去，不一會兒帶了戰戰兢兢的察知勤進來，候於亭外。

龐斑目光仍沒有離開那張宣紙，平和地道：「察兄你好！」

察知勤慌忙躬身還禮，只差點沒有跪下去。

龐斑抬起頭來，像能看透一切的目光落在察知勤臉上，淡然道：「秀秀小姐離開了『小花溪』嗎？」

察知勤全身一震，終於跪下，顫聲道：「小人眞是佩服得五體投地，這事小人還是當秀秀小姐託我送這竹筒來時，才承她告知，魔師怎會知道？」

龐斑嘆道：「這三個字寫得斬釘截鐵，充滿有去無回的決心，但在最後一筆，卻猶豫了片晌，欲離難捨，好一個『拋殘歌舞種愁根』，好一個憐秀秀。」不待察知勤回應，又道：「秀秀小姐到哪裡去了？」

察知勤道：「秀秀小姐已在赴京師的途中。」

龐斑道：「是秀秀小姐要你告訴我，還是你自己的主意。」

察知勤惶恐地道：「是小人的主意，但當時我曾問秀秀小姐，她是否許我告訴魔師你老人家她的去處，秀秀小姐淒然一笑，卻沒有答我，上車去了。」

龐斑面容沒有半點波動，平靜地道：「察兄請了。」

察知勤連忙起立，躬身後退，直至退出了通往月門的碎石路上，才敢轉身，在白僕陪同下離去。

龐斑靜立不動，好一會兒後才將小橫幅珍重地捲了起來，放入筒內，按回活塞，收在身後。

方夜羽肩寬腿長的身形映入眼簾。

他直抵亭內，先行大禮，才肅立正容道：「師尊！夜羽有一解不開的結，請求師尊賜與指示。」

龐斑微微一笑道：「是否爲了秦夢瑤？」

方夜羽渾身一震：「師尊怎會知道？」

龐斑仰首望往像個大紅車輪般快要沒於牆外遠山處的夕陽，眼中抹過一絲難以形容的痛苦，長長吐出一口氣，道：「靜庵啊靜庵，只有你才能向我出了這麼一道難題。」頓了一頓，沉聲道：「乾羅死了沒有？」

方夜羽答道：「乾羅受了重傷，在一段時間內也不足爲患。」頓了一頓道：「風行烈也逃走了，不過他像是突然走火入魔，失去了動手的能力，被雙修府的人救走了。」

龐斑像是一點也沒有聽到他的說話，緩緩轉過身來，目光再落在石上的蝴蝶處，他絲毫不奇怪蝴蝶仍在那裡，因爲由他轉過身來接憐秀秀送來的告別之物開始，他的耳朵從沒有片刻放過那蝴蝶，並沒有聽到振翅的聲音。

他仍然看不到蝶翼上的圖案。

龐斑淡淡道：「赤媚來了，有他在你身旁，除非是浪翻雲來了，否則他可以助你應付任何事。」

方夜羽愕然道：「師尊！」

龐斑淡淡道：「我要回宮了。」

輕輕吹出一口氣，像一陣清風向蝴蝶捲去。

蝴蝶一陣顫震，終耐不住風力，振翅飛起，露出只有大自然的妙手才能繪出來的艷麗圖案。

《覆雨翻雲》卷二終

覆雨翻雲
卷二
新編完整版

國家圖書館出版品預行編目資料

覆雨翻雲 / 黃易著. --初版.--台北市 ：
蓋亞文化，2018.02－
冊; 公分. --

ISBN 978-986-319-325-8(卷2 : 平裝)

857.9　　　　　　106025409

作者／黃易
封面題字／錢開文
封面插畫／練任
裝幀設計／克里斯
出版／蓋亞文化有限公司
地址◎台北市103赤峰街41巷7號1樓
電話◎（02）25585438　傳眞◎（02）25585439
部落格◎gaeabooks.pixnet.net/blog
服務信箱◎gaea@gaeabooks.com.tw
投稿信箱◎editor@gaeabooks.com.tw
郵撥帳號◎19769541　戶名：蓋亞文化有限公司
法律顧問／宇達經貿法律事務所
總經銷／聯合發行股份有限公司
地址◎新北市新店區寶橋路二三五巷六弄六號二樓
電話◎（02）29178022　傳眞◎（02）29156275
初版一刷／2018年02月
定價／新台幣 280 元
Printed in Taiwan

ISBN／ 978-986-319-325-8